Zum BUCH

Sommer, Sonne, Strand – der perfekte Urlaub für Adam und Karen Singer. Gemeinsam mit Sage und Connie, einem Ehepaar, welches sie im Strandhotel kennenlernen, begeben sie sich auf die Insel Ma'ahkhalo, die von außen recht idyllisch wirkt. Doch der paradiesische Schein trügt – schon bald wendet sich das Blatt, und sie befinden sich mehr als einer tödlichen Gefahr gegenüber…

Zum AUTOR

Niklas Quast wurde am 7.3.2000 in Hamburg-Harburg geboren und wuchs im dörflichen Umland auf. Nachdem er eine Ausbildung zum Groß- und Außenhandelskaufmann absolvierte, arbeitet er nun in einem Familienbetrieb und widmet sich nebenbei dem Schreiben.

NIKLAS QUAST

MA'AHKHALO – DIE INSEL DER MYSTERIEN

ROMAN

1.Auflage 2023

Copyright © 2023 Niklas Quast
niklasquastautor@web.de
www.facebook.com/NiklasQuastAutor

Covergestaltung:
Galax Acheronian
www.acheronian.de

Alle Rechte vorbehalten

Niklas Quast
Emsener Straße 25
21224 Rosengarten

TWENTYSIX
Eine Marke der Books on Demand GmbH
Herstellung und Verlag:
BoD – Books on Demand, Norderstedt

ISBN: 9783740725440

1

Das glasklare Wasser schlug an den Strand und zog sich fast wie in Zeitlupe wieder zurück. Adam genoss den frisch aufgekommenen Wind für den Bruchteil einer Sekunde, atmete tief durch und schaute sich dann um. Es war ein herrlicher Sommertag, die Sonne thronte hoch oben am wolkenlosen Himmel und verbreitete ihre Wärme in der gesamten Umgebung. Er ließ seinen Blick durch die paradiesische Umgebung schweifen und konnte in der Ferne die schwachen Umrisse einer Insel am Horizont ausmachen. Ja, es war die Insel, von der alle sprachen. Ein Schauer durchzuckte ihn, als er über das nachdachte, was er alles bereits über sie gehört hatte.
»Alles okay?«
Er vernahm Karens sanfte Stimme, die ihn aus seinen Gedanken gerissen hatte, und drehte sich um. Sie hatte ihren ursprünglichen Platz auf dem Handtuch verlassen und befand sich nun direkt hinter ihm.
»Ja, alles gut.«
Er versuchte, ein Lächeln zustande zu bringen - doch das war schwerer als gedacht, da er sich tief in seinen Gedanken befunden hatte. Er vermutete allerdings, dass ihm sein Vorhaben zumindest teilweise gelungen war - Karen quittierte seinen Blick nämlich mit einem Lächeln ihrerseits.
»Hast du Hunger?«
Erst jetzt sah Adam, dass sie in ihrer linken Hand, die sie zuvor hinter ihrem Rücken versteckt gehabt hatte, die Plastiktüte mit den Brotstücken trug, die sie am Morgen vom Buffet mitgenommen hatte.

»Noch nicht. Ich denke aber, ich werde später darauf zurückkommen.«

Der Anblick der Insel paralysierte ihn nahezu. Er versuchte auf Krampf, irgendetwas in der Ferne erkennen zu können. *War das ein Schatten?* Er blinzelte zwei Mal, doch daraufhin war das, was er geglaubt hatte, gesehen zu haben, auch schon wieder verschwunden. *Mach dich nicht verrückt. Es ist nur eine Insel, auf der ja sogar noch Einheimische leben. Da kann es durchaus mal sein, dass ein Schatten durch die Gegend huscht.* Karen hatte in der Zwischenzeit wieder ihren Platz auf dem ausgebreiteten Handtuch aufgesucht, sie schien eingesehen zu haben, dass Adam im Moment nicht zu einem längeren Gespräch aufgelegt war. Ein paar Minuten später, in denen er das Wasser getestet und sich bis zu den Knöcheln hineingewagt hatte, hatte er etwas auf dem Grund neben seinen Füßen entdeckt. Zunächst sah es so aus, als hätten die Wellen eine Art Fata Morgana erzeugt - doch als diese sich verzogen hatten, war klar zu sehen, was sie angespült hatten. Adam bückte sich, und nahm das, was nun direkt vor seinen Füßen lag, in die Hand. Zunächst sah es aus wie ein Stein, doch die feinen Linien auf der Oberfläche des Gegenstandes suggerierten etwas anderes. Plötzlich bewegte sich dieses Ding… und schneller, als Adam reagieren konnte, hatte die Schnappschildkröte, die in den wogenden Wellen scheinbar ihren Mittagsschlaf gehalten hatte, ihr Maul aufgerissen und ihre kleinen Zähnchen in die Haut seines Fingers versenkt.

»Verdammt!«

Adam versuchte so schnell es ging, das Tier wieder loszuwerden. Er schaffte es schließlich, die Schildkröte abzuschütteln, und sah dem Reptil, welches schnell das Weite suchte, hinterher.

»Was ist passiert?«
Karens Stimme drang von hinten an ihn heran, doch er war in diesem Moment nicht fähig, ihr eine vernünftige Antwort zu geben. Der Schmerz, der bis in das Epizentrum seines Gehirns hervorgedrungen war, war einfach zu stark.
»Das Mistvieh hat mich gebissen!«
Die Schildkröte hatte sich derweil aus dem Staub gemacht, sie war in Richtung offenes Meer aufgebrochen. Adam senkte seinen Blick und schritt auf Karen zu.
»Eine Schildkröte«, murmelte er in Folge ihres fragenden Blickes.
»Oder besser gesagt eine Schnappschildkröte. Normalerweise haben die Viecher ja keine Zähne.«
Der Schmerz war mittlerweile bereits etwas abgeebbt, doch die Wut, die Adam auf das Tier verspürte, war noch immer vollends vorhanden. Zudem war die Lust, noch weitere Zeit am Strand zu verbringen, mit einem Mal vergangen. Karen hingegen wirkte nicht so, als würde sie bereits wieder das Zimmer aufsuchen wollen. Sie hatte sich gerade am gesamten Körper mit Sonnencreme eingerieben und sich nun auf den Bauch gelegt.
»Kannst du mir den Rücken eincremen? Sonst werde ich so rot wie ein gekochter Hummer.«
»Nicht, dass du dann noch auf meinem Teller landest.«
Adam grinste, als er daran denken musste, dass sie sich gestern Abend etwas ganz Besonderes gegönnt hatten. Ein wirklich exquisites vier Gänge Menü – neben einem Salat, einer Suppe und einem üppigen Nachtisch hatte es als Hauptspeise Hummer gegeben. Wenn man nur nach Ambiente und Essen ging, dann stand das Hotel also ganz weit oben – doch irgendwie hatte Adam das Gefühl, dass hier etwas im Argen lag. Das lag nicht

zuletzt an der mysteriösen Insel, sondern auch daran, dass das Strandhotel nicht wirklich gut besucht war, zumindest dem Umstand nach zu urteilen, dass es sich momentan um die Hauptreisezeit handelte.

»Zum Glück hast du kein Besteck dabei. Und los, nun mach schon.«

Sie reichte ihm die Tube herüber, und Adam tat das, was sie sagte. Er genoss ihre warme, weiche Haut unter seinen Fingern und spürte, wie ihn das erregte. *Hier ist allerdings der falsche Ort für ein Schäferstündchen.* Er war sich jedoch sicher, dass sie das, genau wie am gestrigen Abend, im Zimmer nachholen würden. Eigentlich wollte er sich jetzt nicht von ihr trennen, denn allein der Anblick, den sie abgab, war Unterhaltung genug. Da sie noch immer auf dem Bauch lag und ihren Blick gerade in einem Buch vertieft hatte, drückten ihre vollen Brüste gegen das Handtuch. Ihren Büstenhalter hatte sie aufgrund ihrer Position ausgezogen.

»Soll ich uns zwei Cocktails holen?«

Ihm fiel in diesem Moment keine bessere Ausrede ein, um zumindest kurz den Strand zu verlassen und das Zimmer aufzusuchen, ohne Karen da miteinzubeziehen.

»Gerne. Piña Colada für mich, bitte.«

»Alles klar. Bis gleich.«

Adam zog sich seine Badelatschen an und schritt durch den Sand in Richtung Hotel. Der Weg vom Wasser bis zu den Handtüchern hin war schon schwer gewesen – der Sand hatte sich wie glühende Lava angefühlt, und selbst jetzt, mit den Gummisohlen unter seinen Füßen, war nur ein kleiner Schutz vorhanden. Kurz darauf hatte er jedoch bereits den hölzernen Steg erreicht, der direkt auf die Rückseite des Hotels führte. Die Terrasse war recht spärlich besucht. In der einen Ecke saß ein junges Pärchen mit zwei Gläsern Kaffee vor sich. In der anderen befand sich ebenfalls bloß ein besetzter Tisch, an dem ein Jugendlicher im Alter von geschätzten sechzehn Jahren saß. Er hatte ein südamerikanisches Aussehen und wirkte irgendwie abwesend – sein Blick war glasig und an allen vorbei in die Ferne gerichtet. Adam machte sich nichts daraus, überquerte die Terrasse und trat ins Innere des Hotels ein. Dort wehte ein angenehm kühler Wind, der wohl von der Klimaanlage kam, die an der Decke befestigt war. *Hoffentlich hat sich der Techniker mal um unsere gekümmert. Wir haben ja immerhin gestern Bescheid gegeben.* Es war ihm direkt nach dem Einzug ins Zimmer aufgefallen – letztlich hatten sie es dabei belassen müssen, das Fenster zu öffnen. Und der Blick, der sich ihnen dadurch geboten hatte, war das allemal wert gewesen. Gedankenverloren schritt Adam in Richtung der Bar, bestellte dort zwei Cocktails und nahm auf einem der Barhocker Platz, während der Mann hinter der Theke die Getränke zubereitete. Aus den Lautsprechern an der Decke der kleinen Bar lief leise Musik – Countrymusik, Adam kannte das Lied, welches gerade lief, jedoch nur vom Hören und wusste den Titel nicht. Irgendwie wollte sich das Urlaubsgefühl bei ihm noch nicht so ganz einstellen. Zudem machte sich jetzt wieder die Bisswunde der Schnappschildkröte durch ein leichtes Brennen bemerkbar. *Dieses gottlose Mistvieh.* Adam konnte sich nicht erklären, woher die Wut kam, die er für das Tier empfand – schließlich war er es gewesen, der das Reptil geweckt und hochgehoben hatte. Das hatte er allerdings nur getan, weil er gedacht hatte, dass es sich um einen Stein gehandelt hatte – und da dieser interessant ausgesehen hatte, hatte er ihn einfach nur näher in Augenschein nehmen wollen.

»Mister?«

Adam blickte fragend in Richtung des Barkeepers, als er dessen Stimme vernahm. Vor ihm befanden sich bereits die beiden bestellten Cocktails auf dem Tresen.

»Oh, entschuldigen Sie. Vielen Dank und bis später.«

Da sie All-Inclusive gebucht hatten, mussten sie weder für das Essen noch für die Getränke aufkommen. Der Urlaub hatte ein halbes Vermögen gekostet – doch das war es ihm wert gewesen, um endlich mal abschalten zu können, auch, wenn das bisher nicht passiert war. *Bleib einfach locker, du bist erst den zweiten Tag hier und es ist später Vormittag. Das wird alles noch kommen.* Er verließ das Hotel wieder und trat auf die Terrasse heraus, in der festen Absicht, den Strand mit den beiden Cocktails in der Hand aufzusuchen.

»Entschuldigen Sie?«

Er vernahm erneut eine Stimme und drehte sich um. Der Junge mit dem südamerikanischen Aussehen, der einsam an seinem Tisch in der Ecke gesessen hatte, sah ihn fragend an.

»Was ist denn?«

»Können Sie sich einen Moment setzen?«

Adam tat wie geheißen und war gespannt, was der Junge von ihm wollte. Er stellte die Cocktails auf dem Tisch ab, nahm einen Schluck von seinem, und sah sein Gegenüber an.

»Was gibt es denn?«

»Haben Sie schon von den neusten Vorkommnissen auf der Insel gehört? Ich würde gerne mit jemandem sprechen, weil ich mir sonst alleine den Kopf daran zerbreche.«

»Nur zu. Was gibt es denn zu erzählen?«

»Ich suche meine Freunde. Wir waren zusammen auf der Insel, doch nur ich bin wieder zurückgekehrt. Von Nathan und Emily

fehlt jede Spur.«
Die Worte, die der Junge sprach, sorgten dafür, dass sich eine Gänsehaut auf seinem Körper ausbreitete. Er hatte bereits davon gehört, dass es einige Vermisstenfälle gab, die im Zusammenhang mit der Insel standen – und diese schienen sich nun sogar noch weiter zu häufen. Irgendwie kam ihm der Junge unheimlich vor – die Tonlage, in der er sprach, hatte etwas merkwürdig Monotones, so, als wäre er eigentlich gar nicht anwesend. Eigentlich wollte er in diesem Moment einfach nur wieder zum Strand zurück. Andererseits war er aber auch neugierig – was mochte wohl auf der Insel vorgehen, dass dieser fremde Junge ausgerechnet ihn einfach deswegen ansprach? Zudem hätte er es nicht mit sich vereinbaren zu können, einfach zu gehen, da der Junge ihn offensichtlich um Hilfe bei der Suche nach seinen Freunden bat. Er wählte seine nächsten Worte mit Bedacht und versuchte mit der folgenden Frage, möglichst direkt alle Infos zu bekommen, die er brauchte.
»Was geht auf der Insel vor sich?«
Der Junge ließ sich mit der Antwort Zeit. Bevor er den Dialog fortsetzte, ließ er seinen Blick noch ein weiteres Mal in die Ferne wandern, ehe er sich schließlich Adam zuwandte.
»Die Insel verändert sich, genau wie die komplette Umgebung. Niemand weiß, woran es liegt, und ich finde einfach keine Antworten auf die Fragen, warum und weshalb die beiden verschwunden sind.«
»Wie heißt du überhaupt? Ich bin Adam.«
Adam schweifte etwas vom Thema ab, da er den Namen des Jungen wissen wollte, um ihn so direkt ansprechen zu können.
»Ich heiße Matteo. Freut mich, Adam. Ich weiß nicht, was ich noch tun kann. Je mehr Zeit vergeht, desto verrückter werde ich.

Ich fange sogar schon an, nachts ihre Stimmen zu hören… zumindest die von Nathan.«

Adam fühlte sich zunehmend unwohler in der Gegenwart des Jungens, er wusste aber nicht, woran das lag.

»Meine Frau wartet am Strand auf mich. Ich muss los, wir können aber gerne zu einem anderen Zeitpunkt über die Insel sprechen, wenn du möchtest. Ich bin interessiert in Bezug auf alles, was dort passiert, und bin bereit, dir auf der Suche nach deinen Freunden zu helfen.«

»In Ordnung. Um Mitternacht am Strand?«

Obwohl Adam ganz und gar keine Lust darauf hatte, sich wieder mit dem unheimlichen Jungen zu treffen – schon gar nicht um Mitternacht – sagte er mit einem kurzen Nicken zu und verabschiedete sich. Während er also mit den beiden Cocktails wieder in Richtung Strand schritt, rasten tausende Gedanken durch seinen Kopf. Ein Großteil davon drehte sich um den Jungen und sein mysteriöses Auftreten. Obwohl dieser ganz und gar keine angsteinflößende Erscheinung war, sondern von außen hin eher sympathisch wirkte, so war da doch auch irgendetwas an ihm, was unheimlich war. *Liegt es nur daran, dass er seelenruhig und nüchtern darüber spricht, dass er zwei Freunde auf der Insel verloren hat?* Adam schüttelte den Kopf. *Wer weiß, wann das passiert ist. Vielleicht steht er noch unter Schock.* Oder war es der Umstand, dass er sich ausgerechnet um Mitternacht mit ihm am Strand treffen wollte? *Fragen über Fragen, doch eine Antwort werde ich auf die Schnelle nicht finden. Wahrscheinlich nur, wenn ich mich um Mitternacht tatsächlich zum Strand begebe.* Er hatte nun wieder den Bereich erreicht, an dem der Steg endete. Vorsichtig schritt er durch den glühend heißen Sand auf Karen zu, die er aus der Ferne bereits erkennen konnte.

Sie hatte ihren Platz auf dem Handtuch verlassen und dort ihre Sonnenbrille und das aufgeschlagene Buch zurückgelassen. Adam stellte die Cocktails auf einem kleinen Plastikhocker ab, den er in der Nähe entdeckte, und schritt auf seine Frau zu, die sich bis zu den Knöcheln im Wasser befand.
»Ich habe die Cocktails besorgt.«
Karen drehte sich um und warf ihm ein Lächeln zu.
»Oh, das wurde aber auch Zeit. Ich wollte in der Zwischenzeit auch mal das Wasser testen und schauen, ob sich dein bissiger Freund noch in der Nähe befindet. Doch er hat bereits das Weite gesucht.«
Adam musste grinsen. Der Schmerz war mittlerweile fast vollständig verzogen, weshalb er über die Situation im Nachhinein auch lächeln konnte. Der Anblick, den Karen nun abgab, löste fast so etwas wie den Anflug erster Urlaubsgefühle in ihm aus. Das glasklare Wasser, der traumhaft schöne Strand... für einen Moment waren alle Sorgen wie weggeblasen, bis die Insel langsam wieder präsent wurde. Und mit ihr kamen auch wieder die Gedanken an das merkwürdige Gespräch mit dem Jungen namens Matteo auf der Terrasse des Strandhotels wieder. Ohne, dass er es mitbekommen hatte, hatte sich Karen auf ein paar Zentimeter genähert und ihre Arme um seinen Oberkörper geschlungen. Adam zog sein T-Shirt aus und warf es in den Sand – der Umstand, dass er sich nicht mit Sonnencreme eingecremt hatte, interessierte ihn in diesem Moment nicht im Geringsten. Karens warme Haut auf seiner machte ihn fast wahnsinnig, er bekam eine Gänsehaut und spürte, wie die Erregung seinen gesamten Körper durchzuckte. Sie verlagerte ihr Körpergewicht so, dass sie sich vollständig gegen ihn lehnte – Adam hatte damit nicht gerechnet, verlor das Gleichgewicht und landete im

knöcheltiefen Wasser. Sein Kopf tauchte für einen kurzen Moment unter die Wasseroberfläche, er schaffte es jedoch, seine Augen offenzuhalten. Während das Salzwasser sowohl in seine Nase als auch in seinen Mund eindrang, sah er etwas in der Ferne, woraufhin er seine Augen schloss. Als er sie jedoch einen kurzen Moment später wieder öffnete, war das Schauspiel bereits beendet.

2

Adam wusste nicht, ob er sich das, was er für den Bruchteil einer Sekunde gesehen hatte, nur eingebildet hatte – der Umstand, der dafür sprach, war, dass das Schauspiel eben nur ganz kurz gedauert hatte. Doch er war sich so sicher, dass er diese Möglichkeit gar nicht erst ins Auge fasste. Er hatte seinen Blick fast schon zufälligerweise in die Richtung der Insel gerichtet, als er untergetaucht war – doch er hatte nicht viel sehen können, da das glasklare Wasser für weniger als eine Sekunde einen schwarzen Farbton angenommen hatte. Für einen kurzen Moment hatte es sich so angefühlt, als wäre schon Mitternacht, bis sich das Bild wieder verändert hatte. Karen lachte derweil und richtete sich wieder auf. Ihrem Blick nach zu urteilen, hatte sie nichts davon mitbekommen, was wiederum dafür sprach, dass er es sich doch nur eingebildet hatte. *Ich muss zwangsläufig mehr über diese Insel herausfinden. Und da Matteo einen Eindruck erweckt hat, als wisse er mehr, muss ich heute Nacht unbedingt diesen gottverdammten Strand aufsuchen.* Karen hingegen wollte er davon nichts erzählen, zum einen, weil er sie nicht unnötigerweise verunsichern wollte, und zum anderen, weil sie um diese Zeit sowieso schon schlafen würde. Bei ihnen zuhause war es Adam, der, der Tatsache zum Trotz, dass sein Wecker jeden Morgen um kurz nach sechs klingelte, immer mindestens bis Mitternacht aufblieb, während Karen immer vor zweiundzwanzig Uhr ins Bett ging. Aus Erfahrung wusste Adam bereits, dass das im Urlaub auch nicht anders sein würde.
»Tut mir leid, dass ich dich umgerammt habe.«
Karen grinste.

»Es überkam mich in dem Moment einfach.«
»Nichts zu entschuldigen. Es war wunderbar.«
»Wir sollten unsere Cocktails genießen. Komm.«
Der Weg bis zu den beiden Handtüchern war nicht weit, da Adam seine Badelatschen jedoch in der Nähe des Wassers vergaß, fühlten sich die paar Meter wie ein Gang durch die Hölle an. Mit zusammengebissenen Zähnen setzte er sich auf das Handtuch, lehnte sich zurück, und nahm seinen Cocktail in die Hand. Der Mittag verging relativ schnell – sie verbrachten die gesamte Zeit am Strand, der mal voller und dann auch wieder leerer wurde. Da Adam seine gesamte Aufmerksamkeit auf Karen gerichtet hate, hatte er das Gespräch mit Matteo sehr schnell vergessen. Das junge Pärchen, welches Adam bereits am Vormittag auf der Terrasse entdeckt hatte, kam am frühen Nachmittag ebenfalls zum Strand – und da sie ihre Handtücher in der Nähe von Karen und ihm ausbreiteten, kamen sie schnell ins Gespräch. Die beiden hießen Sage und Connie und waren auf Anhieb so sympathisch, dass sie sich zum Ende hin zum gemeinsamen Abendessen um neunzehn Uhr verabredeten. Als der Nachmittag schließlich in den Abend überging, suchten Adam und Karen ihr Zimmer auf.
»Möchtest du zuerst duschen, oder soll ich?«, fragte Karen.
»Du kannst gerne. Ich entspanne mich derweil eine Weile und genieße den Ausblick – zu beiden Seiten.«
Er musste grinsen. Da das Badezimmer bloß mit einer Glastür vom Schlafbereich getrennt war und sich direkt hinter der Scheibe die Dusche befand, hatte er freien Blick auf Karen – zur anderen Seite hin erstreckte sich das Meer bis an den Horizont. Dass er dafür jedoch in den kommenden Minuten keine Augen haben würde, wusste er bereits.

»Ich hoffe nur, dass dir deine Augen nicht aus den Höhlen fallen. Bis gleich.«

Mit einem verschmitzten Grinsen im Gesicht verschwand Karen im Badezimmer und schloss die Tür hinter sich. Adam legte sich aufs Bett, schloss einen Moment seine Augen und genoss das leise Surren der Klimaanlage, die wohl in der Zwischenzeit repariert worden war. Es dauerte nicht lange, bis er jedoch ein Geräusch vernahm – ein Klopfen auf die Zimmertür. Verwundert stand er aus dem Bett auf, schritt auf die Tür zu und warf einen Blick durch durch Spion. Er musste zwei Mal blinzeln, da er nicht glauben konnte, wen er dort im Flur stehen sah. *Matteo?* Er schob den Riegel von der Tür langsam zurück, öffnete sie, schnappte sich im Vorbeigehen die Schlüsselkarte und trat auf den Flur, nachdem er die Tür hinter sich wieder schloss.

»Woher weißt du, welches Zimmer ich habe? Und was möchtest du?«

Adam entschied sich dieses Mal dazu, etwas direkter zu sein – er hatte nicht vor, sich von dem Jungen einschüchtern zu lassen, weshalb er direkt zeigen wollte, wer die Oberhand im Gespräch besaß.

»Die Insel hat sich wieder verändert. Sie müssen sich das ansehen.«

Adam drehte sich um. Der Weg zum Strand war nicht besonders weit, und da Karen sowieso noch eine knappe halbe Stunde im Bad verbringen würde, würde sie sein Fehlen nicht bemerken.

»Okay. Zum Strand?«

Matteo nickte.

»Alles klar. Dann los.«

Da er noch immer seine Badehose trug, steckte er sich die Schlüsselkarte in die Tasche und folgte dem Jungen den Flur

hinunter in die Lobby. Von dort aus ging es dann über die Terrasse und den Holzsteg in Richtung Strand. Der Himmel hatte sich etwas zugezogen, die Sonne war hinter einer leichten Wolkendecke verschwunden, zudem war etwas Wind aufgekommen, was sich auch direkt auf dem Wasser bemerkbar machte. Das Meer war unruhiger als zuvor, die Wasseroberfläche war lange nicht mehr so glasklar wie am Mittag.
»Hier.«
Adam blickte Matteo an und sah, dass dieser ihm ein Fernglas entgegenstreckte. Zögernd nahm er selbiges an und warf einen Blick in Richtung der Insel. Zunächst fiel es ihm schwer, einzelne Details zu erkennen. Er sah eine riesige Palme, die sich bis weit über das Wasser hinausstreckte. Und direkt daneben... ein Schatten, der dem ähnlich war, den er bereits am Mittag gesehen hatte. Dieser Schatten wirkte jedoch durch das Fernglas betrachtet alles andere als menschlich, sondern eher wie ein großes Tier – vielleicht ein Bär? Adam konnte es sich nicht genau erklären.
»Sehen Sie das auch?«
Die Stimme von Matteo klang gespannt.
»Was denn?«
Adam konnte sich nicht vorstellen, dass der Junge das große Tier meinte – denn das war nichts so Besonderes, dass man es explizit erwähnen musste.
»Na die ganzen Leute! Sehen Sie es nicht? Dort geschieht gerade ein Mord!«
Adam ließ seinen Blick schweifen und versuchte nervös, das zu erkennen, was Matteo sah. Doch bis auf das Tier, was ein paar Sekunden später bereits verschwunden war, war zumindest von seiner Position aus nichts zu sehen.

»Du musst mir verraten, was du siehst. Ich sehe es nicht.«
»Nathan hat mir davon erzählt. Oh man, wenn da wirklich nichts ist, war das wohl nur ein Scherz. Tut mir leid, dass ich Sie damit belästigt habe. Ich weiß nicht mehr, was ich wirklich sehe und was Einbildung ist. Es ist zum Verrücktwerden.«
»Was weißt du wirklich über die Insel?«
»Das kann ich Ihnen erst heute Nacht erzählen. Dann werden Sie es auch selbst sehen.«
Matteo nickte ihm zum Abschied zu und verließ dann wortlos den Strand. Er suchte jedoch keinesfalls wieder das Hotel auf, sondern setzte sich stattdessen auf eine Mauer, die sich in der Nähe befand. Adam beobachtete ihn noch eine Weile, ehe er sich abwandte. In dem Moment, in dem der Junge seinen Platz auf der Mauer eingenommen hatte, hatte er seinen Blick fast schon paralysiert auf die Insel gerichtet. *Irgendetwas stimmt mit ihm ganz gewaltig nicht.* Matteo nahm keinerlei Notiz mehr von ihm, sondern richtete seinen Blick einfach nur in die Ferne. Adam nutzte die Situation aus und suchte wieder das Zimmer auf, in dem Karen bereits auf ihn wartete.
»Wo warst du?«
»Am Strand. Ich... dachte, ich hätte irgendetwas draußen gehört. Da war aber nichts.«
Karen beäugte ihn skeptisch und meinte dann:
»Wer war das auf dem Flur?«
Verdammt. Natürlich hat sie die Stimme von Matteo gehört. Aber wie? Sie hat doch gerade geduscht.
»Ein Angestellter des Hotels, der sich nach unserem Wohlbefinden erkundigen wollte. Unter anderem auch darüber, ob die Klimaanlage nun funktioniert.«
Es dauerte einen Moment, bis Karen ihm wieder antwortete. Sie

taxierte ihn mit einem ungläubigen Blick, gab sich jedoch ein paar Sekunden später mit der Antwort zufrieden – entweder, weil sie keine Lust auf eine Diskussion hatte, oder, weil sie ihm glaubte. Adam vermutete eher ersteres, hoffte aber, dass es letzteres war. Allerdings konnte er Karens Blick in diesem Moment nicht lesen, auch, wenn ihm das sonst immer so gut gelungen war.

»Wir sind in zwanzig Minuten mit Sage und Connie verabredet. Du solltest dich mit dem Duschen beeilen«, meinte Karen schließlich, und Adam war froh, dass sie das Thema einfach so beiseiteschob.

»Ich brauche bloß fünf Minuten«, entgegnete er, ging ins Badezimmer und schlüpfte unter die kalte Dusche.

Besagte zwanzig Minuten später saßen sie bereits am Tisch und hatten sich die Teller vollgeschlagen. Auch heute stand überwiegend exquisiten Kost auf dem Plan – es gab zwar keinen Hummer, jedoch eine große Auswahl an gegrillten Speisen, Gemüsen und weiteren Beilagen.

»Auf uns«, sagte Sage und hob das Glas, woraufhin sie alle miteinander anstießen.

Die Karaffe Wein, die sie sich bestellt hatten, leerte sich schneller, als Adam gedacht hatte. Schon nach zwei Gläsern spürte er, wie ihm der Alkohol zu Kopf stieg – er war in letzter Zeit eindeutig aus der Übung geraten, oder einfach zu alt geworden. Während er früher nahezu jedes Wochenende gefeiert hatte, geschah das nun bloß noch alle zwei Monate – wenn überhaupt. Die meiste Zeit außerhalb des Urlaubs ging es nun viel mehr darum, sich um die üblichen Dinge zu kümmern - Haushalt, Job und Beziehung. Da war es nun mehr als bloß an der Zeit, die Seele mal am Strand baumeln zu lassen. Und genau dieses lange nicht mehr gekannte Gefühl der vollständigen Freiheit brachte das zweite Glas Wein.

»Wo kommt ihr eigentlich her? So viel haben wir ja vorhin noch nicht miteinander gesprochen.«

Sage hatte nun, nachdem eine Weile die Stille geherrscht hatte, das Zepter übernommen und ein Gespräch begonnen. Adam war das nur recht, denn seine Worte vertrieben die Gedanken an die folgende Nacht, die gerade wieder in seinem Kopf aufgekommen waren.

»Wir kommen aus Milbank, das liegt in South Dakota. Sind aber erst vor kurzem dahingezogen. Und ihr?«

Karen hatte die Antwort übernommen, und Adam war ihr im Stillen dankbar dafür. So konnte er sich ganz darauf konzentrieren, zu erfahren, was die anderen beiden zu erzählen hatten.

»Wir wohnen beide schon seit unserer Kindheit in Minnesota, haben uns dort auch auf der Highschool kennengelernt und schließlich vor zwei Jahren geheiratet.«

»Oh, eine Bilderbuch-Romanze.«

Karen grinste.

»Was meinst du, wie oft wir das zu hören bekommen. Aber ja, es stimmt halt auch irgendwie.«

Connie zuckte mit den Schultern.

»Wir hatten wohl beide einfach ziemliches Glück.«

Sie verbrachten die folgenden zwanzig Minuten noch im Speisesaal und entschieden sich nach dem Essen dazu, die Terrasse aufzusuchen. Draußen war es zwar ein bisschen frischer, aber nicht wirklich kalt geworden - der leichte Wind war viel mehr angenehm im Vergleich zu der brennenden Sonne des Tages. Die dicke Wolkendecke, die vorhin, als Adam Matteo für einen kurzen Moment zum Strand gefolgt war, am Himmel gestanden

hatte, hatte sich nun größtenteils wieder verzogen. Da es jedoch schon langsam in die Dämmerung überging, hatte sich die Sonne in der Zwischenzeit nicht mehr gezeigt.
»Die Insel da hinten sieht wirklich schick aus, oder?«
Es war erneut Sage, der ein Gespräch begann. Das Thema gefiel Adam jedoch überhaupt nicht, weshalb er sich erneut komplett heraushielt.
»Oh ja«, entgegnete Karen schließlich.
»Eigentlich ein gutes Ziel für einen Ausflug, oder nicht? Morgen? Ich habe gehört, dass es in der Nähe einen Bootsverleih gibt.«
»Das klingt super!«, gab Connie zur Antwort und grinste.
»Ja, das können wir machen«, murmelte Adam.
Er wusste nicht, was er sagen sollte - denn in diesem Moment schossen einfach zu viele Gedanken durch seine Hirnwindungen. Einerseits wäre es bestimmt interessant, sich das Ganze mal aus nächster Nähe anzuschauen. *Doch was, wenn wirklich etwas an den Geschichten dran ist, dass niemand diese Insel bisher lebend verlassen hat?* Er konnte sich nicht vorstellen, dass Karen, Sage oder Connie darüber Bescheid wussten - er selbst hatte es ja auch nur durch einen absoluten Zufall erfahren und war sich nicht mal mehr sicher, ob das, was in dem Artikel, den er auf einer zwielichtigen Seite im Internet gefunden hatte, auch wirklich stimmte. *Die wollen damit doch nur Profit machen. Wahrscheinlich hat sich irgendjemand vom Hotel gedacht, dass sie damit viele Gäste zu sich locken können würden.* Dass das bisher nicht so ganz gut funktioniert hatte, war nicht von der Hand zu weisen, weshalb Adam den Gedanken wieder verwarf. *Sollte wirklich etwas ganz Furchtbares bei dem Gespräch mit Matteo heute Nacht am Strand herauskommen, dann*

werde ich das Ganze noch irgendwie absagen. Er wurde den Gedanken nicht los, dass der Junge irgendetwas entscheidendes über die Insel wusste, was er bisher noch nicht preisgegeben hatte.

3

Während es langsam aber sicher dunkel um die Terrasse herum wurde, wurde die Stimmung innerhalb der kleinen Gruppe immer besser. Die zweite Karaffe Wein war schon zu mehr als der Hälfte geleert, und Adam hatte sich, weil er etwas Abwechslung brauchte, ein alkoholfreies Bier bestellt und den anderen den Wein überlassen. Er war nie ein großer Fan gewesen und spürte zudem, dass ihm das Getränk bereits leichte Kopfschmerzen bereitet hatte. Die Plätze um sie herum waren mal voller und mal leerer, niemand hielt sich allerdings so lange wie sie dort auf. Die meisten schlenderten aus dem Hotel heraus in Richtung der naheliegenden Promenade, auf der es einige Einkaufsmöglichkeiten gab - das hatten sie eigentlich am heutigen Abend auch vorgehabt, war aber aufgrund der Tatsache, dass sie Sage und Connie kennengelernt hatten, etwas in den Hintergrund geraten. Adam war das nur recht, es war immer eine Tortur, mit Karen shoppen zu gehen. Sie verbrachte teilweise so viel Zeit in Bekleidungsgeschäften, dass Adam das Gefühl hatte, dass während des Wartens Stunden ins Land ziehen würden.
»Wie lange seid ihr eigentlich schon hier?«, fragte Karen irgendwann, als die Stille mal für ein paar Sekunden Einzug gehalten hatte.
»Seit drei Tagen. Allerdings waren wir in den ersten beiden Tagen eigentlich dauerhaft unterwegs, das heute ist die erste Ruhepause, die wir uns zwischendurch mal gönnen. Muss bei der Hitze und dem Ambiente ja auch mal sein.«
Sage grinste.
»Auf jeden Fall. Aber ein Tag Ruhe reicht dann ja auch, oder?

Ich fände es auf alle Fälle gut, wenn wir das morgen machen würden. Die Insel sieht aus der Ferne echt traumhaft aus.«
Karens Motivation schien in diesem Moment keine Grenzen zu haben. *Ich sollte zumindest sie morgen früh über alles unterrichten, was ich aus dem Gespräch heute Nacht ziehe. Davor aber muss ich beten, dass sie meine Abwesenheit nicht bemerken wird.* Adam warf nervös einen Blick auf seine Armbanduhr. Es war bereits nach einundzwanzig Uhr, und der Mond am Himmel wurde immer deutlicher. Dem Bild, welches der Himmelskörper abgab, zu urteilen nach, war es wieder Zeit für Vollmond.
»Morgen früh um neun? Dann haben wir den ganzen Tag vor uns«, schlug Connie vor.
»Bis zum Bootsverleih ist es auch nicht weit, er liegt nur zwei Straßen weiter.«
Karen wechselte einen kurzen Blick mit Adam, der nur nickte.
»Abgemacht.«
Adam lehnte sich in seinem Stuhl zurück und verfiel wieder in den passiven Part des Gesprächs. Sage tat es ihm fast gleich, während Connie und Karen über Gott und die Welt redeten. *Frauen eben*, dachte Adam. *Die kriegen nie genug und können den Mund manchmal nicht stillhalten.* Er ließ seinen Blick schweifen - und in dem Moment, in dem Karen und Connie gerade beim Thema Mode angekommen waren, entdeckte er etwas, was ihn zugleich verwunderte und verunsicherte. Hinter der Glasschiebetür, die in den Innenbereich des Strandhotels führte, erkannte er die Konturen einer Person - die von Matteo.
»Ich muss mal eben auf die Toilette. Bin gleich wieder bei euch.«
Schnurstracks schritt er von der Terrasse auf den Durchgang zu.

Der Junge bewegte sich derweil keinen Zentimeter vom Fleck, und versuchte auch gar nicht erst, zu verbergen, dass er augenscheinlich die gesamte Zeit über in Richtung der Gruppe geblickt hatte.
»Was machst du hier? Beobachtest du uns etwa?«
Adam wusste nicht, was er innerlich verspürte - obwohl der Junge vermutlich erst um die sechzehn Jahre alt war, strahlte er eine verdammt unheimliche Aura aus. Andererseits wollte er sich seine Unsicherheit keineswegs anmerken lassen und versuchte das auch, indem er einen strengen Ton wählte.
»Ja.«
Die Antwort hingegen überraschte ihn schon ein Stück weit. Er hatte damit gerechnet, dass der Junge sich aus der Sache herausreden würde - hatte damit aber offensichtlich falsch gelegen.
»Und was soll das?«
»Ich war eben nochmal am Strand und habe aufs offene Meer geschaut. Dabei habe ich mit Nathan gesprochen, und er meinte, dass ich euch im Auge behalten solle. Er traut euch nicht. Ihr wollt doch nicht etwa einen Fuß auf die Insel setzen, oder?«
Adam wusste zwar nicht, was für Konsequenzen die Situation haben würde - doch er entschied sich dazu, zu lügen. Er schüttelte also den Kopf und meinte:
»Warum sollten wir das machen? Es gibt genug Berichte, weshalb man genau das nicht tun sollte.«
»Wir sehen uns nachher. Um Mitternacht verändert sich der Strand immer, und es ist möglich, Dinge zu tun, die sonst unmöglich scheinen. Bis später also, ich bin dann erstmal weg.«
Ohne noch ein weiteres Wort zu verlieren, kehrte Matteo ihm den Rücken zu und schritt durch die Lobby, bis er in dem Bereich mit den Zimmern angekommen war, in dem er dann ver-

schwand. *Der Strand verändert sich um Mitternacht... was soll dieser Mist? Kann er nicht mal klar aussprechen, was dort vor sich geht? Zudem das mit der Gruppe... ich weiß ja nicht.* Adam blickte sich kurz um, und tat dann das, was er als vorgetäuschten Grund genommen hatte, um seinen Platz zu verlassen - er suchte die Toilette auf, die im hinteren Bereich der Lobby lag. Ein langer, gefliester Gang, der an der rechten Seite abging, führte ihn zu seinem Ziel. Die Wände bestanden aus feinen Mosaiksteinen, während der Boden mit beigen Fliesen ausgelegt war. Farblich passte das Ganze zwar nicht zusammen, doch es suggerierte einen warmen Eindruck, weshalb es zumindest nicht allzu furchtbar wirkte. Aus dem Sanitärraum drang leise Musik, Adam öffnete die Tür und trat ein. Er stellte sich vor das Pissoir, öffnete den Reißverschluss seiner Hose und begab sich in Position. Während sein Urin langsam in die Keramik floss, fiel ihm etwas an der Wand vor ihm auf. Als er fertig gepinkelt hatte, begutachtete er die Stelle genauer. Auch hier war die Wand mit besagten Mosaiksteinen besetzt. An einer Stelle jedoch gab es eine kleine Lücke. Einer der Steine war hier an der Ecke leicht abgebrochen, und aus eben dieser freien Ecke ragte ein weißes Stück Papier heraus. Verwundert zog er an dem Blatt, bis er es in der Hand hatte. Er faltete es auf, warf einen Blick hinein... und konnte nicht glauben, was dort geschrieben stand.

4

Karen Brody. Der Name seiner Frau stand dort in krakeligen Großbuchstaben geschrieben. Adam drehte das Papier um, doch die Rückseite war leer, weshalb er sich wieder auf die Vorderseite konzentrierte. *Karen Brody. Woher weiß derjenige, der das geschrieben hat, ihren Mädchennamen?* Adam schluckte, spürte jedoch, dass sich selbst damit der Kloß, der gefühlt die Ausmaße eines Felsbrockens angenommen hatte, nicht vertreiben lassen wollte. *Irgendetwas läuft hier gewaltig schief. Was soll das?* Adam wusste in diesem Moment nicht weiter, knüllte den Zettel zusammen und war kurz davor, ihn in den Papierkorb zu werfen, als er nochmal innehielt. *Sollte ich ihn nicht vielleicht besser behalten?* Er stopfte ihn sich in die Hosentasche, wusch sich die Hände und verschwand wieder aus dem Badezimmer. Während er zurück zur Terrasse ging, auf der Karen, Sage und Connie mittlerweile schon eine Weile auf ihn warten mussten, schossen ihm tausend Gedanken durch den Kopf. Er versuchte jedoch, diese irgendwie abzuschütteln, da er sich keineswegs etwas vor den anderen anmerken lassen wollte. Er wollte zunächst einmal eigene Ermittlungen anstellen und in erster Linie das Gespräch mit Matteo abwarten. Schon von weitem konnte er am Tisch sehen, dass der gemeinsame Abend dem Ende entgegenging. Sowohl die Karaffe Wein, als auch die dazugehörigen Gläser waren bis auf den Grund geleert und standen in der Mitte des Tisches.

»Wo warst du denn so lange?«

»Auf dem Zimmer und auf Toilette«, redete Adam sich heraus. »Ich musste ganz kurz telefonieren. Seid ihr etwa schon fertig für heute?«

Um möglichst schnell aus der für ihn unangenehmen Situation herauszukommen, versuchte er, das Thema in eine andere Richtung zu lenken.

»Es ist doch schon spät. Irgendwie bin ich langsam müde, und der Wein tut auch sein Übriges dazu. Wir wollen doch morgen früh fit sein.«

»Genau so ist das.«

Sage nutzte den Moment, um seinen Stuhl zurückzuschieben und aufzustehen.

»Wir sehen uns morgen um neun beim Bootsverleih, okay?«

»Einverstanden. Bis dann.«

Sie verabschiedeten sich voneinander und wünschten sich eine gute Nacht, ehe sich ihre Wege trennten. Auf dem Zimmer angekommen, öffnete Adam die Tür, die auf den kleinen Balkon führte, und setzte sich auf die Bettkante.

»Sie sind wirklich ganz in Ordnung, oder was meinst du?«

Karen, die sich in der Zwischenzeit bereits bettfertig machte, sprach ihn mit ihrer Zahnbürste im Mund an.

»Ja, ich finde die beiden auch sympathisch. Bin gespannt, wie das morgen wird.«

Er blickte nervös zur Uhr, die genau in der Sekunde, in der er drauf schaute, von 21:59 auf 22:00 umsprang. *Was soll ich denn jetzt noch zwei Stunden lang machen?* Karens Abend würde nicht mehr lange gehen, nach dem Zähne putzen würde sie vielleicht noch zwanzig Minuten lesen, ehe sie das Licht ausknipsen würde. *Ich vertreibe mir die Zeit auf dem Balkon. Vielleicht kann ich mich von dort aus ja auch irgendwie nach unten begeben, dann bekommt sie, während sie schläft, gar nicht mit, dass ich gegangen bin. Ich muss mir nur vorher eine Schlüsselkarte*

aneignen, damit ich danach wieder problemlos reinkomme.
»Kommst du auch gleich ins Bett oder bleibst du noch eine Weile wach?«
Karen sah ihn aufreizend an. Sie hatte ihr Schlafshirt an, der dünne Stoff umhüllte ihre Brüste und ließ sie so noch besser zur Geltung kommen. Als plötzlich ein leichter Windzug aus der Richtung der geöffneten Balkontür kam, hob sich der Stoff so weit, dass er einen Blick auf ihren flachen Bauch werfen konnte. Das Piercing, welches ihren Bauchnabel zierte, schimmerte im schwachen Licht der Deckenlampe silbrig.
»Ich bin irgendwie noch nicht richtig müde. Ich werde noch ein bisschen auf dem Balkon sitzen und schauen, was draußen so vor sich geht. Irgendwie habe ich das Gefühl, als könne es heute Nacht noch ein Gewitter geben.«
Das war nicht mal gelogen - bevor der Abend in die Dämmerung übergegangen war, hatte es sich zugezogen, und die dicke Wolkendecke war weiterhin am Himmel präsent. *Hoffentlich ist es wenigstens um Mitternacht trocken. Ich möchte nicht wie ein nasser Hund im Sand stehen.*
»Na, dann wünsche ich dir dabei viel Spaß. Ich werde mich jetzt ins Bett begeben und noch eine Weile lesen.«
Sie drückte Adam einen Kuss auf den Mund, ehe sie unter das dünne Laken schlüpfte, welches als Bettdecke fungierte. Bevor Adam sich dem Balkon zuwandte, stellte er die Klimaanlage eine Stufe niedriger, da es doch ziemlich kühl im Raum geworden war. Er zog die Tür leise ran, und wagte einen Blick über die Brüstung, ehe er sich hinsetzte. Da sie ihr Zimmer im ersten Stock hatten, war der Abstand zum Boden nicht allzu groß - allerdings noch immer zu groß, um einfach so zu springen. Er ließ seinen Blick weiter an der Wand entlang schweifen. *Wenn*

ich mich anstrenge, kann ich mich herunterhangeln. Und ab irgendwann kann ich mich dann auch fallen lassen. Das wird schon irgendwie gehen. Während Karen das große Licht ausschaltete und stattdessen die Nachttischlampe anknipste, zog Adam sich den Plastikstuhl zurück, der dort lieblos vor einem einfachen Tisch platziert war, und setzte sich hin. Die Zeit bis Mitternacht verging quälend langsam, da half es auch nicht, mit der Taschenlampe als Beleuchtung noch in dem Rätselheft herumzublättern, welches er sich extra für den Urlaub mitgenommen hatte. Er konnte sich allerdings nicht darauf konzentrieren, die Rätsel auch zu lösen. Als es dann endlich zehn vor zwölf war, stand er auf. Karen hatte schon vor über einer Stunde das Licht ausgeschaltet, weshalb er davon ausging, dass sie bereits tief und fest schlief. Er überlegte kurz, ob er es nicht doch wagen sollte, über das Zimmer und den Flur nach draußen zu gelangen - doch die Balkontür würde beim Aufschieben ein lautes Quietschen von sich geben, was er vorhin bereits zur Kenntnis genommen hatte - weshalb er sich dagegen entschied. Er vergewisserte sich kurz, dass seine Schlüsselkarte noch immer in der Vordertasche seiner kurzen Hose steckte, und machte sich dann an den Abstieg. Es war doch gar nicht so leicht, wie es anfangs ausgesehen hatte. Der obere Teil der Brüstung war etwas rutschig, weshalb er zwei Versuche brauchte, ehe er sich sicher war, dass er eine stabile Position eingenommen hatte. Als nächstes wagte er sich mit seinem rechten Fuß einen halben Meter nach vorne - direkt neben ihrem Balkon lag eine Wand, in der es eine Einkerbung gab, die er für sein Vorhaben nutzen wollte. Er schaffte es zwar, seinen rechten Fuß in die Aussparung zu schieben, rutschte jedoch bei dem Versuch, seinen linken Fuß nachzuziehen, von der Brüstung ab und verlor das

Gleichgewicht. Der Aufprall auf dem Boden war so hart, dass er für einen kurzen Moment dachte, er hätte sich sämtliche Knochen gebrochen. Er stöhnte auf, zog sich an der Hauswand hoch und kam so wieder auf die Füße. *Verdammt.* Er war zwar im weichen Sand gelandet, hatte sich aber trotzdem seinen linken Ellenbogen aufgeschlagen. Die Wunde blutete und brannte, doch er versuchte, sich auf die Zähne zu beißen und einfach weiterzumachen. Mehr humpelnd als gehend hatte er schließlich die Terrasse, die sich in unmittelbarer Nähe befand, erreicht. Selbige war komplett leergefegt, doch im Inneren brannte noch Licht, und neben leiser Musik waren auch Stimmen aus dem Bereich rund um die Bar zu hören. Adam kümmerte sich jedoch nicht darum - die Zeit war knapp, er wollte rechtzeitig am Strand sein, um ja nichts zu verpassen. Gerade, als er die Terrasse verlassen hatte, hörte er einen leisen Donner. *Das Gewitter kommt. War ja klar.* Das Meerwasser wirkte unruhig, zudem war der Wind auch stärker geworden, als zu Zeiten der Dämmerung. Der Sand war abgekühlt, die glühende Hitze des Tages war durch den Schatten der Nacht vertrieben worden, weshalb Adam seine Schuhe auszog und barfuß über den kühlen Untergrund schritt. *Wo genau wollten wir uns eigentlich treffen? Naja, ich setze mich einfach mal in den Sand und warte. Es sollte ja naheliegend sein, dass er in der Nähe des Hotels erscheint.* Er nahm also Platz und versuchte, sich zu entspannen - doch das schaffte sein Körper nicht so wirklich. Es dauerte noch geschlagene zehn Minuten, bis er Schritte vernahm - und in das Gesicht von Matteo blickte, als er sich daraufhin umdrehte. Der Junge hatte sich im Vergleich zum Nachmittag schon ein bisschen verändert, er trug nun ein T-Shirt am Körper, bei dem der Stoff bereits völlig verdreckt und zerrissen war. Zudem wirkte er irgendwie abgekämpft, und obwohl es nicht mehr warm war, stand ihm der Schweiß auf der Stirn. Das alles war für Adam möglich zu sehen, weil er die Taschenlampe noch immer angeschaltet hatte – sie hatte den Sturz überlebt und spendete weiterhin gelbes Licht.

»Es ist wieder soweit. Der Strand hat sich um Mitternacht verändert.«

Matteo sank auf die Knie. Sein Kopf landete dabei im Sand, und ehe Adam irgendwie reagieren konnte, fing der Junge an zu heulen. Er schien einen wahrlichen Heulkrampf zu erleiden, sein Körper wurde komplett durchgeschüttelt und er schaffte es nicht, sich zu beruhigen. Adam war mit der Situation komplett überfordert. Als das Ganze jedoch nicht enden wollte, fasste er sich ein Herz und legte dem Jungen seinen Arm auf die Schulter.

»Was ist denn los?«

Statt dem strengen Ton, den er am Nachmittag eingesetzt hatte, um den Jungen etwas einzuschüchtern, wählte er nun die einfühlsamere Variante. Es dauerte etwas, bis die Aktion Früchte getragen hatte - der Junge hatte sich nun beruhigt und schluchzte bloß noch etwas.

»Ich kann nicht mehr. Nathan und Emily sind noch auf der Insel und ich kann ihnen nicht helfen. Ich bin machtlos.«

Adam wusste in diesem Moment nicht weiter. Das, was der Junge erzählte, ergab einfach vorne und hinten keinen Sinn – zumal sich einige Dinge widersprachen.

»Warum sind sie auf der Insel? Und was hält sie davon ab, zurückzukommen?«

Er versuchte, den Jungen nicht zu überfordern, wollte aber auch alles Mögliche wissen, weshalb er zwei Fragen auf einmal stell-

te - und sich eine zufriedenstellende Antwort erhoffte.
»Die Insel verändert sich, genau wie der Strand.«
Matteos Stimme klang mit diesen Worten bereits etwas klarer als zuvor.
»Wir sind alle in großer Gefahr. Mal ist es das Meer, mal die Insel - wir sollten uns in Acht nehmen. Aber ich muss zurück… und kämpfen. Für sie, für meine Gruppe, für ihr Überleben, wenn das mittlerweile nicht bereits zu spät ist. Verdammt.«
Er wischte sich mit dem Stoff seines zerrissenen Shirts die Tränen aus den Augen.
»Was ist dir denn überhaupt passiert? Vorhin war dein Shirt nicht zerrissen.«
»Ich habe etwas gesehen. Das war kurz bevor du mich in der Lobby getroffen hast. Ich habe euch keineswegs beobachtet, obwohl ich vorhin etwas anderes gesagt habe. Mein Interesse galt dem, was hinter euch vor sich ging.«
»Was ist denn passiert?«
Adam verstand nicht wirklich, was der Junge ihm mitteilen wollte, und hatte zudem das Gefühl, als würde er ihm jede Antwort aus der Nase ziehen müssen.
»Das, was jeden Abend um diese Uhrzeit an diesem Ort passiert. Die Bedrohung, die die Insel berühmt macht, und doch ist dieses Schauspiel jedes Mal so besonders, dass ich meine Augen nicht davon abwenden kann. Es hypnotisiert mich fast. Es fängt an mit einem leichten Blubbern auf der Wasseroberfläche, was für das menschliche Auge kaum zu sehen ist. Und dann… Stunden später… nämlich jetzt gleich…«
Matteo brach seinen Satz ab und legte sich einen Finger auf die Lippen, um Adam zu signalisieren, dass er still sein sollte. Adam tat wie geheißen und spitzte seine Ohren - doch er konnte

nichts hören. Zeit verging, in der sie einfach nur in die Nacht lauschten, doch bis auf die Wellen, die an den Strand schlugen, und leises Donnergrollen, war zunächst nichts zu hören. Bis dann in dem Moment, in dem Adam schon bezweifelte, ob überhaupt ein anderes Geräusch erklingen würde, plötzlich eine Melodie einsetzte.

»Der Gesang der Sirenen!«, flüsterte Matteo.

Adam spürte, wie sein Körper fast magisch von dem Geräusch angezogen wurde. Er stand auf, folgte dem Gesang, und ignorierte Matteo, der ihm etwas laut hinterherrief.

»Bleib hier! Gib dich ihnen bloß nicht hin!«

Adam konnte und wollte sich jedoch nicht von dem Gefühl lösen, welches der Gesang in ihm auslöste. Er hatte keine andere Wahl, als der wunderbaren Melodie zu folgen. Das Licht der Taschenlampe reichte nur dazu aus, die unmittelbare Umgebung zu erhellen, und auch der Vollmond am Himmel war zu schwach, um ihn mehr als bloß Konturen in der Ferne erkennen zu lassen. Da er aber ja die Stimme hatte, wusste er, in welche Richtung er gehen musste.

»Du musst dich dagegen wehren!«

Matteo legte ihm eine Hand um die Schulter, doch er konnte diese irgendwie abschütteln.

»Sie sind böse!«

Auch die letzten Worte, die er sprach, ehe er es aufgab, interessierten Adam nicht im Geringsten. Für ihn gab es nur die Melodie, deren Ursprung er dringend auf den Grund gehen musste. Schon bald spürte er das kalte Wasser, welches seine Beine umspielte und seine Hose augenblicklich durchnässt hatte. Der Gesang lockte ihn mitten ins Meer hinein, und kurz darauf stand ihm das Wasser bereits bis zum Hals, weshalb er vom Gehen

zum Schwimmen wechseln musste. Die Taschenlampe fiel ihm aus der Hand, doch auch das war keineswegs etwas, was ihm in diesem Moment etwas ausmachte. Auch ohne Licht wusste er, wo er entlang musste. Der Gesang wurde immer lauter… und es dauerte nicht mehr lange, bis er einen Felsen erreicht hatte. Schon am Tage hatte er den Stein im Meer gesehen, er hatte etwa einen Meter aus dem Wasser geragt und oben eine Art Plateau besessen, weshalb er sich an der Kante des Felsens hochzog und auf der Oberseite Platz nahm.
»Ich habe dich bereits erwartet.«
Der sanfte Gesang ging in eine noch sanftere, betörende Stimme über. Für einen kurzen Moment wurde das Wasser unruhig, ehe ein Kopf aus der Oberfläche ragte. Und Adam konnte das, was er dort sah, nicht glauben. *Wie schön die Frau… dieses Wesen… einfach ist.* Er war zwar noch immer nicht in der Lage, klar zu denken, doch die Worte, die Matteo ihm hinterhergerufen hatte, als er wie von Sinnen dem Gesang gefolgt war, waren weiterhin in seinem Kopf präsent. *Sie ist böse. Eine Sirene.* Adam schüttelte den Kopf. *Blödsinn, einfach Blödsinn, wie fast alles, was der Junge bisher von sich gegeben hat.*
»Komm zu mir.«
Die Sirene, die dort elegant im Wasser trieb, lächelte.
»Wer bist du?«, fragte Adam, während er sich langsam wieder ins kalte Wasser sinken ließ.
Ein kurzer Schauer durchzuckte ihn, doch danach hatte sich sein Körper bereits an die Temperatur gewöhnt - oder aber die Wärme, die das Wesen ausstrahlte, war so umfassend, dass sie sogar die Wassertemperatur ändern konnte.
»Ich bin Himeropa, die sanfte Stimme.«
Sie leckte sich über die Lippen und wagte sich dann noch ein

Stück näher an Adam heran. Ihre Körper waren nun ganz nah beieinander, und der Geruch, den die Sirene versprühte, vernebelte Adams Sinne. Er konnte sich dem Bann des Wesens nicht entziehen, und als sich ihre Körper schließlich ineinander verschlangen, schloss er die Augen und genoss das Gefühl einfach nur. Sie erklommen nacheinander den flachen Felsen. Obwohl Adam klatschnass war, spürte er, wie die Erregung dafür sorgte, dass ein warmer Schauer seinen Intimbereich durchzuckte. Er riss sich die triefnasse Hose vom Leib, schleuderte sie einfach ins Wasser und gab sich dann der Sirene hin. Sie trieben es heftig miteinander, doch der Geschlechtsakt war so gut, dass Adam recht schnell zu seinem Höhepunkt gekommen war. Keuchend lehnte er sich zurück, woraufhin er das Gleichgewicht verlor und rückwärts ins Wasser fiel. Die Sirene verließ daraufhin auch ihren ursprünglichen Platz und verstärkte den Druck auf seinen Körper. Adam schaffte es zunächst nicht, sich aus dem festen Griff des verführerischen Wesens zu wenden. Er öffnete den Mund, schluckte das salzige Wasser und spürte, dass er nicht mehr lange die Luft anhalten können würde. Dieser Umstand setzte enorme Kräfte in ihm frei, es gelang ihm tatsächlich, die Sirene von sich zu stoßen und wieder aufzutauchen. Er hörte einen lauten Knall und sah kurz darauf, wie das Wesen reglos im unruhigen Wasser versank. *Was ist passiert?* Plötzlich war es die Panik, die in seinem Inneren dominierte. Er zog sich keuchend über die Wasseroberfläche und brauchte ein paar Sekunden, um seine Atmung wieder in einen normalen Rhythmus zu bringen. Nun war das Gefühl der Wärme auch wieder verschwunden und er fand sich in einer bitteren, kühlen Welt wieder. *Wie habe ich es geschafft...?* Er blickte sich um. Die Sirene war mittlerweile auf den Grund gesunken, und da er seine

Taschenlampe nicht mehr besaß, war es ihm nicht möglich, viel zu sehen. Der Vollmond jedoch zeigte ihm den vermutlichen Ursprung für den abrupten Ausgang des Kampfes. Direkt neben dem kleinen Plateau befand sich ein spitzer Felsen, der nur etwa einen halben Meter aus dem Wasser ragte. *Ich habe sie wohl auf dem Stein aufgespießt. Einerseits habe ich mich gewehrt... doch andererseits... habe ich gerade gemordet.* Er brauchte eine Weile, um die Situation zu verkraften. Seine Sicht verschwamm, und er wünschte sich jetzt nichts sehnlicher, als eine warme Dusche. Dass er damit allerdings bis zum Morgen warten würden müsste, um Karens Aufmerksamkeit nicht zu erregen, war ihm absolut bewusst, weshalb der Umstand seine Freude wieder ein wenig trübte. Der Weg bis zum Festland war doch weiter als gedacht, was aber auch bedeutete, dass er sich der mysteriösen Insel umso näher befand. *Sie war eine Sirene. Leben davon etwa noch mehr auf der Insel? Oder gibt es dort noch schlimmere Dinge?* So langsam verspürte er nicht mehr das dringende Bedürfnis, die Insel zu betreten - doch das stand morgen weiterhin ganz oben auf dem Tagesplan, und er fühlte sich nicht in der Lage dazu, etwas daran zu ändern. Er dachte nicht weiter über das, was bevorstand, nach, und machte sich stattdessen daran, zum Strand zurückzuschwimmen. Auch, wenn der erneute Sprung ins Wasser eine Menge Überwindung kostete und er sich noch nicht wirklich fit fühlte, wusste er, dass es unabdingbar war. Seine Augen brannten genauso schlimm wie seine Lungen und er fühlte sich absolut gerädert, als er auf dem nassen Sand zum Liegen kam. Er rappelte sich auf und humpelte in Richtung des Hotels zurück. Von Matteo war nichts mehr zu sehen, der Junge schien den Strand direkt verlassen zu haben, als Adam dem Gesang der Sirene gefolgt war. *Wollte er mich etwa umbringen? Seine Versuche, mich davon abzuhalten, in mein eigenes Verderben zu laufen, waren ja nicht mehr als zaghaft.* Adam wusste nicht, was er über den Jungen denken sollte, weshalb er alle Gedanken, die auch nur im Entferntesten in die Richtung dieses Themas führten, beiseiteschob. Aus der Lobby drangen weiterhin Stimmen nach draußen und auch die Musik war noch an - zwar etwas leiser als zuvor, aber dennoch präsent. *Hoffentlich sieht mich so keiner. Ich muss mich einfach unauffällig verhalten.* Dass das mit klitschnassen Klamotten und zahlreichen Wunden am Körper, die er jetzt, wo das Adrenalin ein wenig abgeebbt war, erst so wirklich spürte, nicht so einfach war, war ihm bewusst. Er schlich sich durch den hinteren Teil, weit entfernt von der Bar und schaffte es tatsächlich, ins Treppenhaus zu gelangen, ohne die Aufmerksamkeit der anderen Gäste zu erregen. Oben angekommen, musste er erst einmal tief durchatmen. Es war nicht mehr weit bis zum Zimmer… und plötzlich, einem panischen Gedanken folgend, tastete er sich ab, stellte jedoch erleichternd fest, dass die Schlüsselkarte sowohl die Attacke der Sirene, als auch das Schwimmen durchs Meer unbeschadet überstanden hatte. *Meine Güte, warum auch immer ich mir geistesgegenwärtig meine Hose hochgezogen habe, nachdem ich mit der Sirene gefickt habe. Wahnsinn.* Sein Verstand hatte zu dem Zeitpunkt augenscheinlich zumindest ein kleines Stück weit die Handlung übernommen, und er war dankbar darüber. Der Rest seines Körpers hatte nur auf Sparflamme gearbeitet. Nun musste er sich bloß noch ruhig verhalten. Er zog sich seine Klamotten daher schon auf dem Flur aus - in diesem Moment war es ihm absolut egal, ob ihn jemand splitternackt sehen würde. Es ging ihm erstmal nur darum, heil aus der Situation herauszukommen und Karen nicht aufzuwecken. Während er so dastand, spürte er ein leichtes Brennen, welches sich mit jeder vergehenden Sekunde zu steigern schien. Er blickte an sich herunter, und sog scharf die Luft ein, als er den Ursprung des Ganzen erkannt hatte. Direkt über seinem Intimbereich, im unteren Teil des Bauches, klaffte eine große Schürfwunde auf, aus der noch immer frisches Blut auf den Teppich tropfte. *Verdammt. Ich saue hier alles ein.* Hilfesuchend blickte er sich um, doch bis auf seine Klamotten gab es in diesem Moment nichts, was ihm hilfreich erschien. Er wrang also sein T-Shirt aus, bis ein Großteil des Wassers aus dem Stoff auf den Teppich getropft war. Danach presste er das eiskalte Shirt auf die Wunde und spürte, wie ihm für einen kurzen Moment schwarz vor Augen wurde. Mit seinen restlichen, triefnassen, vom Sand verdreckten Klamotten in der Hand trat er kurz darauf so leise er konnte ins Zimmer ein. Stöhnend und auf Zehenspitzen wagte er sich bis an sein Bett vor. Karen schien keine Notiz von ihm zu nehmen, sie lag auf dem Rücken und schlief tief und fest. Ihr Brustkorb hob und senkte sich regelmäßig. All das konnte Adam nur durch den Vollmond sehen, der mit voller Pracht durch die Balkontür ins Zimmer schien. Er zog leise die Vorhänge zusammen, schmiss seine Klamotten bis auf das T-Shirt auf einen Haufen neben seinem Bett und zog die Decke zurück. Der Blutfluss seiner Schürfwunde war zwar mittlerweile etwas abgeebbt, doch er fühlte sich weiterhin nicht gut. *Nie wieder. Meine Güte, ich hätte jetzt auch tot sein können, wenn mir dieses Wunder nicht gelungen wäre.* Er wusste nicht, ob, und wenn ja, was für Folgen sein Mord haben würde - was er allerdings wusste, war, dass er bei Weitem nicht der Erste gewesen wäre, der dem Gesang der Sirene in den Tod gefolgt wäre. *Vielleicht sind sie ja das Mysterium? Wobei das schon fast zu einfach wäre. Da muss mehr hinter stecken.* Er konnte sich gar nicht so wirklich beruhigen, weshalb es ihm auch schwerfiel, einzuschlafen. Zudem sorgte jede Position dafür, dass ihm irgendetwas am Körper wehtat - sei es sein aufgeschürfter Ellenbogen, seine Füße, oder aber seine Bauchwunde. Es war zum Verrücktwerden. Irgendwann siegte dann jedoch die Müdigkeit - und über die Geschehnisse des Abends legte sich innerhalb seines Kopfes ein schwarzer Vorhang, der alles unter sich verbarg.

5

Am nächsten Morgen wachte Adam mit starken Kopfschmerzen auf, die allerdings mehr auf den Wein, als auf seinen nächtlichen Ausflug zurückzuführen waren. Er stöhnte, schlug die Bettdecke zurück und richtete sich auf. Da Karen gerade duschte, konnte er sich neue Klamotten anziehen, ohne dabei beobachtet zu werden. Obwohl ihm ebenfalls der Sinn nach einer warmen Dusche stand, wollte er sich dem jetzt nicht hingeben - zum einen war es bereits nach acht Uhr, was bedeutete, dass das Treffen mit Sage und Connie beim Bootsverleih kurz bevorstand. Zum anderen strahlte die Wunde immer noch einen derartigen Schmerz aus, dass er nicht glaubte, dass warmes Wasser dem wirklich hilfreich entgegenwirken konnte. Karen ließ sich enorm viel Zeit im Bad, und Adam nutzte das dazu aus, seine Gedanken ein wenig zu ordnen. Das Chaos in seinem Kopf lichtete sich erst nach einigen Minuten, und in dem Moment, in dem sie nackt aus dem Badezimmer geschritten kam, fühlte er sich bereit für den Tag. Der Anblick, den sie abgab, war mehr als bloß anziehend. Zudem war da auch der Geruch ihres frisch gewaschenen Körpers, der ihn einfach wahnsinnig machte. Er wollte sich seinem Verlangen eigentlich nicht hingeben, konnte jedoch nicht verhindern, dass er eine Erektion bekam. Sein steifes Glied drückte schmerzhaft von innen gegen seine Hose, und dieses Gefühl erinnerte ihn wieder an die vergangene Nacht, woraufhin er merkte, dass die Lust langsam wieder abebbte.
»Na, alle wach?«
Sie blickte fast süffisant auf die Beule in seiner Hose.
»Du bist schon angezogen. Möchtest du gar nicht duschen?«

»Mache ich heute Abend. Ich glaube nicht, dass das jetzt, wo wir einen solchen Ausflug vor uns haben, wirklich was bringt. Draußen wird es verdammt heiß sein.«

Das mochte zwar um die momentane Uhrzeit noch nicht stimmen - doch heute Mittag würden sich die Temperatur sicherlich jenseits der dreißig Grad befinden, und das war für Adam gerade so die Grenze zwischen gut erträglich und unangenehm. Aber da sie sich ja die gesamte Zeit über in der Nähe vom Wasser befinden würden, war das gerade so noch akzeptabel.

»Klingt vernünftig.«

Karen kniete sich auf die Matratze von Adams Bett. Es hatte zum Zeitpunkt der Buchung keine Zimmer mehr mit Doppelbetten gegeben, weshalb sie zwei einzelne besaßen. Sie lehnte sich nach vorne und drückte ihm einen Kuss auf den Mund. Normalerweise genoss Adam den Moment und vor allem das Gefühl, welches er in ihm freisetzte, immer sehr. Doch was war heute schon normal? Während ihre Lippen aufeinandertrafen, spürte er wieder die Wunde am Bauch, weshalb er laut aufstöhnte. Er versuchte, sich nichts anmerken zu lassen, und sagte, nachdem sie sich voneinander gelöst hatten:

»Ich habe wirklich schlecht geschlafen. Wie war es bei dir? Die Matratze hat sich wie ein harter Stein angefühlt.«

»Oh, wirklich? Das tut mir leid. Ich habe ganz gut geschlafen.« Sie warf einen Blick auf die Uhr, die sich an der Wand befand. »Ich glaube, wir sollten gleich los. Oder wolltest du noch etwas essen?«

Adam schüttelte den Kopf. Er war kein Freund vom ausgiebigen Frühstück, zuhause hatte er sich meist auf einen Kaffee und eine Zigarette beschränkt - bis Karen ihn vom Rauchen ab-

gebracht hatte, wofür er ihr bis heute dankbar war. Alleine war es unmöglich gewesen, den Kampf gegen den inneren Schweinehund zu gewinnen, doch mit ihrer Unterstützung war ihm das gut gelungen. Ein paar Minuten später brachen sie bereits auf und verließen das Zimmer. Karen hatte noch ihre Handtasche gepackt, und Adam hatte die Situation ausgenutzt und seine Sonnenbrille samt Etui, sein Portemonnaie und seinen Fotoapparat mit dazu gepackt. Um Punkt neun Uhr hatten sie schließlich auch den Bootsverleih erreicht, an dem Sage und Connie bereits auf sie warteten. Adam ließ seinen Blick schweifen. Die Boote, drei an der Zahl, waren allesamt an einem Steg vertäut, auf dem sich zudem noch eine kleine Kabine befand, die mit „Kasse" beschriftet war. In ebenjener Kabine saß ein älterer Mann mit einer Kapitänsmütze und einem weißen Bart, der, als er sie erblickt hatte, sofort herüber geschritten kam.
»Herzlich Willkommen bei meinem Bootsverleih. Kann ich euch etwas anbieten?«
»Ja, wir hätten gerne zwei Boote für den ganzen Tag, um ein bisschen aufs Meer raus zu schippern. Was kostet das Ganze?«
»Kenne ich dich nicht irgendwo her?«
Der Kapitän, der zudem noch eine Sonnenbrille auf der Nase trug, hob selbige ein Stück an und kniff die Augen zusammen.
»Ich bin nur ein Tourist.«
Sage zuckte mit den Schultern.
»Ein Tourist mit einem Allerweltsgesicht.«
»So wird es wohl sein.«
Der Kapitän lachte, und in diesem kurzen Lachen waren die Spuren jahrelangen Rauchens deutlich zu vernehmen.
»Ich mache euch ein Angebot. Fünfundzwanzig Dollar, beide zusammen, den gesamten Tag über. Zu Sonnenuntergang sollen

sich die Boote aber bitte wieder am Hafen befinden.«
»Abgemacht.«
Sage kramte sein Portemonnaie hervor, und als Karen ähnliche Anstalten machte, winkte er ab.
»Wir laden euch ein.«
Karen war ganz erstaunt, und auch Adam war über die Großzügigkeit überrascht.
»Vielen Dank, aber das musst du doch nicht machen.«
»Wir möchten es aber. Oder?«
Connie nickte in Folge eines kurzen Blickwechsels.
»Super. Ihr habt was gut bei uns. Dann machen wir uns mal auf den Weg, oder?«
»Ay ay, die Boote sind abfahrbereit. Ihr müsst euch nur an Board begeben, dann entlasse ich euch auf die hohe See.«
Adam ließ Karen zuerst einsteigen, ging ihr dabei jedoch zur Hand. Als sie sich im Inneren befand und eine bequeme Position eingenommen hatte, stieg er ebenfalls hinein. Das Boot wackelte wild, Adam musste einen Moment abwarten, bis es wieder still war, und konnte dann erst so wirklich Platz nehmen. Sage und Connie taten es ihnen gleich, wenngleich es bei den beiden etwas eleganter aussah. Adam übernahm die Ruder und steuerte durch den kleinen Kanal, der mitten durch die Stadt führte. Es ging zunächst unter einer Brücke hindurch, ehe sie der Weg aufs offene Meer führte. Als Adam in der Ferne die Insel und auf halber Strecke davor den Felsen erblickte, wurde ihm mulmig. Denn das, was sich ihm zeigte, brachte die Erinnerungen an die vergangene Nacht wieder zurück - und diese waren kurz davor, ihn komplett zu überwältigen.
»Hast du Sonnencreme dabei?«, fragte er Karen, um sich so etwas von den Gedanken abzulenken.

»Klar. Soll ich die Ruder mal übernehmen?«
Sie wühlte einen Moment in ihrer Tasche herum, bis sie eine kleine Tube zutage gefördert hatte. Sie war bereits zur Hälfte geleert, doch da Adam nur ein bisschen brauchte, reichte das locker aus. Er kostete den Moment etwas aus, und sah Karen dabei zu, wie ihre Brüste auf und ab hüpften, als sie die Ruder benutzte. Plötzlich jedoch verschwamm sein Sichtfeld... und seine Gedanken zeigten ihm etwas ganz anderes. Er bekam eine Gänsehaut, als die Gesichter von Karen und der Sirene zu einem verschmolzen. Er schloss fest die Augen und versuchte, die Gedanken an die verheißungsvolle, letzte Nacht zu verbannen. Er strengte sich dabei sogar so sehr an, dass die Schürfwunde in seinem Bauchbereich wieder zu brennen begann. Um sich irgendwie abzulenken, schmierte er seine Arme, Beine, seinen Nacken und das Gesicht mit dem Spritzer Sonnencreme ein, den er zuvor aus der Tube gepresst hatte. Es war wirklich verdammt heiß, und hier, auf dem offenen Meer, hatten sie keinen Schutz vor der prallen Sonne, deren Strahlen auf der Wasseroberfläche reflektierten. Es standen zwar ein paar Wolken am Himmel, doch die befanden sich eher in der Ferne - und von dem heftigen Regenguss in der Nacht war auch nichts mehr zu merken. *Das hier ist schon ein sehr merkwürdiger Ort.* Adam übernahm kurz darauf wieder die beiden Ruder und sorgte dafür, dass sie nicht den Anschluss an Sage und Connie verloren, die sie in der Zwischenzeit überholt hatten. Sage hatte sich während des Ruderns eine Sonnenbrille und eine Kappe aufgesetzt, und während Adam ihn bei der Arbeit beobachtete, musste er an das Gespräch mit dem Mann vom Bootsverleih denken. *Er kannte Sage vom Sehen her. Und als älterer Mann wird er ja sicher wissen, dass sich Gesichter manchmal ähnlich sehen. Er schien*

sich wirklich sicher gewesen zu sein... Als sich ihre Blicke kurz darauf kreuzten, warf Sage ihm ein freundliches Lächeln zu, woraufhin seine Gedanken wieder in eine andere Richtung gelenkt wurden. Sie befanden sich nun in unmittelbarer Nähe des Felsens, und als Adam den Stein erblickte, spürte er, wie sich sein Magen zusammenzog. In den letzten Minuten hatte das, was er in der Nacht erlebt hatte, eher wie ein wilder Traum gewirkt – doch der Anblick des Steins holte ihn jetzt wieder brutal in die Realität zurück. *Scheiße, wir werden jetzt gleich auf eine Leiche stoßen.* Er schluckte. *Im Normalfall.* Seine Wunde brannte unnachahmlich, und er musste wirklich gegen die Bewusstlosigkeit ankämpfen, da ihn alles Geschehene gerade überwältigte. Er versuchte, sich irgendwie nichts anmerken zu lassen, doch die Fassade, die er um sich herum aufgebaut hatte, war nicht allzu standhaft - Karen bemerkte, dass irgendetwas nicht stimmte, und sprach ihn daraufhin direkt an.
»Ist alles okay?«
Sie klang wirklich besorgt, und Adam versuchte, sich innerhalb von Sekunden irgendetwas glaubwürdiges einfallen zu lassen.
»Ja, alles gut. Es ist nur... extrem warm.«
Er wischte sich theatralisch über die Stirn, obwohl dort gar nicht so ein dichter Schweißfilm stand, dass das überhaupt nötig gewesen wäre.
»Oh ja, das stimmt. Vor allem hier, schutzlos unter der Sonne... aber wir haben die Insel ja bald erreicht, dort können wir es uns unter den Palmen gemütlich machen.«
Sie lächelte, doch dieses Mal sorgte eben genau das nicht dafür, dass Adam sich besser fühlte - obwohl das sonst immer der Fall war. *Wenn du wüsstest...*
»Das machen wir. Ich freue mich schon drauf.«

Mit diesen Worten hoffte er einfach nur, der kleinen Konversation ein Ende setzen zu können - was ihm auch gelang. Er ließ seinen Blick unauffällig über das Wasser schweifen, ehe er den Felsen betrachtete, in dessen unmittelbarer Nähe sich jetzt befanden. Es wirkte von außen so, als wäre nie etwas passiert - von der toten Sirene war nichts zu sehen und auch sonst gab es nichts, was darauf deutete, dass in der Nacht an Ort und Stelle ein heftiger Kampf stattgefunden hatte. *Das Wasser ist aber auch nicht glasklar. Wenn sie hier auf dem Grund liegen sollte, dann kann ich sie nicht sehen.* Er hielt einen Moment mit dem Rudern inne und überlegte. *Ich muss nachschauen. Ansonsten komme ich den ganzen Tag nicht zur Ruhe.*
»Ich möchte mich mal kurz abkühlen. Die Hitze ist wirklich unerträglich.«
Karen zog eine Augenbraue hoch.
»Wir sind doch gleich bei der Insel.«
»Macht nichts, ich würde aber gerne jetzt.«
Ohne weiter zu zögern, reichte Adam Karen die beiden Ruder und sprang ins Wasser. Sein T-Shirt behielt er wohlüberlegt an - sollte Karen die Wunde erblicken, würde das unausweichlich dazu führen, dass er sich erklären würden müsste. Der Moment würde früher oder später sowieso kommen - aber zurzeit hatte er einfach noch keine passende Ausrede parat, weshalb er das Ganze lieber vertagte. Das kühle Wasser umschmeichelte seinen Körper und sorgte dafür, dass er sich trotz der verzwickten Situation, in der er weiterhin steckte, etwas besser fühlte. Er versuchte, seine Augen offenzuhalten - das Salzwasser brannte zwar, doch er schaffte es, dem Drang, sie zu schließen, zu widerstehen. Mit tiefen Zügen näherte er sich dem Grund, das Wasser war an dieser Stelle so trüb, dass er wirklich kaum was

sehen konnte. Ein paar Sekunden später blitzte jedoch etwas auf, und während er schon mit seiner Luft zu kämpfen hatte, holte er nochmal alles aus sich heraus, um nachzuschauen, was es damit auf sich hatte. Und tatsächlich hatte er kurz darauf den Grund erreicht. Seine Lungen brannten, und als ihm klar wurde, was sich dort vor ihm im Sand befand, wollte er einfach nur noch weg.

6

Wie ein Torpedo schoss Adam nach oben, und durchbrach prustend wieder die Wasseroberfläche. Er musste sich eine Weile am Felsen abstützen, und hustete die Menge Wasser, die er zuvor verschluckt hatte, wieder aus. Er rieb sich über seine Augen, die durch das Salz enorm brannten. Karen hatte das Boot auf der anderen Seite des Felsens geparkt und sah ihn an.
»Du bist aber auch komisch drauf heute. Und, erfrischt?«
Adam nickte und zog sich auf das Plateau des Felsens, um dort einen Moment in der Sonne zu sitzen. Er schloss die Augen und musste sich erst über das, was er gesehen hatte, klar werden. Nachdem er gemerkt hatte, dass seine Kräfte dem Ende entgegengegangen waren, hatte er nochmal seine Reserven aktiviert und den Grund erreicht. Zunächst war seine Sicht aufgrund des Wassers nur getrübt gewesen, doch sie hatte sich zumindest für einen kurzen Moment gelichtet. Dort unten, auf dem Grund, war ihm zuerst eine alte, verrottete Holzkiste aufgefallen, die, zumindest vom Aussehen her, an eine Schatzkiste erinnert hatte. Direkt daneben hatte sich jedoch etwas befunden, was seine Aufmerksamkeit direkt in Beschlag genommen hatte. *Knochen über Knochen, Totenköpfe… verdammt, das war ein Unterwasserfriedhof!* Der Körper der totgeglaubten Sirene hatte sich allerdings nicht an Ort und Stelle befunden, weshalb Adam ernsthaft daran zweifelte, ob sie in der Nacht wirklich ihr Leben verloren hatte. *Ich war so blind, dass ich wirklich dachte, dass ein einziger Schlag dazu ausgereicht haben mochte, sie ins Jenseits zu befördern? Vielleicht habe ich sie ja auch nur verletzt.* Er schluckte, konnte jedoch den Kloß mit der Größe eines Felsbro-

ckens damit nicht aus seinem Hals vertreiben. *Wenn sie lebt, bin ich geliefert. Dann sollte ich auf keinen Fall diese verfluchte Insel betreten.* Hilfesuchend ließ er seinen Blick schweifen. Karen wartete im Boot auf ihn, ihr Blick hatte sich irgendwo auf dem offenen Meer verloren. Augenscheinlich schwelgte sie gerade in ihren Gedanken. Sage und Connie hatten die Insel bereits erreicht und ihr Boot am Steg vertäut. Missmutig wagte er sich wieder ins Innere, ging dabei jedoch etwas tollpatschig vor - das Boot wackelte zunächst stark, ehe es kenterte und sie beide ins Wasser beförderte. Karen hatte damit in dem Moment nicht gerechnet, sie riss während des Kenterns die Arme in die Luft und versuchte so irgendwie, das drohende Unheil abzuwenden.
»Du Esel«, keuchte sie, als sie sich wieder an die Wasseroberfläche gekämpft hatte.
Das Erste, was sie dann tat, war, ihre Tasche auf den Felsen zu hieven. Obwohl die Situation eigentlich keine zum Spaßen war, konnte Adam nicht verhindern, dass sich ein leichtes Grinsen auf seine Lippen legte.
»Tut mir leid«, meinte er und half ihr dabei, das Boot wieder umzudrehen.
Der Innenraum stand nun komplett unter Wasser, doch sie schafften es, das Gefährt ein bisschen zu kippen und so einen Großteil herauslaufen zu lassen.
»Pass doch wenigstens mal ein bisschen auf. Du stellst dich manchmal echt doof an.«
»Ach komm, gegen eine kleine Erfrischung kannst du doch nichts einzuwenden haben.«
»Ich habe mir heute Morgen so schön meine Haare gemacht und wollte heute eigentlich nicht unbedingt tauchen«, murmelte sie.
»Dann machst du das morgen halt nochmal. Komm, es war kei-

ne Absicht und wir sollten uns von sowas nicht den Tag vermiesen lassen.«

Karen murmelte irgendetwas leise in sich hinein, was Adam jedoch nicht verstehen konnte. Mürrisch nahm sie als erste wieder im Boot Platz, woraufhin Adam jetzt auch versuchte, vorsichtig hineinzusteigen. Dieses Mal klappte es ohne kentern - auch, wenn das Boot bedenklich schwankte. Er übernahm wieder das Ruder und brachte sie auf einen sicheren Kurs in Richtung der Insel. Sage und Connie hatten derweil ihre Handtücher auf dem Sand ausgebreitet und erwarteten sie bereits. Adam entdeckte an einem zweiten Holzpfosten des Stegs ein weiteres Tau, stieg als erster aus, vertäute das Boot, und half dann Karen aus dem Inneren heraus. Ihre Laune hatte sich in der Zwischenzeit wieder etwas gebessert, sie schien ihm nicht mehr böse zu sein und lächelte ihn sogar an, als er ihr zur Hand ging. Ihre Klamotten klebten ihr am Körper, und ihr weißes Top war so durchnässt, dass Adam ihre Brüste nicht nur erahnen, sondern sogar sehen konnte. *Zum Glück trägt sie einen BH*, dachte Adam und musste verschmitzt grinsen. *Wenn wir allein sind ist das ja kein Problem, aber sie muss ja nicht zwingend noch Sage geil machen.*

»Unsere Handtücher sind jetzt auch klatschnass«, murmelte Karen.

»Wir müssen also hoffen, dass die Sonne ihre Arbeit leistet.«

»Oh glaub mir, das wird sie. Wir können uns ja auch erst einmal eine Weile umsehen.«

Schon von weitem wirkte der Wald, der sich dem großen Strand anschloss, irgendwie auf eine ganz eigene Art und Weise bedrohlich. Karen stellte ihre Tasche erstmal im Sand ab, und wechselte ein kurzes Wort mit Connie. Über was sie sprachen, konnte Adam aus seiner Position nicht hören. Kurz darauf kam

sie jedoch auf ihn zugeschritten und sagte:
»Connie und Sage bleiben erstmal eine Weile am Strand. Ich habe gesagt, dass wir uns ein wenig die Insel ansehen. Meine Tasche lasse ich bei ihr, damit sie dort ein bisschen trocknet.«
»Klingt gut. Na, dann lass uns doch mal schauen, was die Insel so zu bieten hat.«
All das, was Adam in den letzten Stunden erlebt hatte, rückte bei dem traumhaften Anblick, den die Insel abgab, ein wenig in den Hintergrund. Das ganze Szenario wirkte wie gemalt. Ein leichter Wind sorgte dafür, dass die Baumkronen ein leises Rascheln abgaben. Die Stämme schossen teilweise in schwindelerregende Höhen, zudem waren einige Tiere unterwegs, die die direkte Umgebung unsicher machten. Als Adam gerade in den Wald eintrat, kam ihm ein bunter Vogel entgegengeflogen, er musste den Kopf einziehen und konnte so gerade noch dem Tier ausweichen. Die Sonne warf ihre Strahlen durch das Blätterdach über ihren Köpfen, doch nur ein kleiner Teil schaffte es, bis auf den moosigen Waldboden hervorzudringen. Der Großteil blieb in den Baumwipfeln hängen, die enorm viel Schatten spendeten. Dadurch war es hier im Wald auch deutlich angenehmer als am Strand, ungeachtet der Tatsache, dass sich dort das Wasser in der Nähe befand. Während Adam sich durch das Geäst kämpfte, folgte Karen ihm auf Schritt und Tritt. Der Boden war überwiegend leicht zu überqueren, nur ab und an lagen einige dickere Äste im Weg, über die sie aber problemlos hinübersteigen konnten. Während sie durch den Wald schritten und eine Anhöhe bewältigten, rückte etwas in ihr Blickfeld. Es handelte sich um eine kleine Hütte, die direkt im Schatten einer Fichte stand.
»Wahnsinn. Wohnt hier jemand?«, fragte Karen verblüfft.

Adam zuckte mit den Schultern.

Die Hütte machte von außen irgendwie einen unheimlichen Eindruck – was nicht zuletzt an der verfallenen Fassade des Gebäudes lag. Das Holz war schon durch und durch moosbewachsen, an einigen Stellen blätterte es bereits ab und wirkte extrem morsch.

»Ich kann es mir kaum vorstellen. Das Gebäude ist in keinem guten Zustand.«

Adam wusste nicht, was sie hier überhaupt noch machten. Er hatte jedoch auch keine Ahnung, wie er handeln sollte – er wollte Karen keinesfalls verunsichern, konnte jedoch die Anzeichen darauf, dass hier irgendetwas ganz und gar nicht richtig lief, nicht mehr ignorieren. *Die Knochen auf dem Meeresgrund, die Tatsache, dass hier, oder besser gesagt in unmittelbarer Umgebung, mystische Wesen wie Sirenen existieren, und die Warnungen, die Matteo ausgesprochen hatte...*

»Lass uns lieber umkehren«, sagte Adam daher, nachdem er sich die Situation nochmal durch den Kopf gehen lassen hatte. »Wir könnten mit Sage und Connie den Tag am Strand verbringen, anstatt Hausfriedensbruch zu begehen.«

»Okay, wenn du meinst. Dann lass uns zum Strand zurück.«

Adam war erleichtert, dass sie, ohne nachzuhaken, mit seiner Entscheidung einverstanden war. Sie verließen den Wald wieder auf dem gleichen Weg, auf dem sie ihn überhaupt erst betreten hatten, und kehrten der Hütte den Rücken zu, ohne sie näher in Augenschein zu nehmen. Vom Meer her wehte eine sanfte Brise, da die Luft jedoch allgemein sehr warm war, fühlte es sich wie ein Fön an. Adam geriet sehr schnell ins Schwitzen.

Komisch, vorhin war es zumindest gefühlt ein kleines bisschen kühler. Jetzt fühlt sich die Insel wie ein Glutofen an. Alle Ge-

danken, die in diese Richtung gingen, verstärkten seinen Eindruck, dass irgendetwas nicht stimmte. Als sie schließlich die letzten Bäume hinter sich gelassen hatten und auf den Sand traten, stockte ihm für einen Moment der Atem. *Nein. Nein, verdammt.* Er ließ hastig seinen Blick schweifen - doch bis auf die ausgebreiteten Handtücher im Sand war nichts zu sehen - von Sage, Connie, und Karens Handtasche fehlte jede Spur.
»Wo sind sie hin?«, fragte Karen.
In ihrer Stimme schwang deutlich die Angst mit, es war klar zu hören, dass sie sich mit der Situation nicht wohlfühlte.
»Ich weiß es nicht. SAGE? CONNIE?«
Adam versuchte, die Namen der beiden herauszuschreien, doch seine Stimme wurde vom lauten Geräusch der Wellen verschluckt. Er blickte sich um, und versuchte, anhand des Sandes herauszufinden, in welche Richtung sie gegangen sein konnten - doch es gab keine Spuren. So langsam wurde auch ihm mulmig. *Wir sollten von hier verschwinden und die Polizei auf dem Festland informieren. Und dann muss ich klar aussprechen, was passiert ist - bis auf die eine Sache.* Er blickte zu Boden und versuchte derweil, seine Gedanken zu ordnen. *Nun, dass ich mit der Sirene Sex hatte, werde ich wohl nicht herausposaunen. Immerhin scheint sie ja auch noch am Leben zu sein - was gut und schlecht sein kann. Ich muss aber auf jeden Fall erzählen, dass ich nachts am Strand war - auch, wenn ich Karen dann einiges erklären muss.*
»Komm, wir rudern schleunigst wieder zum Festland und informieren die Polizei. Ich glaube nicht, dass sie einfach so abgehauen sind.«
»Lass uns erstmal noch eine Weile warten. Dass sie abgehauen sind, glaube ich auch nicht - denn was für einen Grund sollten

sie haben? Zudem haben sie meine Handtasche mitgenommen. Alles ziemlich merkwürdig.«

Karen nahm auf ihrem Handtuch Platz. Es war in der Zwischenzeit etwas getrocknet, jedoch immer noch ein wenig nass und schmutzig vom Sand.

»Allerdings kannten wir sie auch nicht wirklich gut«, murmelte Adam, und sprach damit etwas aus, von dem er wusste, dass Karen es nicht hören wollte.

»Du willst damit doch nicht ernsthaft sagen, dass sie sich mit meiner Tasche aus dem Staub gemacht haben, oder? Da war doch nichts Wertvolles drin. Und dann lassen sie die Handtücher einfach so liegen? Da muss doch was anderes passiert sein.«

»Und genau deswegen denke ich, dass wir nicht länger warten, sondern zurück an Land rudern und die Polizei einschalten sollten. Verstehst du?«

Karen nickte.

»Die Argumentation hast du gewonnen. Komm, wir machen uns auf den Weg.«

Adam wollte in diesem Moment nichts anderes mehr, als diese unheilvolle Insel zu verlassen. Es gab einfach zu viele Anzeichen, die dafür sprachen, dass hier etwas unerklärliches vor sich ging. Ob offizielle Ermittlungen überhaupt etwas nützen würden, wusste er nicht - doch ein Versuch war es allemal wert, zumal die Polizei das Mysterium rund um die Insel kennen musste. *Wenn ich durch Zufall im gottverdammten Internet auf eine Seite stoße, die einen Artikel darüber veröffentlicht hat, dann müsste das doch allen klar sein. Andererseits... Der Kapitän hatte keineswegs einen Eindruck erweckt, als würde er uns davon abhalten wollen, die Insel zu betreten. Er hat nur Sage nä-*

her beäugt, weil er dachte, dass er sein Gesicht schonmal gesehen hatte. Über all das wollte er sich jedoch erst Gedanken machen, sobald sie wieder das Festland erreicht hatten. Karen betrat zuerst das Boot, und Adam kümmerte sich darum, das Tau vom Holzpfosten zu entfernen. Während er an dem Seil herumnestelte, vernahm er plötzlich ein leises Surren. Schneller, als er gucken konnte, verspürte er einen gleißenden Schmerz, und in direkter Folge darauf fühlte es sich so an, als würde sein kompletter Arm in Flammen stehen.

7

In dem Moment, in dem Adam das Tau gelöst hatte, hatte er aufgrund des plötzlichen Schmerzes das Gleichgewicht verloren und war ins Boot gefallen. Karen hatte die Situation sofort erkannt und sich dementsprechend schnell die Ruder geschnappt. Sie versuchte, ihre gesamte Kraft in die einzelnen Stöße zu legen, und schaffte das schließlich auch - weshalb sie sich vom Steg entfernten und das offene Meer mit dem Festland vor Augen ansteuerten. Adam kämpfte derweil gegen die Bewusstlosigkeit an und versuchte krampfhaft, seine Augen offen zu halten. Der Pfeil, der ihn im Arm getroffen hatte, steckte noch immer an Ort und Stelle fest - und er wollte ihn auch nicht rausziehen, da er wusste, dass er es damit nur noch schlimmer machen würde. Er versuchte daher, sich auf seine Atmung zu konzentrieren, doch der Schmerz war einfach allgegenwärtig und stellte alles andere in den Hintergrund.
»Was war das?«, fragte er mehr sich selbst als Karen, sprach die Worte jedoch so laut aus, dass sie davon Notiz bekam.
»Der Typ kommt immer näher!«
Ihre Stimme zitterte. Unter Schmerzen richtete Adam sich auf, und zog sich, so weit es ging, an der Wand des Bootes hoch, sodass er mit seinem Rücken anlehnte und über den Rand hinweg sehen konnte. Der Steg befand sich schon ein paar Meter weit weg - doch sie waren damit lange nicht aus der Schussbahn des Menschen, der ihnen gegenüberstand. Er trug Pfeil und Bogen bei sich und hatte die Sehne bis zum Anschlag gespannt. Als er jedoch das Boot erblickte, und sah, dass sie sich von der Insel entfernten, senkte er den Bogen. Auch sein Gesichtsausdruck

veränderte sich in der Sekunde, in der er realisierte, dass sie die Insel hinter sich gelassen hatten. Er ließ sie jedoch nicht aus den Augen, sondern hielt seinen Blick starr auf sie gerichtet. Adam hatte Karen zumindest gerne ein Ruder abgenommen, doch sobald er sich bewegte, spürte er direkt, dass ihn der Schmerz ausbremste. Er lehnte sich also wieder zurück, als er sich sicher war, dass die Gefahr gebannt war, und schloss die Augen. Als er sie wieder öffnete, war das Boot bereits wieder im Hafen vertäut. Sie waren jedoch nicht allein - neben Karen und dem Kapitän, die gerade leise miteinander sprachen, befanden sich auch zwei Sanitäter in der Nähe, die über den Steg auf das Boot zugeschritten kamen. Adam rührte sich nicht vom Fleck, sondern wartete, bis die Ärzte ihn erreicht hatten.
»Ms. Singer?«
Karen blickte auf.
»Ja, das bin ich. Hallo.«
Sie schüttelte den Sanitätern die Hände und zeigte dann auf Adam. Einer der beiden Männer bückte sich zu ihm herunter und beäugte die Verletzung.
»Sie werden zwar höllische Schmerzen haben, doch die Wunde ist nicht allzu tief. Möchten Sie einen Schluck trinken?«
Adam nickte. Sein Mund fühlte sich so dermaßen trocken an, dass er nicht mal mehr herunterschlucken konnte. Der Sanitäter, der laut seines Namensschildes Robert hieß, reichte ihm eine Flasche Mineralwasser an den Mund, von der Adam gierig einen großen Schluck trank. Mit dem Wasser kehrten dann auch Stück für Stück die Lebensgeister in seinen Körper zurück, er spürte, wie er sich mit jedem Tropfen zumindest etwas besser fühlte, auch, wenn der Schmerz weiterhin unerträglich war.
»Der Pfeil hat keine Vene getroffen, das ist erstmal das Wich-

tigste. Ein paar Zentimeter weiter oben, und sie wären vermutlich auf dem Boot verblutet. Aber so ist nochmal alles gut gelaufen. Ich werde den Pfeil vorsichtig entfernen und Ihnen danach einen Verband anlegen. Randall, hast du mal das Tuch für mich?«

Sein Kollege wusste sofort, was er sich wünschte. Er reichte ihm ein zusammengeknülltes Tuch, mit welchem Robert sich wieder an Adam wandte.

»Beißen Sie fest darauf, während ich den Pfeil entferne. Das wird einen Moment lang ziemlich wehtun, aber da müssen Sie durch, wenn Sie nicht mit dem Geschoss im Arm herumlaufen wollen. Bereit?«

Adam spürte, wie ihm schwindelig wurde. Er nickte trotz der Tatsache, dass er alles andere als bereit war, und öffnete den Mund, um das Tuch zwischen die Zähne zu nehmen. Er schwitzte so heftig, dass es sich anfühlte, als hätte jemand einen Eimer Wasser über seinen Kopf gekippt. Er musste fast würgen, als er seine Zähne tief im Stoff versenkt hatte. Kurz darauf zog der Sanitäter auch bereits den Pfeil aus seinem Arm - und es fühlte sich für Adam an, als würde man ihm bei lebendigem Leibe das Herz herausreißen. Der Schmerz legte seine Gedanken für eine Weile komplett lahm, ehe er es nach einigen Sekunden langsam geschafft hatte, sich wieder an die Oberfläche seines Bewusstseins zu kämpfen. Mit flackernden Augenlidern blickte er zu Karen herüber, die dem Sanitäter dabei zugesehen hatte, wie der seine Arbeit erledigt hatte. Dem kurzen Moment der Entspannung folgte dann ein leichter Druck, als der Sanitäter einen Verband um seinen Arm legte. Adam zog sich selbst das Tuch aus dem Mund, und gelangte dann mit Hilfe des Sanitäters auf die Beine. Er verließ das Boot, betrat den Steg, be-

dankte sich bei den beiden Männern und schritt auf Karen zu, die noch immer neben dem Kapitän stand. Beide führten gerade eine Unterhaltung miteinander und nahmen erst von Adam Notiz, als er sich direkt neben ihnen befand.
»Passen Sie auf sich auf.«
Der Kapitän hob seine Mütze kurz zum Gruße vom Kopf, ehe er sich von ihnen mit dem Grund, Mittagessen gehen zu wollen, verabschiedete. Karen sah ihm noch eine Weile hinterher, ehe sie sich zu Adam drehte.
»Ein weiser Mann. Er hat schon vieles erlebt. Sollen wir zurück zum Hotel?«
»Lass uns erstmal zur Polizei. Ich habe, was Sage und Connie betrifft, ein schlechtes Gefühl. Vor allem, nachdem dieser Einheimische einen Pfeil auf mich geschossen hat.«
Adam schluckte. *Wenn die Leute so präzise und schnell vorgehen, wie bei dem Schuss auf mich, der immerhin aus weiter Ferne erfolgt war... dann sind sie vermutlich bereits tot. Das würde aber nicht erklären, warum sie den Strand fluchtartig verlassen und zudem noch Karens Handtasche mitgenommen haben.*
»Das, was der Kapitän eben diesbezüglich fallen gelassen hat, hat mich auch echt schockiert. Es soll wohl nicht das erste Mal gewesen sein, dass Touristen den Attacken Einheimischer zum Opfer fallen. Ich vermute, wir beide haben noch Glück gehabt.«
Sie wollte das Unaussprechliche nicht aussprechen, doch an ihrer Stimmlage war ganz klar zu hören, wie sie die Worte meinte. Kurz darauf machten sie sich bereits auf den Weg. Sie folgten der Promenade und hielten sich weiter am Strand, ehe sie an einer Biegung den Weg ins Landesinnere wählten. Nachdem sie in einem kleinen Kiosk nach dem Standort der Dienststelle ge-

fragt und diese kurz darauf auch gefunden hatten, traten sie durch die Glastür, die ins Innere führte. Dort schlug ihnen angenehme, kühle Klimaanlagenluft entgegen, die den Schweiß, der Adam am gesamten Körper stand, langsam trocknete. Der Schmerz in seinem Arm, der vor einer halben Stunde kaum zu ertragen gewesen war, hatte sich nun in eine etwas angenehmere Richtung gewandelt. Er musste zwar noch immer die Zähne zusammenbeißen, doch mittlerweile konnte er ihn zumindest ertragen, ohne das Gefühl zu haben, am Rande der Bewusstlosigkeit zu stehen. *Eine Verbesserung, und da muss ich alles momentan mitnehmen.*

»Guten Tag«, begrüßte sie ein jüngerer Officer, der hinter einem Computer im Empfangsbereich saß und noch etwas eintippte, ehe er sich ihnen zuwandte.

»Kann ich Ihnen helfen?«

»Ja. Wir sind Opfer eines Angriffes geworden und würden zudem gerne eine Vermisstenanzeige abgeben.«

Karen schilderte kurz die Situation, in der sie sich befanden. Sie erwähnte nicht explizit alles, sondern beschränkte sich auf die notwendigen Informationen. Als sie mit ihrem Monolog geendet hatte, dauerte es ein paar Sekunden, bis der Polizist ihnen eine Antwort gab.

»Bei allem, was die Insel anbelangt, sind uns leider aus diversen Gründen die Hände gebunden. Wir haben uns früher in den Konflikt dort eingemischt - allerdings sind zwei meiner Kollegen, die sich der Insel angenommen hatten und versuchen wollten, die mysteriösen Fälle zu lösen, nie wieder zurückgekehrt.«

»Warum wird denn nicht ausdrücklich davor gewarnt, die Insel zu betreten?«, fragte Karen.

Sie klang so, als würde sie die Antwort des Officers absolut

nicht nachvollziehen können. Adam konnte sie da verstehen, wusste jedoch auch, dass eben heftige Geschichten über die Insel existierten, auch, wenn er selbst nur durch Zufall darauf gestoßen war und sie zunächst als Ammenmärchen abgetan hatte. *Und nur, weil ich Idiot so egoistisch gehandelt habe, bin ich am gesamten Körper malträtiert. Was soll da bitte noch auf mich zukommen?*
»Gute Frau, es existieren durchaus Warnungen, die schaulustige Touristen davon abhalten sollen, die Insel zu betreten. Zudem erwähnen Sie ja, dass Sie die beiden Personen, mit denen Sie sich auf den Weg gemacht hatten, noch nicht lange gekannt hatten. Unter diesem Aspekt sollten Sie vielleicht nicht direkt das Schlimmste ins Auge fassen, sondern in eine andere Richtung denken. Eine Vermisstenanzeige können wir jedenfalls noch nicht aufgeben, das geht erst nach achtundvierzig Stunden.«
»Das ist ja wohl eine absolute Frechheit.«
Adam sah, dass Karen sich kaum zurückhalten konnte, weshalb er ihr sanft seinen Ellenbogen in die Seite stieß. Er wollte keineswegs Ärger mit dem Polizisten, war aber andererseits auch enttäuscht, dass dieser offenbar jede Art von Hilfe einfach so verweigerte.
»Ich würde gerne mit Ihrem Vorgesetzten sprechen.«
Die Aktion von Adam schien ihre Wirkung nicht verfehlt zu haben, Karen wirkte von der einen auf die andere Sekunde etwas ruhiger.
»Bitte.«
Der Officer, der laut seines Namensschildes Jesse Harrison hieß, drehte sich um und verließ seinen Platz, um eines der im hinteren Bereich liegenden Büros aufzusuchen.
»Was ist das bitte für ein arroganter Typ?«, zischte Karen.

»Nicht so laut. Wir wollen doch keinen Ärger.«
Adam wusste nicht, ob sein Kommentar in dieser Situation hilfreich sein würde – doch was er wusste, war, dass sie nur Hilfe bekommen würden, wenn sie sich kooperativ verhalten würden, und davon war Karen momentan meilenweit entfernt.
»Nein, aber wir wollen Hilfe, und die wird uns hier ja offensichtlich verweigert.«
Officer Harrison kehrte nach wenigen Sekunden mit einer Frau, die, ihrem Aussehen nach zu urteilen, Mitte vierzig sein musste, zurück.
»Hallo, Mr. und Ms. Singer. Ich habe gehört, es gäbe ein Problem?«
Bevor Karen irgendetwas sagen konnte, entschied sich nun Adam dazu, das Wort zu übernehmen. Es fiel ihm zwar schwer, die passenden Worte zu finden, er wusste aber auch, dass das Karen jetzt noch viel weniger gelingen würde, weshalb er diesbezüglich in der Pflicht stand.
»Wir haben Hilfe angefordert, da wir vermuten, dass zwei unserer Freunde auf der benachbarten Insel verschleppt wurden. Zudem wurde ich mit einem Pfeil abgeschossen, der zum Glück nur meinen Arm getroffen hat.«
Er hob seinen bandagierten Arm in die Höhe und sprach dann weiter.
»Officer Harrison hingegen hat uns eben ein Stück weit die Hilfe verweigert. Ist es richtig, dass die Polizei sich nicht bei Dingen einmischt, die auf der Insel passieren?«
»Wir bekommen jedes Jahr eine Flut von Vermisstenmeldungen hinein, und das, weil die Leute es einfach nicht lassen können, sich selbst ein Bild davon verschaffen zu wollen, ob die Geschichten, die erzählt werden, auch stimmen. Sie betreten die

Insel und verschwinden spurlos. Einige kehren zurück – und das in jeglicher Form. Seien es angespülte Körperteile, Knochen, oder sonst etwas. Andere werden nie wieder gefunden, so wie unsere Kollegen Frank Lockhart und Levin Pierce.«
Sie legte eine kurze Pause ein, ehe sie weitersprach.
»Sie sind vor über einem Jahr aufgebrochen und nie wieder zurückgekehrt. In den ersten Tagen konnten wir noch Funkkontakt halten, doch der ist dann irgendwann auch abgebrochen. Wir sind vom Schlimmsten ausgegangen und haben die Insel mit einer Hundertschaft abgegrast, jedoch nichts gefunden. Ich sollte allerdings auch dazu sagen, dass es einen verbotenen Bereich gab, den wir aufgrund der Einheimischen nicht betreten durften. Er ist für niemanden von außerhalb zugänglich.«
Sie trank einen Schluck Wasser aus dem Glas, welches sie aus ihrem Büro mitgenommen und auf der Ablage neben sich abgestellt hatte.
»Also, es tut mir leid, aber ja, unsere Hände sind diesbezüglich leider gebunden.«
Bevor Karen etwas entgegnen konnte, wurde die Glastür in ihrem Rücken mit einem lauten Knall aufgestoßen.

8

»Frank und Levin?«

Die Vorgesetzte von Officer Harrison wirkte so, als hätte sie gerade Geister gesehen. Sie riss ihre Augen weit auf und bekam den Mund vor Erstaunen kaum zu. Für den Knall waren zwei Männer in Polizeiuniform verantwortlich gewesen – sie hatten die Tür aufgestoßen, dadurch das Gleichgewicht verloren und waren auf dem Teppich gelandet. Die Dienstuniformen der beiden Männer waren komplett durchnässt, und es wirkte so, als wären sie völlig außer Atem.

»Was ist mit euch passiert? Wir haben euch für tot gehalten!«

Sind das etwa die angesprochenen Officer Lockhart und Pierce?, fragte sich Adam. Die Situation konnte in diesem Moment kaum skurriler sein.

»Oh, wir sind auch nur knapp dem Tod entronnen. Es war eine wahre Tortur.«

Officer Pierce hatte das Wort übernommen, musste jedoch ab und zu nach Luft schnappen. Der Ausdruck, der in seinen Augen stand, zeigte deutlich, dass er absolut gerädert war - was auch immer ihm und seinem Kollegen, der bislang noch kein Wort gesagt hatte, zugestoßen sein mochte.

»Es gibt nichts mehr zu besprechen. Versuchen sie es in achtundvierzig Stunden nochmal mit der Vermisstenanzeige – vorher sind uns die Hände gebunden.«

Officer Leah Donovan wandte sich ab. Sie hatte sich in der Zwischenzeit ihr Namensschild angesteckt, welches sie in ihrer Brusttasche gefunden hatte - weshalb Adam nun ihren Namen kannte. Enttäuscht wandte er sich ab. Bevor Karen noch etwas

entgegnen konnte, sagte er zu ihr:
»Es hat keinen Zweck. Du siehst doch, was passiert ist. Uns bleibt dann erstmal nur die Hoffnung.«
Und Matteo, fügte er in Gedanken hinzu, sprach es jedoch nicht aus - einfach aufgrund der Tatsache, dass Karen mit dem Namen sowieso nichts anfangen können würde und ihn deshalb nur mit Fragen löchern würde. Er nahm sich vor, sie, zurück im Hotel, über den Jungen aufzuklären, um so die vielleicht letzte Möglichkeit aufzuzeigen, die sie noch hatten.
»Geht es um die Insel?«
Während Officer Donovan sich um Lockhart kümmerte, war Pierce aufgestanden und in die Richtung von Adam und Karen gehumpelt. Erst jetzt war zu sehen, dass der Mann so einiges abbekommen hatte - eine tiefe Schnittwunde zierte seine rechte Wange, das Blut war jedoch längst getrocknet, was darauf hindeutete, dass die Verletzung schon ein paar Tage älter sein musste.
»Ja. Wir waren heute dort, konnten gerade so entkommen und haben zwei Leute verloren.«
»Ich helfe euch. Es darf nicht sein, dass wir das, was passiert ist, einfach so zulassen. Wir müssen uns dagegen wehren.«
Im Gegensatz zu seinem Kollegen wirkte er vollkommen klar. Officer Lockhart stammelte irgendetwas unverständliches vor sich hin und war fast apathisch.
»Er hat seit unserer Flucht kein Wort mehr gesprochen. Ich glaube, er leidet unter einem Schock, was aber auch nicht verwunderlich ist. Er sollte im Krankenhaus mal genauer durchgecheckt werden. Ich werde euch trotzdem begleiten.«
»Officer Pierce...«, sprach Officer Donovan, wurde jedoch sofort unterbrochen.

»Was ist denn? Wollen wir es einfach so zulassen, dass die Einheimischen morden? Wollen wir ein friedliches Zusammenleben ein für alle Mal ausschließen? Das muss doch nicht sein. Wir müssen unsere Würde bewahren und versuchen, uns unseren Respekt zurückzuholen – ansonsten haben wir den Dienst und die Ehre, für das Volk zu kämpfen, nicht verdient.«
»Wir werden den Fall intern aufarbeiten. Ich muss Sie jetzt bitten, die Wache zu verlassen.«
Officer Donovan wirkte extrem überfordert mit der Situation, was Adam allerdings gut verstehen konnte. Hätte das Gespräch nur ein paar Sekunden länger gedauert, dann, dessen war Adam sich sicher, wäre es zu einer lautstarken Auseinandersetzung zwischen Officer Pierce und seiner Vorgesetzten gekommen. Die Gemüter der beiden waren extrem erhitzt.
»Wir sollten zu einem späteren Zeitpunkt wiederkommen«, flüsterte er Karen zu.
»Ich habe einen Plan.«
Auch, wenn das teilweise eine Lüge war, wusste er zumindest, dass er Karen so aus der Wache herausbekommen würde - und damit lag er goldrichtig. Sie verabschiedeten sich von den anwesenden Officers und verließen die Dienststelle. Als Adam sich noch ein weiteres Mal umdrehte, um sich zu vergewissern, dass er nichts vergessen hatte, spürte er den stechenden Blick von Officer Pierce, der auf Karen und ihn gerichtet war. Ohne weiter über die Situation nachzudenken, traten sie ins Freie, gingen ein paar Schritte und nahmen auf einer Mauer in der Nähe der Promenade Platz.
»Sowas habe ich wirklich noch nie erlebt. Die Polizei sträubt sich davor, Ermittlungen anzustellen. Wahnsinn.«
»Ich kann das ja ein bisschen verstehen - vor allem aber auch

den Umstand, dass wir gerade rausgeworfen wurden. Die beiden Officer waren über ein Jahr verschwunden und sind jetzt plötzlich zurückgekehrt.«
»Und das glaubst du wirklich?«, fragte Karen und zog eine Augenbraue hoch.
»Für mich wirkte das alles ziemlich an den Haaren herbeigezogen.«
Adam konnte nicht verstehen, wie sie das meinte, wusste aber, dass es gefährlich war, Karens Gemütszustand in der momentanen Situation weiter zu testen, weshalb er sich mit ihrer Antwort zufriedengab und schnell das Thema wechselte.
»Für meinen Plan müssen wir jedenfalls zurück ins Hotel. Ich muss ein Gespräch mit jemandem führen, von dem ich glaube, dass er über die Insel Bescheid weiß.«
Adam erzählte von Matteo - beschränkte sich jedoch auf das absolut Notwendige, ließ einzelne Details wie alles, was das mysteriöse Treffen in der Nacht betraf, aus. Die Geschichte wirkte auf ihn irgendwie unvollständig, doch er wollte Karen einfach nur das Grundlegendste erzählen und sie davon überzeugen, dass es wichtig war, den Jungen zu treffen.
»Klingt nach einem Plan. Wir sollten uns auf jeden Fall beeilen, und, wenn wir schon keine Hilfe von der Polizei bekommen, uns eben anderweitig zu helfen wissen.«
In dem Punkt musste Adam ihr Recht geben, wobei für ihn der Grund, aus dem heraus die Polizei nicht handelte, plausibler war, als es für sie möglicherweise der Fall war. Gerade, als sie wieder aufbrechen und alles Geschehene hinter sich lassen wollten, hörte Adam, wie die Glastür zur Dienststelle in ihrem Rücken aufging. Er drehte sich um und erblickte Officer Pierce, der genau auf sie zugeschritten kam. An seinem Gesicht war

jetzt, wo sie ihn vom nahen sahen, nochmal deutlich intensiver zu erkennen, was er in den letzten Tagen erlebt haben musste - auch, wenn Adam das nur erahnen und keinen Blick hinter die Fassade des Mannes werfen konnte.

»Ich muss mich für das Verhalten all meiner Kollegen entschuldigen. Es darf nicht sein, dass ausgerechnet die Polizei, die immer als Freund und Helfer dargestellt wird, Hilfe verweigert, sobald es mal ein bisschen komplizierter wird. Und da ich die Insel nun kenne, erkläre ich mich dazu bereit, die Ermittlungen zu übernehmen.«

»Sind Sie sich sicher, dass Sie das schaffen? Ihre körperliche Verfassung ist sicherlich nicht die Beste.«

Adam sprach das Offensichtliche aus und konnte währenddessen bereits den bösen Blick von Karen in seinem Rücken spüren, doch das war ihm in diesem Moment ausnahmsweise mal egal.

»Ich werde ein bis zwei Tage brauchen, bis ich wieder auf dem Damm bin. Aber dann bin ich auch bereit und werde alles in meiner Macht stehende tun, um die vermissten Personen aufzutreiben.«

Er nestelte in der Brusttasche seiner Uniform herum und meinte dann:

»Meine Visitenkarten scheinen sich nun auf dem Grund des Meeres zu befinden. Ich werde mal schauen, dass ich neue auftreibe. Warten Sie mal bitte einen kurzen Moment.«

Er verschwand wieder in der Dienststelle und kehrte schon wenige Sekunden später wieder zurück. Er reichte Adam besagte Visitenkarte und meinte:

»Rufen Sie mich gerne morgen Vormittag an, ich denke, dass ich dann bereit sein sollte. Wir dürfen uns nicht von der Angst leiten lassen und einfach so hinnehmen, dass die Einheimischen uns einschüchtern.«

Er nickte ihnen zu, ehe er sich verabschiedete. Ein Moment der Stille verging, ehe Adam sich schließlich dazu entschied, das Wort zu übernehmen.

»Das ist doch mal was, worauf wir aufbauen können. Oder was meinst du?«

»Ja, auch, wenn es mir im ersten Moment sehr merkwürdig vorkam, dass sich jemand direkt auf unsere Seite stellt, der urplötzlich nach einem Jahr auf der Insel zurückgekehrt ist.«

Adam sah ein, dass er Karen in der momentanen Situation von nichts überzeugen konnte. Sie war grundlegend skeptisch, und er würde es nicht besser machen, wenn er das Thema weiter ausführen würde. Kurz darauf entschieden sie sich dazu, den Weg zum Hotel zurück anzutreten. Mittlerweile war es bereits Nachmittag, es war doch einige Zeit ins Land gezogen, und Adam hatte das nicht mal gemerkt. Die Terrasse des Strandhotels war heute sogar etwas besser besucht als gestern, und das dem Umstand zum Trotz, dass es irre heiß war. Adam konnte Matteo allerdings nirgends entdecken, sowohl auf besagter Terrasse, als auch in der Lobby fehlte jede Spur von ihm. *Wo ist er denn bloß hin?* Obwohl sich das, was in der Nacht am Strand geschehen war, so anfühlte, als wäre es schon Tage her, waren eben erst wenige Stunden seitdem vergangen. *Vielleicht finde ich ja an der Rezeption irgendwie heraus, in welchem Zimmer er ist.* Er überlegte kurz, entschied sich jedoch dazu, das Thema Karen gegenüber nicht noch ein weiteres Mal explizit zu erwähnen. Sie hatten jetzt die Möglichkeit bekommen, den Officer am kommenden Tage anzurufen – und diese war deutlich vielversprechender als ein Jugendlicher, der zum einen nicht wirklich

mit Informationen herausrücken wollte und zum anderen immer wieder nur zu gewissen Zeiten mal in der Nähe auftauchte.
»Dann lass uns mal aufs Zimmer, oder?«, fragte Karen. »Draußen hält man es ja nicht mehr aus, und auf Strand habe ich nach den heutigen Ereignissen auch überhaupt keine Lust.«
»Geh schonmal vor, ich hole uns zwei Drinks. Was möchtest du haben?«
»Caipirinha. Hast du noch eine Zimmerkarte? Meine befand sich in der Handtasche, und die ist ja verschwunden.«
In seiner rechten Hosentasche fand Adam schließlich die Karte, die er sich am gestrigen Abend eingesteckt und nur kurz ausgepackt hatte, um nachts ins Zimmer zu gelangen. Er reichte sie Karen herüber.
»Bis gleich.«
Ohne noch weitere Worte zu verlieren, suchte Karen den Weg in Richtung Zimmer auf. Als sie im Flur verschwunden war, schritt Adam zur Rezeption herüber. Diese war besetzt von einer Frau mit dunkelblonden Haaren. Als er vor den Tresen trat, hob sie direkt ihren Kopf und warf ihm ein Lächeln zu.
»Kann ich Ihnen weiterhelfen?«
»Ja. Ich habe eine spezielle Frage. Es geht um einen Gast des Hotels, ich würde gerne die Zimmernummer von ihm wissen, da ich etwas Wichtiges zu klären habe.«
»Hm, so etwas machen wir aus Gründen der Diskretion eigentlich nicht. Aber okay, ich kann schauen, inwieweit ich Ihnen helfen kann. Wen suchen Sie denn?«
»Ich weiß nur den Vornamen. Der Junge heißt Matteo.«
»Matteo? Kleinen Moment.«
Die Frau blätterte in einem Notizbuch herum, überflog die Seiten in Windeseile. Es dauerte einen Moment, bis sie das Buch

zuklappte und ihren Blick hob.
»Es tut mir leid, aber ein Gast mit dem Namen Matteo steht nicht auf der Gästeliste.«

9

Was läuft denn hier nur ab? Für Adam wurde die Situation mit jeder vergehenden Sekunde immer verstrickter. Er hatte nicht damit gerechnet, dass sich Matteos Name nicht im Gästebuch befinden würde, weshalb er mit der Situation ein wenig überfordert war. *Ich muss wirklich alles abwägen und in jede verdammte Richtung denken.*
»Okay, danke trotzdem für die Hilfe. Dann muss ich mich wohl selbst auf die Suche begeben.«
Er ließ die Frau mit einem verdutzten Blick stehen und schlug nun den Weg in Richtung Bar ein, wo er zwei Caipirinhas orderte. Er blickte dem Barkeeper dabei zu, wie er fast ein bisschen lustlos das Getränk mischte und zu guter Letzt ein paar Eiswürfel hineinpackte. Mit beiden Gläsern in der Hand begab er sich nun in den Flur, in dem das Zimmer von Karen und ihm lag. Während er über den Teppich schritt, rasten ihm einige Gedanken durch den Kopf, die er jedoch nicht so recht ordnen konnte. Er klopfte leise an die Tür und wartete. *Sie ist bestimmt nur auf der Toilette.* Als jedoch zwei weitere Minuten vergangen waren und sich immer noch nichts getan hatte, wurde er langsam unruhig. Er konnte nicht länger warten, war aber in diesem Moment auch völlig machtlos. Er eilte den Flur hinunter, an der Bar und der Lobby vorbei, und verließ das Hotel wieder durch den Ausgang, der in der Richtung des Strandes lag. Die Terrasse war erneut gut besucht, doch als er sich mit einem schnellen Blick vergewissert hatte, dass sich Matteo nicht unter den anwesenden Gästen befand, war ihm das auch völlig egal. Sein Interesse galt eher dem Balkon ihres Zimmers, den er bereits wenige Augen-

blicke später ausgemacht hatte. Die Gardinen waren zugezogen... doch es wirkte zumindest aus der Ferne so, als wäre die Tür, die ins Innere führte, ein Stück weit geöffnet. Ein paar Sekunden später wurde seine Vermutung bestätigt, als er nämlich sah, wie der leichte Wind die beigen Vorhänge aufblähte. *Es bleibt mir wohl nichts anderes übrig, als über den Balkon ins Innere zu gelangen. Aber wie?* Von der Rückseite aus stellte das für ihn keine Option dar, da er dort viel zu sehr unter Beobachtung stand. Man würde ihn entweder für absolut dumm, oder aber für einen Einbrecher halten. *Vielleicht sollte ich die Lage an der Vorderseite mal sondieren.* Zur anderen Seite hin lag das Hotel in der Nähe einer Straße, an der jedoch nur selten Autos vorbeifuhren - zumindest den Geräuschen nach zu urteilen, die im hinteren Teil des Gebäudes ankamen. Seit sie nach ihrer Ankunft den Bus verlassen und das Hotel von der Vorderseite betreten hatten, war er dort nicht mehr gewesen. *Das wird wirklich immer absurder hier.* Je länger er über das alles nachdachte, desto mehr spürte er nicht nur, wie sein Gehirn an seine Grenzen kam - nein, er spürte auch wieder, wie die vielen Wunden, die er sich eingefangen hatte, kleine, aber bedeutende Impulse an sein Schmerzzentrum sendeten. *So werde ich nirgends hochklettern können. Vielleicht sollte ich mir stattdessen an der Rezeption einfach eine neue Zimmerkarte holen.* Erst jetzt merkte er wieder, dass er noch immer beide Drinks in der Hand trug. Er hatte sie nur kurz abgestellt, als er an der Tür geklopft hatte, und sie wieder aufgehoben, als er das Hotel verlassen hatte. *Das ist jetzt wirklich total unwichtig.* Er nahm einen Schluck Caipirinha, merkte jedoch, wie ihn der Alkohol in diesem Moment enorm anwiderte. Er vergewisserte sich, dass er nicht beobachtet wurde, und kippte die Cocktails in einen Blumenkübel hi-

nein, der sich direkt neben ihm an der Hauswand befand. Um beide Hände frei zu haben, ließ er die Gläser ebenfalls dort stehen und rappelte sich wieder auf. Er checkte die Situation erneut mit einem raschen Blick ab, ehe er seinen Weg fortsetzen wollte. Als er sich jedoch wieder der Straße zuwandte, erkannte er dort, ein paar Meter entfernt, ein bekanntes Gesicht. *Matteo?*
Adam schritt verwundert auf den Jungen zu, der, dem Gesicht ihm zugewandt, auf der Mauer saß, die das Hotel von der Straße abgrenzte. Der Blick des Jugendlichen war zwar in seine Richtung gerichtet, wirkte aber irgendwie leer. Er trug ein sauberes, gelbes T-Shirt und eine kurze Stoffhose.
»Matteo, was machst du hier?«
Adam richtete sich mit diesen Worten direkt an ihn - es war ja jetzt immerhin so gut wie sicher, dass er, sofern Matteo auch sein richtiger Name war, kein Gast des Hotels war.
»Ich habe auf dich gewartet. Wir müssen zur Insel. Es ist wieder passiert.«
»Was ist wieder passiert? Und warum hast du auf mich gewartet?«
»Dafür haben wir jetzt keine Zeit. Komm.«
Matteo schickte sich an, aufzustehen, doch Adam hatte es in diesem Moment satt, den Befehlen des Jungen blind zu folgen. Er griff nach dem T-Shirt, vergrub seine Finger im Stoff und zog Matteo ganz nah an sich heran.
»Pass mal auf, ich habe deine kryptischen Andeutungen langsam satt. Es passieren seit gestern ständig Unglücke, wenn du in meiner Nähe bist. Meine Frau ist augenscheinlich verschwunden, und auch die beiden, die wir gestern Abend kennengelernt haben, sind auf der Insel gekidnappt worden. Zudem habe ich gestern Nachmittag auf der Hoteltoilette einen Zettel

gefunden, auf dem der Name meiner Frau steht - zumindest der, den sie hatte, bevor wir geheiratet haben. Noch dazu stehst du nicht auf der Gästeliste des Hotels. Was geht hier vor sich? Und jetzt erzähl mir nicht, dass du keine Ahnung hast. Du weißt, was hier vor sich geht, und ich will es von dir erfahren.«
»Oh nein, das klingt gar nicht gut. So beginnt es immer, bevor die Insel wieder zuschlägt. Wir müssen gegenankämpfen, dann können wir deine Frau und meine Freunde vielleicht noch retten. Und… ich stehe nicht unter meinem Klarnamen auf der Gästeliste. Sondern unter dem.«
Er zog einen Ausweis aus seiner Hosentasche, der auf den ersten Blick echt wirkte. *José Santana* stand dort im Feld mit dem Namen geschrieben.
»Das hier wiederum ist mein echter Ausweis. Ich habe dir meinen richtigen Namen direkt verraten, weil es wichtig ist, dass du mir vertraust. Vor allem jetzt, wo wir beide aufeinander angewiesen sind. Du suchst deine Frau, ich suche meine Freunde.«
Matteo dos Santos. Adam schwirrte der Kopf. All das, was der Junge ihm erzählte, klang plausibel - zudem hatte er eine einschüchternde Art und einen bestimmten Ton, der ihn um einiges älter wirken ließ, als er es war. *Verdammt, du solltest hier in jedem Fall das Sagen haben und dich nicht von einem Jugendlichen herumkommandieren lassen. Was ist nur mit dir los?*
»Meine Frau wird sich aber nicht auf der Insel befinden. Wir haben uns im Hotel voneinander getrennt, ich wollte nur kurz zwei Drinks holen, war aber wohl ein paar Minuten zu lange weg. Als ich mich dann von unten vergewissern wollte, sah ich, dass die Balkontür ein Stück weit geöffnet war.«
»Doch, so leid es mir tut, aber sie wird sich auf der Insel be-

finden, da sei dir sicher. Die Sache mit dem Zettel... das Ganze ist schon mal passiert.«
Er griff erneut in seine Hosentasche, und förderte nun einen kleinen Zettel zutage, der dieselbe Größe hatte wie der, den Adam auf der Toilette gefunden hatte.
»Hier. Schau dir das an. Den habe ich vor ein paar Wochen gefunden. Er sieht aber schon etwas älter aus.«
Damit hatte er recht, das Papier war an einigen Stellen bereits eingerissen und allgemein ziemlich verdreckt. Die Schrift darauf war jedoch klar zu lesen, und der Name, der dort in Großbuchstaben geschrieben stand, legte einen Schalter in seinem Kopf um – es dauerte jedoch etwas, bis der Impuls, der durch diese Kettenreaktion ausgelöst wurde, im Epizentrum seines Verstands angekommen war.

10

Frank Lockhart. Der Name des Officers, der gemeinsam mit seinem Kollegen Levin Pierce von der Insel zurückgekehrt war - und zwar in dem Moment, in dem Adam und Karen das Verschwinden von Sage und Connie in der Dienststelle gemeldet hatten, stand dort geschrieben. Er spürte, wie sich sein Magen verkrampfte. *Werden die Entführungsopfer auf einem Zettel niedergeschrieben, die dann an Orten versteckt werden, an denen man zwangsläufig darauf stoßen muss? Was ja bedeuten müsste, dass jemand vor mir auf der Toilette war, und den Zettel dort deponiert hat. Zudem schien dieser Jemand ja augenscheinlich auch genau zu wissen, wann und wo er zuschlagen muss.* Adam spürte, wie er eine Gänsehaut bekam, die sich schon bald flächendeckend auf seinem gesamten Körper ausgebreitet hatte. Es kribbelte ihm bis in die Haarspitzen. *Hat Matteo etwa was damit zu tun?* Der Gedanke war plötzlich gekommen und schwebte nun fast wie ein Damoklesschwert über ihren Köpfen herum. Einerseits wusste Adam weiterhin nicht, wie er den Jungen einschätzen sollte - dass er sich komisch verhielt, das war nicht von der Hand zu weisen. Doch hatte er auch böse Absichten?

»Wo hast du den Zettel gefunden? Auch auf der Hoteltoilette?«
»Nein, er lag nicht gerade unauffällig im Dreck auf dem Boden und ist mir direkt ins Auge gesprungen. Ich würde sogar fast so weit gehen, dass ich glaube, dass ihn jemand dort absichtlich platziert hat. Es muss einfach miteinander zusammenhängen – alles geschah, bevor die Sirenen wieder angefangen haben, zu singen. Seitdem ist Nathan ja auch verschwunden.«

Das, was auf der Insel geschieht, scheint fast einen festen Ablauf zu haben. Die Dinge passieren scheinbar immer wieder in gleicher Abfolge und wiederholen sich in einem gewissen Zyklus.
»Müssen wir zurück auf die Insel, um dem Ganzen ein Ende zu bereiten?«
Matteo ließ sich etwas Zeit, bis er nickte.
»Ich möcht meine Freunde wiederfinden und du deine Frau. Glaub mir, alles deutet darauf hin, dass sie sich dort befindet – der Zettel hat mir diesbezüglich einfach den Rest gegeben.«
»Wann sollen wir aufbrechen?«
»Noch heute Abend. In zwei Stunden?«
Adam nickte. Auch, wenn er krank vor Sorge in Bezug auf Karen war, so wusste er, dass ihm zumindest für den Moment die Hände gebunden waren. Die Zeit, die sie jetzt noch an Land verbringen würden, würde er nutzen, um das Gespräch mit den beiden Officers zu suchen, die das Grauen ja gerade erst überstanden hatten. Irgendwie bestand die Situation momentan aus mehreren losen Enden, und Adam hatte das Gefühl, dass es allein an ihm lag, diese miteinander zu verknüpfen.

Kurze Zeit später trennten sich ihre Wege bereits wieder, sie verabredeten sich jedoch für achtzehn Uhr auf der Terrasse. Adam überlegte kurz und orderte sich dann an der Rezeption eine neue Schlüsselkarte, mit der er mit einem mulmigen Gefühl im Bauch in Richtung des Zimmers ging. Er hatte keinerlei Vorstellungen davon, was ihn im Inneren erwarten würde. Einerseits musste es ja Spuren geben, die auf das plötzliche Verschwinden von Karen hindeuteten. Andererseits... *wenn sie die Tür aus freien Stücken geöffnet haben sollte, dann werde ich nichts finden. Und davon ist auszugehen, da ein gewaltsames Eindringen und eine Entführung innerhalb eines belebten Hotels ja wohl kaum möglich sein sollte.* Ohne noch ein weiteres Mal zu klopfen, steckte er die Karte mit zitternden Fingern in den Schlitz. Ein leises Piepen signalisierte ihm, dass der Sensor die Karte angenommen hatte. Kurz darauf drückte er die Klinke herunter und schob die Tür langsam auf. Im Inneren herrschte fast schon Totenstille, das einzige Geräusch war das leise Klappern der Balkontür im leichten Wind, der aus der Richtung des Strandes kam. Er schritt ins Innere und durchsuchte den Raum mit einem schnellen Blick. Wie bereits erwartet, befand sich Karen nicht im Zimmer – doch die Tatsache, dass sich seine Vermutung damit bewahrheitet hatte, fühlte sich wie ein Schlag ins Gesicht an. Adam ließ die Tür hinter sich ins Schloss fallen und setzte sich danach auf die Matratze, da er das Gefühl hatte, ansonsten zusammenbrechen zu müssen. Sein Herz pochte wie wild in seiner Brust und sein Magen zog sich zusammen. Die Angst breitete sich nun vollends aus und schob alles andere in den Hintergrund. Er war zumindest gerade jetzt nicht in der Lage, klar zu denken. Ein paar Sekunden später hatte er es jedoch irgendwie geschafft, seinen Fokus wiederzufinden. Der Nebel in seinem Gedankendickicht verzog sich langsam – und machte einer anderen Emotion Platz, nämlich der Wut. *Wenn ich denjenigen in die Finger kriege, der Karen entführt hat, dann reiße ich ihm den Kopf ab.* Er stand wieder von der Matratze auf und überlegte, was er nun tun konnte. *Ich muss mit Officer Lockhart sprechen. Sein Name stand ebenfalls auf einem Zettel... ich muss einfach wissen, was ihm passiert ist.* In seiner Hosentasche fand er die Visitenkarte von Officer Pierce wieder – doch es gab zwei Gründe, die in diesem Moment dagegensprachen, ihn an-

zurufen. *Er sprach vorhin davon, dass wir uns gerne morgen früh melden können. Zudem stand sein Name nicht auf dem Zettel. Ich muss irgendwie an Officer Lockhart herankommen.* Nachdem er einen kurzen Blick auf die Wanduhr geworfen hatte, die ihm signalisierte, dass es bereits zehn nach vier war, verließ er das Zimmer wieder und schritt über den Flur. Ohne einer weiteren Menschenseele zu begegnen, verließ er das Hotel an der Vorderseite und trat auf die Straße. Von Matteo war nichts mehr zu sehen, sein Platz auf der Mauer war verwaist. Adam hatte mit dem Gedanken gespielt, ihn mitzunehmen, war aber nun doch ganz froh darüber, dass sich diese Überlegung von selbst erledigt hatte. Da er einfach keine Zeit verlieren wollte, hatte er den Taxistand an der übernächsten Straßenecke als sein Ziel auserkoren. Dort angekommen, öffnete er die Tür des erstbesten Wagens und nahm auf der Rückbank Platz.
»Hallo. Können Sie mich zur Polizeiwache bringen?«
Adam kam direkt zur Sache und sah den Taxifahrer durch den Innenspiegel fordernd an. Der Mann wirkte jedoch nicht so, als hätte er es besonders eilig – in seinem Mundwinkel hing eine Zigarre, aus der Rauch aufstieg, der sich schnell im Inneren des Autos ausgebreitet hatte. Bevor er antwortete, nahm er sie heraus und blies den Rauch durch das offene Fenster ins Freie.
»Aber natürlich. Dauert allerdings ein bisschen länger, weil der Highway nach einem Unfall gesperrt ist.«
»Okay, dann fahren Sie bitte los. Ich habe es eilig.«
Adam konnte sehen, dass der Fahrer eine Augenbraue hochzog. Er schnippte die fast fertige Zigarre aus dem Fenster heraus und startete den Motor. Der Wagen stotterte bedenklich, sprang jedoch nach ein paar Sekunden an.
»Zur Polizeiwache also?«, fragte der Fahrer, während er die

Hauptstraße ansteuerte.
Adam nickte. Er lehnte sich im Sitz zurück, und versuchte, sich etwas zu entspannen. Die Sitzpolster im gesamten Wagen waren an vielen Stellen bereits durchlöchert, was mit dem stotternden Start ein Indiz dafür war, dass das Gefährt einige Jahre zu viel auf dem Buckel hatte. Zudem roch es im Inneren nach einer Mischung aus Abgasen und Zigarrenrauch, weshalb Adam ebenfalls das Fenster einen kleinen Spalt herunterkurbelte. Sie hatten in der Zwischenzeit eine Schnellstraße erreicht, die parallel zum Meer und zu der Promenade verlief. In der Ferne war jedoch schon das zu sehen, wovon der Taxifahrer gesprochen hatte – kurz nach einer Ausfahrt hatte die Polizei eine zweispurige Straßensperre aufgestellt, die es unmöglich machte, den Bereich zu passieren. Besagte Ausfahrt nahm der Fahrer dann kurze Zeit später und steuerte den Wagen so weiter ins Landesinnere. Dort ging es eine kleine Anhöhe hinauf. Die Leitplanken zu beiden Seiten waren an einigen Stellen schon komplett durchgerostet – hier schien sich eher die Schattenseite der Stadt zu befinden, fernab von der Promenade und dem Strand. *So eine durchgerostete Leitplanke passt irgendwie so gar nicht zum Bild des Strandes mit dem glasklaren Wasser. Na ja, jede Münze hat eben auch eine Kehrseite.* Während der Fahrer der Straße, deren Asphalt an einigen Stellen teilweise ziemlich tiefe Schlaglöcher aufwies, folgte, fiel Adam etwas anderes ein. Panisch tastete er seine Hosentaschen ab und stöhnte auf, als er realisierte, dass er sein Portemonnaie nicht dabeihatte. *Wie konnte mir das denn passieren? Ist es mir rausgefallen, als ich mich auf die Matratze gesetzt habe?* Er konnte sich erinnern, dass er sich in dem Moment, in dem das Boot mitsamt Karens Tasche gekentert war, sein Portemonnaie geistesgegenwärtig in

die Tasche gesteckt hatte, als er es im Wasser hatte treiben sehen. Doch jetzt befand es sich nicht mehr an Ort und Stelle, weshalb er misstrauisch wurde. *Verdammt, verdammt, verdammt. Ich muss den Fahrer irgendwie bei der Stange halten, wenn wir das Ziel erreicht haben. Zur Not muss ich einen der Officer fragen, ob er mir das Geld vorstrecken kann. Es handelt sich ja immerhin um einen Notfall.* Er ärgerte sich enorm über diesen Fauxpas, der ihm in einer normalen Situation nie passiert wäre. *Sonst ist Karen ja auch dabei, und die hat das Portemonnaie eigentlich immer in ihrer Tasche.* Der Gedanke an seine Frau ließ einen Kloß in seinem Hals entstehen, der innerhalb weniger Sekunden zu der Größe eines Felsbrockens angewachsen war. *Ich muss sie finden, doch das schaffe ich nur mit der Hilfe von Matteo und dem Polizisten.* Die Fahrt wollte einfach nicht vergehen, und so langsam wurde Adam unruhig. Der Fußweg bis zur Dienststelle war zwar schon ein bisschen weiter gewesen, doch da sie sich im Auto ja weitaus schneller von der Stelle bewegten, hätten sie das Ziel eigentlich schon längst erreichen müssen. Er warf einen Blick durch das Fenster auf der linken Seite. Es war augenscheinlich noch etwas weiter bergauf gegangen, die Promenade und das Meer befanden sich mittlerweile weit unter ihnen. Am Horizont konnte Adam die Insel erkennen – im Sonnenlicht wirkte sie fast schon freundlich und einladend. Der Anblick, den sie abgab, erzeugte eine Gänsehaut auf seinem Körper. *Ein böser Ort, an dem böse Dinge geschehen. Doch was genau? Ich muss es unbedingt herausfinden und dem Ganzen ein Ende bereiten.*

»Wie lange müssen wir noch fahren? Der Umweg scheint ja doch ein etwas größerer zu sein.«

Es dauerte eine Weile, bis der Fahrer reagierte. Durch den In-

nenspiegel konnte Adam erkennen, dass seine Augen starr auf die Straße gerichtet waren.
»Sie scheinen es ja wirklich eilig zu haben. Wir sind bald da, fünf Minuten dauert es etwa noch.«
Wenn du wüsstest, warum ich überhaupt hier auf der Rückbank sitze, dann würdest du nicht so dämliche Antworten geben, du verdammter Bastard. Adam sparte sich eine Antwort und dachte sich stattdessen eine, doch das sorgte auch nicht wirklich dafür, dass er sich besser fühlte. *Karen, Sage, Connie... alle sind verschwunden. Ich muss das irgendwie schaffen.* Die gesamte Last der Dinge schien ihn in diesen Moment jedoch zu überwältigen, er spürte, wie seine Luft für einen kurzen Moment knapp und ihm schwarz vor Augen wurde. Währenddessen hielten sie an einer roten Ampel. In den letzten Minuten hatte sie die Straße durchgehend bergab geführt, sie befanden sich nun fast wieder auf Höhe des Meeresspiegels. Nun konnte sich Adam etwas beruhigen, da er sich jetzt wieder besser auskannte und wusste, in welcher ungefähren Richtung die Dienststelle lag. Zwei Kreuzungen später hatten sie die Wache erreicht. Der Fahrer parkte, verriegelte die Türen und warf einen Blick auf den Zählerstand.
»Das macht dann bitte fünfundzwanzig Dollar.«
Adam hatte sich in den letzten Minuten eine Idee zurechtgelegt, die er nun aussprach.
»Es tut mir leid, aber ich habe mein Geld im Hotel vergessen. Allerdings müsste ich sowieso wieder zurück... wenn Sie noch einen Augenblick Zeit haben und vielleicht eine Viertelstunde warten könnten, dann zahle ich Ihnen einhundert Dollar, wenn Sie mich zurück zum Hotel bringen.«
Der Fahrer schien einen Augenblick überlegen zu müssen, ob er das Angebot wirklich annehmen sollte, oder nicht. Schließ-

lich hatte er sich entschieden und sagte:
»Einverstanden, sofern es nicht allzu lange dauert. Beeilen Sie sich bitte.«
Während Adam sich bedankte und aus dem Wagen stieg, zündete sich der Mann eine neue Zigarre an und kramte die Zeitung, die er im Seitenfach der Tür versteckt hatte, heraus, und schlug sie auf. Mit dem Gedanken im Hinterkopf, dass das Taxameter durchgehend weiterlief, eilte er schnellen Schrittes auf die Glastür zu, die ins Innere der Polizeiwache führte. Die Schicht von Officer Harrison schien noch immer nicht beendet zu sein, er saß weiterhin an seinem Platz und hielt seinen Blick mürrisch in Richtung des Bildschirmes gerichtet, der sich direkt vor seinen Augen befand. Als er Adam erblickte, hob er seinen Kopf.
»Guten Tag, Mr. Singer. Gibt es etwas neues?«
»Ja. Ich möchte bitte mit Officer Lockhart sprechen.«
Harrison zog eine Augenbraue hoch.
»Ich fürchte, das wird kaum möglich sein.«
»Wieso nicht?«
»Weil Officer Lockhart vor wenigen Minuten im Krankenhaus verstorben ist.«

11

Die Worte, die der junge Officer aussprach, trafen Adam wie ein Schlag. Sein Magen zog sich zusammen, und er brauchte einen Moment, bis er die passenden Worte gefunden hatte.
»Das tut mir furchtbar leid. Was ist denn passiert?«
»Darüber darf ich mit Ihnen leider nicht sprechen.«
»Ist Officer Pierce zugegen?«
»Nein, er befindet sich nicht mehr im Haus.«
Adam wusste nicht, was er jetzt noch in der Polizeiwache tun sollte – ihm waren die Hände gebunden, und er vermutete, dass es Officer Harrison nicht mal im Ansatz interessiert hätte, wenn er erzählt hätte, dass neben Sage und Connie nun auch seine Frau Karen verschwunden war. *Er wird mich vermutlich nur für verrückt verkaufen und mir dieselbe Leier auftischen wie vorhin. Meine Güte, ich habe wirklich noch nie so einen unfähigen Menschen gesehen.* Adam verließ die Dienststelle wieder und trat auf die Straße. In unmittelbarer Umgebung war es komplett still, es war hier alles andere als belebt. An der Ecke parkte auch bereits das Taxi, in dem Adam erneut auf der Rückbank Platz nahm.
»Könnte ich einen Anruf tätigen? Es ist wirklich wichtig.«
Er dachte daran, dass er die Visitenkarte ja noch bei sich trug, und sprach den Taxifahrer daraufhin an.
»Klar. Aber dafür gibt es dann einen Zehner drauf.«
Der Mann verzog sein Gesicht zu einem Grinsen, woraufhin sich seine schlechten Zähne zeigten.
»Einverstanden«, murmelte Adam, dem zumindest für den Moment jegliches Geld egal war.

Der Fahrer reichte ihm sein Handy und startete derweil wieder den Motor, den er in der Zwischenzeit abgestellt hatte.
»Wohin darf ich Sie nun bringen?«
»Fahren Sie erstmal los. Die Adresse bringe ich in Erfahrung.«
Adam hatte die feste Absicht, sich jetzt mit Officer Pierce zu treffen – er sah einfach keine andere Möglichkeit, auch, wenn es ihm enorm pietätlos vorkam. *Er hat gerade einen Kollegen und vielleicht sogar Freund auf mysteriöse Art und Weise verloren. Allerdings scheint das alles so verzwickt zusammenzuhängen, dass mir keine andere Wahl bleibt, als jetzt zu handeln.* Während der Taxifahrer das Taxi also in Richtung der Straße steuerte, tippte Adam die Mobilnummer von Officer Pierce ein. Seine Finger zitterten und er vertippte sich mehrmals, bis er sich schließlich vergewissert hatte, dass er das Richtige eingegeben hatte. Er betätigte zu guter Letzt die Wahltaste und hielt sich das Handy ans Ohr. Es dauerte etwa zehn Sekunden, bis der Anruf am anderen Ende der Leitung entgegengenommen wurde.
»Pierce.«
»Guten Tag, Mr. Pierce. Hier ist Adam Singer.«
»Mr. Singer?«
Die Stimme am anderen Ende der Leitung klang überrascht.
»Ja, ich war vorhin in der Wache. Vielleicht erinnern Sie sich ja noch an mich.«
»Aber natürlich. Ist etwas passiert?«
»Ja, leider schon. Das würde ich aber gerne persönlich mit Ihnen besprechen. Wäre das möglich?«
»Natürlich. Ich bin zwar nicht mehr im Dienst, aber Dinge, die die Insel betreffen, beschäftigen mich auch außerhalb meiner Arbeitszeit. Wo kann ich Sie denn antreffen?«
»Ich bin gerade mit dem Taxi unterwegs. Sagen Sie mir einfach,

wohin ich kommen soll. Wir befinden uns gerade in der Nähe der Dienststelle.«
»Sagen Sie dem Fahrer, dass er Sie ins Bergcafé bringen soll. Ich bin in einer Viertelstunde dort.«
»Einverstanden.«
Adam beendete das Gespräch und warf noch einen schnellen Blick auf das Display, ehe er dem Fahrer das Handy zurückgab. Es war bereits Viertel vor fünf – er hatte noch etwas über eine Stunde Zeit, bis das Treffen mit Matteo anstehen würde. *Verdammt, verdammt, verdammt. Ich muss mich wirklich beeilen.*
»Einmal ins Bergcafé, bitte.«
»Okay.«
Der Fahrer wendete das Taxi an der nächstbesten Stelle und steuerte die Region an, in der es wieder etwas bergiger wurde. Adam lehnte sich zurück, konnte sich jedoch nicht entspannen, da die Karre enorm über den schlechten Asphalt holperte und jedes einzelne Schlagloch sich wie ein Hieb in den Rücken anfühlte. Die Sonne knallte auf die Straße, und da es im Inneren recht stickig geworden war und der Wagen keine Klimaanlage besaß, kurbelte Adam das Fenster erneut herunter. Die Luft wurde mit jedem Meter, den sie sich hinaufbewegten, etwas besser. Die Reifen des Taxis wirbelten eine Menge Staub auf, der sich schnell in der Umgebung verteilt hatte. Ein paar Minuten später tauchte besagtes Bergcafé bereits vor ihnen auf. Auf dem Parkplatz standen neben einem Toyota mehrere Motorräder, es wirkte fast so, als hätte sich eine Gruppe aus Bikern an jenem Ort niedergelassen. Von den Männern war jedoch weit und breit nichts zu sehen, auf der Terrasse vor dem Café konnte Adam allerdings bereits Officer Pierce erkennen.
»Nun müssen wir zur Bezahlung kommen.«

Der Fahrer hatte erneut die Tür verriegelt und blickte Adam an.
»Hören Sie mir zu, es ist wirklich ein absoluter Notfall«, versuchte Adam, sich zu erklären.
»Es geht um Leben und Tod. Ich werde Ihnen das Geld morgen persönlich vorbeibringen. Ist das okay?«
»Mit wem haben Sie eben telefoniert?«
Der abrupte Themawechsel überraschte Adam. Er entschied sich jedoch, dem Mann gegenüber ehrlich zu sein.
»Mit Officer Pierce. Kennen Sie ihn? Ich treffe mich mit ihm, um über wichtige Details im Falle einer Entführung zu sprechen.«
»Levin Pierce? Klar, er ist im ganzen Bezirk bekannt. Ein feiner Mann, ich kenne ihn sehr gut. Also, okay, Sie können mir das Geld morgen zahlen. Aber sollten Sie das nicht tun, werde ich Sie anzeigen müssen.«
»Das geht absolut in Ordnung.«
Adam spürte, wie ihm ein Stein von Herzen fiel. Er hatte nun eine Last weniger, und konnte das Finanzielle erst einmal in eine dunkle Ecke in seinem Kopf schieben.
»Vielen Dank. Und einen schönen Tag noch.«
Adam verließ das Taxi und wartete, bis es am Horizont verschwunden war. Kurz darauf wandte er sich dem Café zu. Obwohl er den Officer zuvor nur kurz gesehen hatte, erkannte er ihn sofort wieder – vermutlich, da er recht auffällig gekleidet war und ein einprägsames Erscheinungsbild besaß. Seine schwarzen, etwas längeren Haare hingen ihm über die Stirn. So, wie er dort saß, war ihm nichts von dem anzusehen, was er alles durchgemacht hatte. Ganz im Gegenteil, der Mann wirkte fast entspannt. Er reagierte erst auf Adam, als selbiger sich den Stuhl, der sich direkt gegenüber vom Officer befand, zurückzog

und auf ihm Platz nahm.
»Oh, Mr. Singer.«
Er strich sich die langen Haare aus der Stirn und fuhr dann fort.
»Erzählen Sie mir, was passiert ist.«
»Zunächst einmal wollte ich Ihnen mein Beileid aussprechen. Ich habe von Officer Lockharts Tod gehört.«
»Vielen Dank. Ich kann zwar nicht behaupten, dass er ein Freund von mir war – doch ein guter Kollege auf jeden Fall. Er hatte einen Schlaganfall und ist in Folge dessen an einer Lungenembolie gestorben.«
»Was ist denn auf der Insel passiert? Sie müssen mir davon erzählen – denn ich fürchte, dass sich am heutigen Tage die Geschichte wiederholen könnte.«
Bevor Adam Officer Pierce das Wort überließ, fasste er kurz zusammen, was alles passiert war. Er ließ kein Detail aus, er wollte dem Mann gegenüber absolut ehrlich sein, da er sich die Hilfe des Officers erhoffte. Er erzählte sogar von Matteo, und davon, dass er vermutete, dass der Junge ein paar Details mit Bezug zur Insel verschwieg. Kein Wort hingegen erwähnte er von dem Treffen mit der Sirene, welches er schon fast wieder vergessen hatte – ehe ein kurz aufflammender Schmerz aus seiner Bauchgegend ihn wieder daran erinnerte. *Mein Körper ist wirklich vollkommen ramponiert.*
»Donnerwetter, das ist wirklich allerhand. Aber so langsam fügen sich die Puzzleteile zusammen. Allerdings gibt es an einigen Stellen doch noch deutliche Lücken. Nun denn, ich fürchte, ich weiß, wo wir ansetzen können.«
Er legte eine kurze Pause ein, ehe er ein paar Worte hinterher schob.
»Ich werde Ihnen nun erzählen, was dem Kollegen Lockhart

und mir auf der Insel passiert ist. Sie werden sehen, dass sich danach einige offene Fragen bereits geklärt haben werden.«
Officer Pierce nahm einen Schluck von dem dampfenden Kaffee, der sich vor ihm befand – und begann dann, seine Geschichte zu erzählen.

12

Im Nachhinein betrachtet kann ich es wirklich kaum glauben, dass ich das irgendwie überlebt habe. Doch ich sitze hier und kann darüber sprechen, was ja bedeuten muss, dass ich meinen Kopf irgendwie aus der Schlinge ziehen konnte. Ursprünglich bin ich mit Frank im Herbst letzten Jahres zur Insel gefahren, um einigen Vermisstenmeldungen nachzugehen. Unsere Tische waren voll mit jeglichem Papierkram, den wir in dem Moment, in dem die Leute auf der Straße regelrecht einen Mob gebildet hatten, nicht mehr vor uns herschieben konnten. Die Wahl von unserer Vorgesetzten Leah Donovan fiel auf Frank und mich, weil sie uns als die fähigsten Officer des gesamten Reviers einstufte. Das war natürlich auch nicht von der Hand zu weisen, Officer Harrison ist ehrlich gesagt ein ziemlich verweichlichter Idiot und die anderen Kollegen waren allesamt in andere Fälle eingespannt, somit waren wir die einzige Wahl – auch, weil Donovan immer schon so war, dass sie selbst die Dinge eher vom Schreibtisch aus regelte. Darin war sie aber auch eine Meisterin, weshalb sie sonst ja wohl kaum unsere Vorgesetzte geworden wäre. Am Abend, bevor wir aufbrachen, traf ich mich privat mit Frank. Er lud mich in seine Wohnung ein, und neben ein paar Bieren haben wir dann nochmal alle Infos zusammengetragen, die wir besaßen. Das waren zugegebenermaßen nicht viele, im Grunde nur die Namen der Personen und die verschiedenen Geschichten, die uns die Angehörigen aufgetischt haben. Einige davon klangen glaubwürdiger als die anderen, die Bandbreite von den Dingen, die uns die Leute erzählt haben, war wirklich gewaltig. Einige meinten sogar, sie wüssten, was dort vor sich ginge – was sich allerdings im Nachhinein als ziemlicher Unsinn herausstellte. Dazu aber später mehr. An besagtem Abend sind wir zu keinem wirklichen Ergebnis mehr gekommen. Wir mussten dem Ganzen also auf den Grund gehen und brachen noch vor Tagesanbruch auf. Mit zwei Jetskis machten wir uns auf den Weg. Die Waffen, die wir bei uns trugen, gaben uns zumindest dieses Mal eine falsche Sicherheit, auf der wir uns wohl zu sehr ausgeruht haben. Zuvor war es immer so gewesen, dass sie eine Art Warnsignal an Verbrecher, Mörder und Räuber gewesen waren. Doch den Leuten, denen wir auf der Insel begegnet waren, war das so ziemlich egal – sie waren eine andere, abscheuliche Stufe von allem, was wir bisher erlebt haben. Zunächst wirkte die Insel auf uns komplett verwaist. Zu Sonnenaufgang vertäuten wir die Jetskis am Steg und machten uns auf den Weg in Richtung Wald. Wir mussten uns durch das dichte Geäst kämpfen, sind jedoch, bis wir so richtig tief drin waren, auf keine Menschenseele gestoßen. Es wurde mit der Zeit immer heller, und als wir dann an einer kleinen Bucht angekommen waren, sind wir auf eine Gruppe Einheimischer gestoßen. Sie waren so pfeilschnell und gnadenlos, dass wir mit unseren Schusswaffen nichts hatten ausrichten können. Im Nu waren wir umzingelt und haben uns dazu entschieden, die Waffen niederzulegen – im Nachhinein betrachtet ein riesengroßer Fehler. Es war eine Entscheidung gewesen, die ich schließlich aus dem Bauch heraus getroffen hatte. Hätte ich das Feuer eröffnet, wäre uns vermutlich sogar die Flucht gelungen – so mussten wir uns aber geschlagen geben und ließen uns nahezu widerstandslos abführen. Der Anführer von ihnen, ein Mann namens Kolo, wie ich später herausfand, hat Frank zudem einen harten Schlag auf den Kopf gegeben – und ich glaube bis heute, dass dieser Schlag etwas in ihm zerstört hat, was dann fast ein Jahr später die Ursache für seinen Schlaganfall war. Sie brachten uns in eine abgelegene Hütte und banden uns an ein altes Rohr fest. Da sie in einer fremden Sprache sprachen, die mal so gar nichts mit englisch zu tun hat, verstanden wir kein Wort von dem, was sie uns versuchten, zu erzählen. Der Mann wirkte jedoch enorm aufgebracht, weshalb wir zumindest im ersten Moment nicht mal daran gedacht haben, eine Gegenoffensive zu starten. Wir waren zahlenmäßig unterlegen, und hatten beide den Drang, zu überleben. Zudem haben wir es einfach als gutes Zeichen gewertet, dass sie uns weggesperrt und nicht auf der Stelle getötet haben. Wir bekamen täglich einmal etwas zu essen und zu trinken – nichts, wovon man ansatzweise satt wurde, doch eben etwas, was zum Überleben ausreichte. Franks körperlicher Zustand sank rasend schnell, und ich konnte aus meiner Position nicht wirklich viel machen. Wir verbrachten Wochen dort und bekamen niemanden zu Gesicht, bis auf den Mann namens Kolo. Ich denke, es waren zwei bis drei Wochen vergangen, bis ich gemerkt habe, dass die Kette, mit der ich an die Wand gefesselt war, recht spröde war. Ich schaffte es, mir einen gewissen Freiraum zu verschaffen – dieser reichte jedoch nicht dazu aus, mich aus den Ketten zu befreien, weshalb ich irgendwie nachhelfen musste. Noch ein paar Tage später brach mir wiederum schließlich mit einer geschickten Bewegung das Handgelenk – das geschah am dritten Tag, an dem Frank jegliche Nahrung verweigert hatte. Der Schmerz des Bruches machte mich fast blind, doch irgendwie gelang es mir, mich aus den Ketten zu befreien. Ich musste das jedoch in vollständiger Dunkelheit erledigen – Kolo besuchte uns immer zu einer gewissen Tageszeit, nämlich kurz vor Anbruch der Dämmerung. Es war ein leichtes, Frank zu befreien, und gemeinsam hatten wir es dann schließlich geschafft, die Hütte zu verlassen. Wie du ja allerdings bereits weißt, sind wir nicht nach drei Wochen, sondern nach einem verdammten Jahr zurückgekehrt. Was ist also in den anderen elf Monaten passiert und warum sind wir nicht einfach direkt wieder von der Insel geflohen? Ganz einfach: wir hatten immer noch unseren Job zu erledigen. Zudem war ich einfach blind vor Hass, ich wollte es diesen Einheimischen zeigen. Ich wusste allerdings auch, dass die Verfassung von Frank noch schlechter war, weshalb ich ihn erst einmal an einen Ort brachte, der mir sicher erschien – eine verlassene Höhle in der Nähe einer Lagune. Er konnte mir in seinem Zustand einfach keine große Hilfe sein, weshalb es das Beste für beide war – auch, wenn ich alleine und mit einer gebrochenen Hand natürlich alles andere als kampfbereit war. Das war dann auch der Grund dafür, dass ich mich ein paar Tage zurückzog, um mich von meiner Verletzung zu erholen. Sie heilte besser als gedacht, und als ich mir dann wirklich sicher war, ging ich in die Offensive. Ich bastelte mir eine Steinschleuder und suchte mir einen Platz auf, von dem aus ich das Treiben der Einheimischen beobachten konnte. Ich sah dort viele schreckliche Dinge – die Leute, die dort leben, sind wirklich abscheuliche Kreaturen. Mörder, Räuber, Vergewaltiger, all das sind noch verharmlosende Bezeichnungen für das Gesindel. Sie haben Menschen gegessen, dessen bin ich mir absolut sicher. Ich werde die Bilder der verbrannten Leiber, die wie Schweine am Spieß hingen, nicht vergessen. All das sorgte dafür, dass ich noch sicherer in meinem Vorgehen wurde. Ich ließ mir dabei jedoch Zeit. Beschattete sie tage-, wochen-, monatelang. Obwohl ich mir sicher in meiner Sache war, wollte ich meine Gegner erst genauestens studieren. Nebenbei jagte ich in jeder Nacht immer für zwei Personen und schlief in derselben Höhle, in der sich auch Frank befand. Meine Nächte waren jedoch nie wirklich lang, was ich auch nach einigen Wochen zu spüren bekam. Komischerweise wirkte es auf mich jedoch nie so, als würde irgendjemand nach uns suchen. Den Leuten schien es schlichtweg egal gewesen zu sein, ob wir weiterhin im Haus waren oder nicht. Vermutlich war der Grund dafür, dass sie schon am ersten Tag unsere Jetskis zerstört hatten – was ich aber zu dem Zeitpunkt nicht wusste. Unsere einzige Fluchtmöglichkeit war dahin, mir stand allerdings auch nie der Sinn nach Flucht. Ich war versessen darauf, den Fall zu lösen und die vermissten Personen zu retten, auch, wenn ich von denen nur ganz selten mal jemanden zu Gesicht bekam. Eines nachts traf ich dann auf einen Jungen namens Nathan. Er war einer der vermissten Personen, und ihm war genau wie mir die Flucht gelungen. Gemeinsam schmiedeten wir einen Plan. Er besaß einige Informationen, die uns dabei durchaus weiterhalfen. Dazu gehörte unter anderem die Tatsache, dass er wusste, wovor sich die Einheimischen fürchteten. Der Bereich trug den Namen Teufelsbucht – warum das so war, wusste ich zu dem Zeitpunkt nicht, doch der Abschnitt der Insel war für uns sicheres Territorium, da sich niemand von *denen* dort aufhielt. Sogar die Tiere mieden die Teufelsbucht komplett, doch Nathan kannte die Gegend wie seine Westentasche, und ich entschied mich, ihm zu vertrauen. Die Verfassung von Frank verbesserte sich in der Zwischenzeit ein wenig, ein paar Wochen später fühlte er sich schon bereit, die Höhle zu verlassen und in den Kampf zu ziehen. In der Folge des Kampfes verlor Nathan leider sein Leben, und ich bereue es bis heute, dass ich den Jungen nicht retten konnte. Er war mir in der Zeit, die wir zusammen verbracht hatten, wirklich ans Herz gewachsen und hatte sich als große Hilfe erwiesen. Doch andererseits war er eben auch manchmal ziemlich hitzköpfig, was ihm in der Schlacht zum Verhängnis geworden war. Ich vermute, dass die Einheimischen sich ihn geschnappt und getötet haben, denn vom einen auf den anderen Tag fehlte jede Spur von ihm. Irgendwie gelang es Frank und mir, wieder in Richtung Teufelsbucht zu fliehen. Wir entschieden uns dazu, dort unser Lager aufzuschlagen, da wir wussten, dass wir an dem Ort in Sicherheit waren. Später hat sich dann jedoch herausgestellt, dass die Angst der Einheimischen vor diesem Ort nicht unbegründet war. Es geschahen sehr seltsame Dinge in den folgenden Wochen – und ich bin mir nicht sicher, ob du mir das, was ich jetzt erzähle, wirklich glauben kannst. Die Geschichten, die sowohl im Internet als auch in verschiedenen Zeitungen über die Insel kursieren, handeln immer von einer gewissen Tatsache, und der Wortlaut ist nahezu immer gleich: die Insel verändert sich. Und genau das bekamen wir dann auch zu spüren. Zunächst war es nur das Wetter. Wolken zogen schneller auf und es regnete teilweise tagelang durch – allerdings nur an diesem Flecken auf der Rückseite der Insel. Tiere gab es dort wie gesagt auch keine, weshalb wir, oder besser gesagt ich, unser Territorium zum Jagen verlassen musste. Während Frank sich irgendwie durch die Tage kämpfte und seinen angestammten Platz nur verließ, um sein Geschäft zu verrichten, musste ich mich um alles andere kümmern. Das machte mir jedoch nichts aus, die Tatsache, dass wir in Sicherheit waren, war erst einmal die Wichtigste. Da ich allerdings noch immer einen Job zu erledigen hatte, musste ich mich irgendwann wieder in das feindliche Gebiet wagen. Auf Frank konnte ich nicht bauen, doch ich kam auch schon früher immer sehr gut damit klar, mich alleine durch verschiedenste Dinge zu schlagen. Warum also sollte ich es dieses Mal nicht auch schaffen? Und nun, mein letzter, großer Kampf war gerade erst ein paar Stunden her. In der Woche zuvor hatte ich mich damit beschäftigt, einen Sprengsatz zu bauen, und wollte diesen dann einsetzen. Ich wusste, wo die Einheimischen ihr Lager hatten, und machte mich in der Dunkelheit auf den Weg dorthin. Sie besitzen eine gesamte Grube voller Dynamit, und ich weiß bis heute nicht, warum und zu welchem Zweck sie das taten. Der Umstand, dass das Dynamit jedoch da war, reichte mir aus – ich nahm ein paar Stangen an mich und versteckte sie an verschiedensten Orten – in Gebüschen, unter einigen Hütten oder auf den Dächern selbiger. Von den vermissten Personen habe ich in den letzten Monaten niemanden mehr gesehen, und ich vermute, dass Nathan tatsächlich der letzte Überlebende gewesen war. Mit dem Hintergedanken im Kopf, dass meine Mission somit gescheitert war, startete ich eine Nacht später, es war die Nacht von gestern auf heute, meinen Rachefeldzug. Ich hatte zehn Stangen Dynamit versteckt, und setzte jede einzelne geschickt in Brand. Ich weiß nicht, was ich in dem Moment, in dem die Schreie ertönten, verspürt habe – vermutlich gar nichts. Ich habe zwar nicht alle, jedoch einen Großteil der Gruppe getötet. Heute Morgen sind Frank und ich dann mit einem Ruderboot, welches am Steg vertäut war, von der Insel geflohen. Unglücklicherweise erlitt Frank während der Überfahrt noch einen epileptischen Anfall, in dessen Folge er über Bord ging. Obwohl ich neben meiner polizeilichen Ausbildung auch eine als Rettungsschwimmer besitze, gelang es mir nicht, ihn rechtzeitig zu retten. Ich vermute allerdings, dass er letztendlich noch an den Folgen des Schlages verstorben ist – im Krankenhaus angekommen, hat er sofort das

Bewusstsein verloren und war wenige Zeit später schon tot.

13

»Das allerdings verblüfft mich schon ziemlich. Ich meine... er hat ein gesamtes Jahr lang durchgehalten, und es am Ende dann nicht geschafft. Das ist schon eine kuriose Situation.«
Adam versuchte, das, was ihm Pierce erzählt hatte, zu verarbeiten. Gleichzeitig drifteten seine Gedanken immer wieder in die Richtung von Karen ab – er machte sich wahnsinnige Sorgen um seine Frau, hatte jedoch das Gefühl, dass ihm seine Hände gebunden waren. *Ich muss mit dem Officer und Matteo zur Insel rüber, um zumindest zu versuchen, Sage, Connie und sie zu retten. Zudem hat er auch was von dem Jungen erzählt, den Matteo sucht...* Adam schluckte. *Auch, wenn er wahrscheinlich schon tot ist, würde ihm das sicher eine Möglichkeit geben, damit abzuschließen.* Fragen über Fragen, und es machte Adam nahezu verrückt, dass er keine einzige Antwort parat hatte. Die Tatsache, dass Officer Pierce ein gesamtes Jahr überlebt hatte, stimmte ihn eigentlich zuversichtlich – andererseits war er eben der Einzige, dem es gelungen war, und das auch nur, weil er äußerst clever vorgegangen war. Obwohl seine Erzählung an einigen Ecken Logiklücken vorwies, entschied Adam sich dazu, dem Mann zu vertrauen – er wirkte auf ihn nicht so, als wäre er ein Lügner, und selbst, wenn einige Details bestimmt in seiner Erzählung fehlten, so hatte er ein grobes Bild von dem aufgestellt, was ihm in der Gewalt der Einheimischen über ein Jahr passiert war.
»Fühlen Sie sich bereit dazu, zur Insel zurückzukehren? Gerade nach heute... meine Frau und zwei Freunde müssen dort sein. Ich muss einfach alles in meiner Macht stehende tun, um sie zu

retten, fürchte aber, dass ich Ihre Hilfe dazu brauchen werde.« Obwohl der Officer ihn geduzt hatte, entschied Adam sich dazu, aus Respekt beim Sie zu bleiben. Pierce nahm einen weiteren Schluck von seinem Kaffee, der nun zumindest nicht mehr dampfte. Es war doch einige Zeit ins Land gezogen, seit er angefangen hatte, zu erzählen. Adam spürte ein leises Knurren seines Magens, doch ein Blick auf die Uhr verriet ihm, dass er nun keine Zeit hatte, sich etwas zu essen zu bestellen. Es war bereits viertel nach fünf – das Treffen mit Matteo war auf achtzehn Uhr angesetzt, zudem hatten sie noch etwa zwanzig Minuten Fahrt zum Hotel vor sich.

»Ich habe meinen Frieden noch nicht gefunden und stehe zudem im Dienst des Landes. Wer die Ordnung des Vaterlandes bedroht, ist eine Gefahr für alle – und das sind die Einheimischen. Wer weiß, ob sie sich nicht irgendwann dazu entscheiden, die Insel zu verlassen und einen Angriff auf Zivilisten zu starten, um ihr Gebiet auszuweiten. Ich konnte zwar einige vernichten, doch je länger ich darüber nachdenke, desto mehr komme ich zu dem Schluss, dass das wirklich nur ein kleiner Teil gewesen sein muss.«

»Wir müssen den Jungen, den ich vorhin bereits erwähnt habe, mitnehmen. Ich glaube irgendwie, dass er uns weiterhelfen kann, weil er Wissen besitzt, welches er bisher noch nicht vollständig preisgegeben hat.«

Officer Pierce beäugte Adam ein paar Sekunden lang ganz genau, ehe er zu einer Antwort ansetzte.

»Wir können doch ein unbescholtenes Kind nicht auf einen Einsatz mitnehmen. Genau genommen darf ich dich als Zivilisten auch nicht mitnehmen, doch darüber kann ich gerade so noch hinwegsehen. Was den Jungen anbelangt: das geht leider nicht.«

Adam war ob der direkten Antwort des Officers überrascht – wobei er natürlich absolut recht hatte. *Meine Güte, wie blind muss ich gewesen sein, um das zu übersehen? Ich war wirklich nur darauf fokussiert, Antworten für mich zu finden, und war sogar bereit dazu, ein minderjähriges Kind mit auf das Schlachtfeld zu ziehen.* Adam spürte, wie er sich plötzlich extrem schlecht fühlte.

»Okay, Sie haben recht. Ich bestehe allerdings darauf, dass ich mitkomme, weil ich meine Frau retten muss.«

»Dagegen habe ich auch nichts gesagt. Ich bin über jede Unterstützung dankbar. Du musst mir nur versprechen, dass du dich an das hältst, was ich sage. Sobald wir die Insel betreten haben, müssen wir enorm auf der Hut sein.«

Adam nickte. Er hatte das nötige Vertrauen zum Officer aufgebaut und fühlte sich in der Lage dazu, den Worten des Mannes Folge zu leisten – egal, was dieser auch verlangen würde. *Letztendlich wird er nach einem Jahr auf der Insel exakt wissen, worauf es ankommt.*

»Einverstanden. Sie bestimmen, ich folge Ihnen. Sollen wir losfahren?«

Pierce nickte.

»Ich bezahle nur eben meinen Kaffee, direkt danach können wir los. Ich kenne sogar eine Stelle, von der aus wir zum einen einen kürzeren Weg haben, und zum anderen unbemerkt aufbrechen können.«

Pierce verschwand im Inneren um den Kaffee zu bezahlen, und Adam folgte ihm. Er hatte sich spontan doch dazu entschieden, sich etwas zu essen zu kaufen – der Officer gab ihm zwei Sandwichs aus, die er sich in seine Tasche stopfte. Pierce fuhr einen

Porsche Carrera – Adam hatte den Wagen zuvor kurz gesehen, hatte jedoch nicht gedacht, dass dieser dem Officer gehörte. Erstaunt nahm er auf dem Beifahrersitz Platz und lehnte sich zurück. Er wollte sich entspannen, spürte aber, dass er das nicht konnte. In seinem Kopf herrschte einfach ein zu großes Chaos, und seine Hoffnungen, dass ihm das Gespräch mit dem Officer zumindest ein paar Antworten geben würde, hatten sich in Luft aufgelöst. Stattdessen waren noch mehr unsichtbare Fragezeichen entstanden, und er hatte wirklich keine Ahnung, wie groß die Chance war, dass Karen, Sage und Connie noch am Leben waren. *Bitte. Verdammt, bitte!* Er hoffte, dass sein leises Stoßgebet noch nicht zu spät kam, und versuchte, seine Gedanken nun in eine andere Richtung zu lenken. Pierce steuerte derweil den Porsche über die holprige Bergstraße. Er ging dabei äußerst behutsam vor – nicht so wie der Taxifahrer, dem auf dem Hinweg jedes einzelne Schlagloch egal gewesen war. *Vermutlich sah der Wagen deswegen auch wie ein Müllhaufen aus.* Zu ihrer Linken präsentierte sich kurze Zeit später wieder das Meer mit der Insel im Hintergrund. Ein paar Wolken thronten am Himmel, und es wirkte aus der Ferne so, als würden sie sich direkt über der Insel befinden. *Vermutlich geht dort in der Teufelsbucht tatsächlich etwas magisches vor sich. Ich meine, wie kann man es sonst erklären, dass es dort tagelang regnet, während überall anders die Sonne scheint?* Er versuchte, den gerade aufgekommenen Gedanken etwas weiter auszuführen. *Was, wenn das auch etwas mit der Sirene zu tun hat? Wir war ihr Name nochmal? Himeropa. Warum hat Pierce nichts von ihr erzählt? Es ist nahezu unmöglich, dass er während des vergangenen Jahres nicht auf sie getroffen ist.* Er warf dem Officer, der seine Augen hinter einer Sonnenbrille verborgen und stur auf die

Straße gerichtet hatte, einen unauffälligen Blick zu. Nach außen hin wirkte der Mann für das, was er erlebt hatte, ziemlich gefasst. *Vermutlich wird sich spätestens in den kommenden Tagen, sobald sowohl das Adrenalin als auch der Schock etwas abgeebbt sind, sein Verhalten ändern. Jetzt befindet er sich noch in einer Art Blase, die jedoch irgendwann aufplatzen und ihn mit der gnadenlosen Realität konfrontieren wird.* Sie fuhren zurück eine andere Route, als der Taxifahrer auf dem Hinweg. Die Straße war in dem Bereich, den Pierce ansteuerte, noch abschüssiger als überall anders. Auf der Schnellstraße angekommen, ging es dann weiter in Richtung Wasser – sie fuhren jedoch nicht zum Hafen oder zum Hotel, sondern zunächst weiter ins Landesinnere. An einer abgelegenen Stelle in der Nähe eines Waldes stellte Pierce den Porsche schließlich ab und schaltete den Motor aus. Er wartete einen Moment, bis er aus dem Wagen ausstieg. Adam folgte ihm kurz darauf und ließ seinen Blick schweifen. Vom Meer war zumindest an dem Punkt, an dem sie angekommen waren, nichts zu sehen. Sie befanden sich am Ufer eines kleinen Flusses. In der Nähe des Schilfes schwamm eine Entenfamilie umher, und aus dem hohen Gras neben ihm war das leise Zirpen von Grillen zu hören. Da die Sonne hier stark vom Blätterdach über ihren Köpfen abgeschirmt wurde, war die Wärme an diesem Punkt sogar zu ertragen. Zudem war der Tag ja schon recht weit vorangeschritten. Etwas entfernt vom Schilf befand sich ein altes, morsches Ruderboot. Es trieb einfach so im Wasser umher, ohne irgendwo festgebunden zu sein – was vermutlich allerdings auch nicht nötig gewesen wäre, da niemand auf die Idee gekommen wäre, es zu klauen. Für Adam sah es eher so aus, als würde es auch nur bei der geringsten Bewegung in tausend Teile zersplittern. Als Pierce jedoch genau auf

das Boot zusteuerte, wusste Adam, dass er es ernst meinte.
»Damit rudern wir rüber?«
»Ja, es ist die einzige Möglichkeit. Es ist das Boot, mit dem Frank und ich hergekommen sind. Es muss uns aushalten.«
Das Boot von Sage und Connie, rief Adam sich in Erinnerung, und war immer noch über diesen schier unglaublichen Zufall erstaunt. *Hoffentlich geht es ihnen gut.*
»Na dann. Ich bin gespannt.«
Anstatt etwas zu erwidern, folgte Adam dem Officer – da ihm gerade noch rechtzeitig das in den Kopf kam, was sie zuvor abgesprochen hatten. *Ich muss ihm folgen. Er wird schon wissen, was er tut.* Etwas missmutig stieg er als zweiter ins Boot und übernahm das Ruder am Heck. Sie ruderten den Fluss entlang – mussten sich dabei jedoch gar nicht mal so heftig anstrengen, da die Strömung den größten Teil der Arbeit für sie erledigte. Sie näherten sich unaufhaltsam dem offenen Meer – der Wald um sie herum wurde immer kleiner, ehe er einige Zeit später komplett verschwunden war. Die Insel war zwar noch ein ganzes Stück entfernt, doch sie näherten sich ihr immer weiter – und mit jedem Meter spürte Adam, wie seine Nervosität in fast schwindelerregende Höhen anstieg. Es wehte zwar eine ordentliche Brise, doch auch die schaffte es nicht, den Schweiß von seiner Stirn zu trocknen. Selbiger lief in Bächen über seinen Körper, und das Zittern seiner Hände signalisierte ihm noch dazu, dass er körperlich absolut am Ende war. Im Gegensatz dazu war Officer Pierce weiterhin die Ruhe selbst. Es wirkte fast lässig entspannt, wie er mit Sonnenbrille auf der Nase und Ruder in der rechten Hand dafür sorgte, dass sie sich näher auf den Ort zubewegten, an dem das pure Unheil auf sie wartete. Das Bild, welches sich ihm während der Autofahrt gezeigt hatte, schien

entweder eine Fata Morgana oder Einbildung gewesen zu sein – zumindest von der Position aus, an der sie sich befanden, waren keine Wolken am Himmel zu sehen – weder direkt über ihnen, noch über der Insel. *Ich sehe schon Wolken, die nicht da sind. Die werden sich wohl kaum einfach so verzogen haben. Was kommt als nächstes?* Adam wusste nicht mehr, ob er seinem eigenen Verstand trauen konnte. Zudem waren da noch immer die Schmerzen, die weiterhin eine große Rolle spielten, auch, wenn sie nicht wirklich dauerhaft präsent waren. Doch die kleinen Impulse, die die einzelnen Wunden ab und an sendeten, reichten dazu aus, ihn zu schwächen. Er musste eine Weile vom Ruder ablassen, da er das Gefühl hatte, dass er sich sonst überanstrengen würde. Officer Pierce steigerte daraufhin nochmal das Tempo. *Meine Güte, in seiner Uniform muss er wirklich schwitzen.* Die Waffe, die am Gürtel das Officers hing, strahlte eine Art Sicherheit aus, die jedoch auch nur ein Trugbild war. *Sollte es zu einer Situation kommen, in der wir mehreren Einheimischen gegenüberstehen, werden wir auch mit der popeligen Waffe keine Chance haben.* Doch zumindest war Adam froh, jemanden dabei zu haben, der im Umgang damit geübt war – er selbst traute sich das absolut nicht zu, da er auch noch niemals zuvor in seinem Leben eine Schusswaffe in der Hand gehabt hatte. Es kam ja nicht nur darauf an, bewaffnet zu sein – man musste auch mit geschärften Sinnen vorangehen, um den perfekten Moment des Schusses zu realisieren – und sich noch dazu in der Lage befinden, abzudrücken. Zu nichts davon sah sich Adam momentan in der Lage. Er war in einer konservativen Familie aufgewachsen, und obwohl Schusswaffen in den Vereinigten Staaten fast schon zum Alltag gehörten, hatte seine Familie nie eine besessen, worüber er allerdings auch ziemlich froh gewesen war. Denn die Kehrseite der Medaille war die, dass durch Waffen neben dem positiven Aspekt der Selbstverteidigung auch der negative Aspekt der kaltblütigen Morde zur Geltung kam. In der Zeitung gab es Schlagzeilen dieser Art wie Sand am Meer, und jedes einzelne Mal, wenn Adam etwas darüber gelesen hatte, hatte er ein mulmiges Gefühl bekommen. *Es ist wirklich besser, wenn man die Waffen denjenigen überlässt, die damit umgehen können und psychisch stabil sind. Meine Güte, wie viele Amokläufe man mit dieser Denkweise schon hätte verhindern können.* Es dauerte eine knappe halbe Stunde, bis sie die Insel schließlich erreicht hatten. Pierce ließ Adam zuerst aussteigen und vertäute das Boot dann am Holzpfosten des Stegs – dem Ort, an dem Adam gemeinsam mit Karen, Sage und Connie am Vormittag angelegt hatte. *Bei den ganzen Dingen, die heute schon passiert sind, fühlt es sich eher an, als wäre eine ganze Woche vergangen.* Er schluckte. *Heute Morgen war die Welt noch in Ordnung. Wir hätten diese gottverdammte Insel niemals betreten dürfen.* Doch hinterher war man immer schlauer, dieser Leitspruch, der nun mal wieder wie die Faust aufs Auge passte, galt vermutlich schon seit Menschengedenken. Adam ließ Pierce den Vortritt und folgte dem Officer, der sofort seine Waffe in die Hand genommen hatte, nachdem er das Ruderboot verlassen hatte. Die morschen Holzbretter des Stegs gaben ein lautes Quietschen von sich, doch sie hielten ihrem Gewicht stand. Die Oberfläche des Holzes war an einigen Stellen rutschig, und die Spuren sahen fast wie frische, nasse Fußabdrücke aus. *Von vorhin kann das unmöglich sein, das wird die Sonne schon getrocknet haben. War etwa jemand vor kurzer Zeit hier?* Panisch ließ Adam seinen Blick schweifen, doch die Insel präsentierte sich vollkommen verwaist. Das ein-

zige Geräusch in unmittelbarer Nähe war das Rauschen der an den Strand brechenden Wellen, welches ohrenbetäubend laut war. Andere Dinge gab es nicht – kein Vogelzwitschern aus dem nahen Wald, keine Stimmen, nichts. *Das muss nichts zu bedeuten haben. Immerhin halten sich hier mindestens vier Personen auf – vermutlich sogar weitaus mehr.* Adam sah vor seinem inneren Auge plötzlich wieder den Mann mit dem Bogen, und er verspürte, wie eine kaum greifbare Wut in ihm aufstieg. *Dich greife ich mir persönlich und ziehe dir die Haut über die Ohren, du Bastard.* Er versuchte, seinen Hass etwas abzuschütteln – denn selbiger würde ihm nicht hilfreich sein, es kam viel mehr darauf an, jetzt einen kühlen Kopf zu bewahren.
»Wir müssen erst die vermissten Personen suchen. Und das sollten wir tun, bevor es dunkel wird. Gerade hier, auf der Insel, schien es mir immer so zu sein, als würde der Prozess der Dämmerung bedeutend schneller vonstattengehen.«
Adam musste den Worten des Officers zustimmen. Da sie nur eine kleine Taschenlampe, die Pierce an seinem Gürtel trug, besaßen, waren sie auf das restliche Tageslicht extrem angewiesen. Ihm graute es davor, die Nacht auf der Insel zu verbringen – doch vermutlich würden sie da nicht drum herumkommen. *Ich sollte Pierce wirklich vollständig vertrauen. Er war immerhin ein ganzes Jahr hier und wird sicher einen Platz finden, an dem wir zumindest über Nacht geschützt sind.* Adam schüttelte den Kopf und verbannte jegliche Gedanken, die ihn daran hinderten, seinen Fokus aufrechtzuerhalten, in die hinterste Ecke seines Gehirns. Sie waren nur Störfaktoren und alles andere als hilfreich, auch, wenn sie nicht ganz so einfach zu ignorieren waren. Sie hatten den Beginn des Waldes nun erreicht, und auch hier blieb Adam auf Schritt und Tritt zu Pierce. Der Officer ließ ge-

fühlt vor jedem Schritt seinen wachsamen Blick schweifen, und wagte sich immer erst Meter für Meter voran, als er sich auch wirklich sicher sein konnte, dass keine Gefahr drohte. Äste und Blätter knackten unter ihren Füßen, und das Geräusch der Wellen geriet immer mehr in den Hintergrund, je weiter sie sich vom Strand entfernten.

»Wir nähern uns von dieser Seite aus der Teufelsbucht«, meinte Pierce.

»Zunächst sollten wir nämlich einen Platz finden, an den wir uns zurückziehen können.«

Adam nickte, erwiderte jedoch nichts auf die Worte des Officers. Stattdessen senkte er seinen Blick zu Boden... und während er das erblickte, über was er beinahe gestolpert wäre, hörte er, wie eine Melodie einsetzte, die ihm von der einen auf die andere Sekunde eine Gänsehaut über den gesamten Körper jagte.

14

Der Gesang der Sirenen. Was für eine traumhaft schöne Melodie. Die Gänsehaut wollte jedoch in Anbetracht des nahen Schreckens nicht vergehen. Adam brauchte ein paar Sekunden, bis er den Kloß in seinem Hals heruntergeschluckt hatte. Er warf Pierce einen kurzen Blick zu – der Mann reagierte nicht auf den Gesang, weshalb er davon ausging, dass ihm die Melodie bekannt sein musste.
»Was ist das denn?«
Obwohl Adam wusste, um was er sich handelte, fragte er nach – einfach, um den Officer ein Stück weit zu testen. *Ich muss ihm hier blind vertrauen, dann kann ich ihm ja auch ab und an auf den Zahn fühlen.*
»Das ist der Gesang der Sirenen. Ich bin ihnen ab und zu begegnet. Das sind wirklich faszinierende Kreaturen.«
»Sirenen?«
Adam stellte sich absichtlich dumm und versuchte so, dem Officer weitere Antworten zu entlocken. *Wann, wenn nicht jetzt? Ich muss immerhin so tun, als hätte ich keine Ahnung. Alles andere wäre unglaubwürdig.*
»Ja, in der Teufelsbucht leben auch drei Sirenen. Ich bin ihnen im Laufe des Jahres öfter begegnet. Sie verzaubern die Menschen mit ihrem Gesang – doch wenn man clever vorgeht, kann man sie sich ganz schnell selbst um den Finger wickeln. Im Grunde genommen sind sie absolut harmlos.«
Ja, bestimmt. Die eine wollte mich halt nur töten – bis ich das erledigt habe. Oder auch nicht? Immerhin war von der Leiche vorhin nichts zu sehen gewesen.

»Meine Güte, das wird ja immer verrückter. Sirenen sind mir bisher nur als Fabelwesen geläufig.«
»Nun ja, es gibt zwischen Himmel und Erde eben doch mehr Dinge, als so mancher für möglich hält. Aber wir sollten uns nicht mit solchen unwichtigen Themen aufhalten. Wichtig ist, dass wir jetzt erstmal keine Zeit verlieren und uns auf die Suche begeben.«
Adam gab sich mit der Antwort zufrieden und entgegnete darauf nichts mehr. Sie durchquerten den Wald, und verließen ihn wieder an einer Stelle, an der das Meer sich in unmittelbarer Nähe befand und es keinen Strandabschnitt gab.
»Wie weit ist es noch bis zur Teufelsbucht?«
Es fühlte sich für Adam so an, als müsse er dem Officer jedes einzelne Wort aus der Nase ziehen. Das konnte allerdings auch daran liegen, dass der Mann enorm fokussiert vorging. Er schien jeden Schritt genauestens zu planen und auf äußere Einflüsse keine Rücksicht zu nehmen.
»Ein bisschen. Noch befinden wir uns auf gefährlichem Territorium und müssen auf uns aufpassen. Allerdings halten sich die Einheimischen eher im Herz der Insel auf und nicht hier. Der Bereich ist für sie uninteressant, da es hier auch nicht so viele Möglichkeiten zur Jagd gibt.«
Pierce erhöhte sein Tempo etwas, und Adam passte sich an, um mit ihm Schritt zu halten. Es war fast gespenstisch still auf der Insel – für die Tatsache, dass sich hier einige vermisste Personen aufhalten sollten, ein merkwürdiges Anzeichen. *Sage und Connie werden auf jeden Fall hier sein, aber Karen?* Der Tatsache zum Trotz, das Adam einen Zettel mit ihrem Namen gefunden hatte, und die Geschichte ähnlich abgelaufen sein konnte wie bei Officer Lockhart, wurde er nun doch ein wenig miss-

trauisch. *Unsere Wege haben sich im Hotel getrennt. Wie zum Teufel soll sie aus dem Zimmer entführt und auf die Insel gebracht worden sein? Das geht nur aus freien Stücken. Somit muss es jemand gewesen sein, den sie gekannt hat.* Adam schluckte. Der Gedanke, der nun aufgekommen war, rückte alles in ein etwas anderes Licht – und grenzte den Personenkreis derjenigen, die etwas mit Karens Verschwinden zu tun haben konnten, auf vier Personen ein. *Sage und Connie, obwohl das wirklich sehr kurios wäre. Und dann wären da noch... Officer Pierce und Matteo.* Als er an den Jungen denken musste, spürte er sofort ein schlechtes Gewissen in sich aufsteigen. *Ich wollte mit ihm zur Insel. Er hat seinen besten Freund hier verloren und eigentlich bin ich es ihm schuldig, ihm die Wahrheit zu erzählen.* Es war zwar nicht bewiesen, dass Nathan tot war, doch wenn Officer Pierces Geschichte komplett stimmen sollte, standen die Chancen für sein Überleben nicht wirklich gut.

»Achtung, Kopf einziehen.«

Adam wurde brutal aus seinen Gedanken gerissen und hob seinen Blick, den er die gesamte Zeit über nach unten gerichtet hatte, um den Waldboden sicher zu passieren. Auf Kopfhöhe befand sich ein faustdicker Ast, den er definitiv übersehen hätte, wenn ihn der Officer nicht darauf angesprochen hätte.

»Danke«, murmelte er und bückte sich unter den Ast hindurch. Direkt dahinter wurde der Wald wieder etwas breiter. Die Bäume wurden immer mehr und auch das Blattwerk schien mit jedem Meter dichter zu werden. Sie blieben allerdings immer in der Nähe des Wassers, weshalb es Adam gelang, seinen Orientierungssinn beizubehalten. Kurze Zeit später wurde der Wald etwas belebter. Vogelgezwitscher und vereinzeltes Rasseln in den Blättern und Ästen am Boden erfüllten die Umgebung. Zudem war ein leises Rauschen im Wasser aufgekommen – der Wind war nicht stärker geworden, weshalb das einen anderen Grund gehabt haben musste, der jedoch zunächst nicht ersichtlich war. Während Pierce sich weiter durch die Äste schlug, nahm Adam etwas Abstand und wagte sich näher ans Wasser heran. Er musste unbedingt herausfinden, was es mit dem Geräusch auf sich hatte, und warf einen Blick aufs offene Meer hinaus, als er eine Stelle erreicht hatte, an der ihm das möglich war. In der Ferne erblickte er ein Ruderboot – und die Person, die im Inneren saß, hatte er wenige Sekunden später auch erkannt. Es handelte sich um Matteo. Das gelbe T-Shirt des Jungen wurde von der Sonne angestrahlt und hob sich von den restlichen, eher dunklen Farben ab. Das Boot schaukelte auf den leichten Wellen hin und her und trieb immer weiter in Richtung Insel. Matteo schlug das Ruder nur noch in unregelmäßigen Abständen ins Wasser, die Überfahrt schien ihm bereits jegliche Kraft geraubt zu haben, und Adam konnte ihn da nur verstehen. *Den Weg habe ich bisher immer nur mit Unterstützung und nie alleine zurückgelegt. Das muss wirklich verdammt anstrengend gewesen sein.* Einerseits bewunderte er den Mumm des Jungen – er schien das, was er sich in den Kopf gesetzt hatte, auch durchziehen zu wollen. Doch andererseits bestand auch die Gefahr, dass er in einer Situation, in der er mit den Einheimischen konfrontiert werden würde, die Nerven verlieren und unüberlegt handeln würde. Doch Adam wollte nicht direkt den Teufel an die Wand malen – insgeheim war er froh, dass er jetzt nicht mehr alleine mit dem Officer war, sondern jemanden an seiner Seite hatte, der sich zwar mysteriös verhielt, aber ganz sicher für dasselbe Ziel kämpfte. Matteo hatte ihn schnell erblickt, verzog jedoch keine Miene. Adam versuchte, sich in seinem Kopf

eine plausible Ausrede dafür bereitzulegen, dass er das abgemachte Treffen nicht wahrgenommen hatte. Ihm fiel auf die Schnelle nichts ein, weshalb er sich dazu entschied, zu improvisieren.
»Verdammt. Ist das der Junge?«
Adam drehte sich ruckartig um und blickte in das Gesicht von Officer Pierce, der plötzlich direkt hinter ihm stand. Er hatte den Mann absolut nicht kommen hören, weshalb er vor Schreck zusammenzuckte. *Er hat ein ganzes verdammtes Jahr hier gelebt. Wenn jemand weiß, wie man sich absolut leise wie ein wildes Tier verhält, dann er.*
»Ja, das ist Matteo. Er muss uns begleiten. Ich glaube, er ist uns eine große Hilfe.«
»Er wird alles andere als das sein. Meine Güte, er ist noch ein Kind. Wir sollten wirklich...«
Ehe der Officer seinen Satz beenden konnte, funkte Adam dazwischen. Er hatte es in diesem Moment satt, dass sein Gegenüber stur sein Ding durchziehen wollte – weshalb er seinen Mund nicht länger halten und sich auch nicht alles gefallen lassen wollte. Damit verstieß er zwar gegen die Abmachung, die sie gemacht hatten, doch das war ihm in diesem Moment egal.
»Wir sollten ihn mitnehmen, weil er eine große Hilfe ist, verdammt nochmal. Wir haben doch im Moment keinen Anhaltspunkt.«
Officer Pierce war augenscheinlich ziemlich überrascht, dass Adam seinen Ton erhoben hatte, und ließ ihn das durch ein kurzes Heben der linken Augenbrauen wissen. Es dauerte etwas, bis er sich eine Antwort zurechtgelegt hatte – doch diese hatte es in sich. Seine Worte klangen so kalt, dass Adam augenblicklich eine Gänsehaut bekam.

»Ich habe hier das Wort übernommen, richtig? Zudem besitze ich eine Waffe.«

Er nestelte an seinem Hosenbund herum und hatte die Schusswaffe kurz darauf bereits gezogen. Adam spürte, wie ihm von der einen auf die andere Sekunde das Herz in die Hose rutschte. *Er ist Cop und somit auch ein kaltblütiger Killer, sobald Gefahr droht. Doch das ist verdammt nochmal nicht der Fall.* Matteo hatte in der Zwischenzeit das Ufer erreicht. Er hatte es in den letzten Augenblicken vermieden, den Blickkontakt zu Adam aufrechtzuerhalten – und als er seinen Kopf wieder hob, sah er direkt in die Augen von Officer Pierce. Der Gesichtsausdruck, der zuvor aus purer Gleichgültigkeit und Enttäuschung bestand, veränderte sich von der einen auf die andere Sekunde. Matteo riss schockiert die Augen auf, und öffnete den Mund, um etwas zu sagen – doch das konnte er nicht mehr, da sich bereits eine Millisekunde später ein Schuss aus der Waffe gelöst hatte, der ihn augenblicklich niedergestreckte hatte.

15

»Verdammt, was haben Sie getan?«
»Kein einziges Wort.«
Der Lauf der Waffe, der zuvor in die Richtung von Matteo gezeigt hatte, befand sich nun direkt vor Adams Gesicht.
»Mitkommen. Auf der Stelle.«
Adam spürte, wie ihm die Mündung brutal gegen den Kopf gestoßen wurde. Sein Schädel rauschte, und es fühlte sich so an, als würde ein Schnellzug über ihn rollen. *Was habe ich übersehen? Was, zur Hölle, habe ich nicht gepeilt?* Er konnte sich den plötzlichen Meinungsumschwung von Officer Pierce nicht erklären. Der Mann hatte sich zwar zuvor durchaus merkwürdig verhalten – doch Anzeichen dafür, dass er ein Psychopath war, der ohne ersichtlichen Grund auf ein Kind schießen würde, hatte es nicht im Ansatz gegeben.
»Wo führen Sie mich hin?«
Adam wollte in diesem Moment einfach nur Antworten bekommen. Es machte ihn wahnsinnig, nicht zu wissen, was der Officer im Schilde führte – aus dem einfachen Grund, dass er so auch nicht einschätzen konnte, wie hoch die Gefahr war, dass er selbst eine Kugel abbekommen würde.
»Zur Teufelsbucht. Es gibt noch etwas zu erledigen.«
»Haben Sie meine Frau entführt? Und die Zettel im Hotel, auf dem sowohl der Name Ihres Kollegen als auch der von Karen war, haben Sie damit auch etwas zu tun?«
»Nein, das war ich nicht. Dafür ist die Insel verantwortlich.«
Die Stimme von Officer Pierce klang nun wieder relativ ruhig und nüchtern. Der gefährliche Unterton war verschwunden,

doch die größere Gefahr in Form der Waffe, dessen Abzug noch immer an Adams Kopf gepresst war, war weiterhin präsent. Die Stelle, an der der Lauf auf seinen Schädel geprallt war, schmerzte ziemlich stark.

»Die Insel wird ja wohl kaum irgendwelche Zettel schreiben, oder? Was für ein kranker Psychopath sind Sie eigentlich?«

Adam wusste nicht, wo er den Mut hernahm, diese Worte auszusprechen. Das Gesagte schwebte einen Moment lang wie ein Damoklesschwert in der Luft, ehe Pierce die Stille durchbrach.

»Das, was ich gesehen habe, hat mich krank gemacht. Doch ich handle im Sinne der Insel, indem ich jeden verbanne, der den heiligen Boden betritt. Das schließt im Allgemeinen alle ein – auch deine Frau.«

»Wo ist Karen, verdammt nochmal?«

»Nicht auf der Insel.«

Die Worte, die der Officer aussprach, fühlten sich wie ein Faustschlag in die Magengrube an. *Es war so klar. Wie soll sie auch einfach so aus dem Hotel verschwinden und ungesehen zur Insel gelangen?*

»Wo ist sie denn dann?«

»Das kann ich dir nicht sagen. Dafür bin ich nicht verantwortlich.«

Es machte Adam wahnsinnig, dass der Officer in Rätseln sprach. Da er den Glauben daran verloren hatte, dass der Mann zumindest innerhalb der nächsten Minuten den Abzug betätigen und eine Kugel durch die Schädeldecke in seine Hirnwindungen jagen würde, wurde er ein bisschen mutiger.

»Wer steckt denn sonst dahinter?«

»Na wer wohl?«

»Ja, wer wohl?«

Die Stimme, die die Frage nicht beantwortet, aber in eine andere Richtung gelenkt hatte, war nicht die von Officer Pierce gewesen – sondern die von einem Mann, der nun auf sie zugeschritten kam. Adam erkannte ihn sofort. Es handelte sich um Sage.
»Gute Arbeit, Levin! Das nenne ich mal verdammt gutes Teamwork.«
»Was für ein abgekartetes Spiel wird hier gespielt?«
Adam wurde es langsam zu bunt. Der Tatsache zum Trotz, dass er den Männern, die beide eine Waffe bei sich trugen, hoffnungslos unterlegen war, schöpfte er neuen Mut – woher auch immer der in diesem Moment gekommen war.
»Abgekartet würde ich das nicht mal zwingend nennen. Wenn du auch nur ein bisschen mehr aufgepasst hättest, wäre dir sofort aufgefallen, dass etwas nicht stimmt. Aber mal der Reihe nach. Fang.«
Sage warf etwas in seine Richtung, und Adam konnte den Gegenstand durch eine blitzschnelle Reaktion fangen. Es handelte sich um eine Münze – doch es war keine normale, Adam hatte sie direkt erkannt. Und spürte, wie sich beim Anblick des runden Metalls sein Magen zusammenzog.
»Was hast du mit ihr gemacht, du verdammter Mistkerl?«
Es handelte sich um die Münze, die Karen und er sich anlässlich ihrer Hochzeit hatten prägen lassen – und immer bei sich trugen. Es gab nur zwei Exemplare davon, das andere befand sich zurzeit in der Schublade des Nachttisches neben seinem Bett im Hotel.
»Das alles zu erzählen würde definitiv den Rahmen sprengen. Finde dich einfach damit ab, dass sie nicht mehr am Leben ist.«
Adam spürte, wie ihm der Boden unter den Füßen weggerissen wurde. Er hatte das Bedürfnis, all seine Verzweiflung laut he-

rauszuschreien – doch dafür besaß er nicht die notwendige Kraft. Er verlor das Gleichgewicht und landete auf dem harten Waldboden. Sein Blickfeld verschwamm, und er versuchte, seine Gedanken in eine andere Richtung zu lenken, schaffte das jedoch nicht. Jegliche Motivation, weiterzumachen, hatte sich von der einen auf die andere Sekunde in Luft aufgelöst. Es fühlte sich an, als hätte man ihn entzwei gerissen. *Karen ist tot. Oh mein Gott, sie ist tot!*
»Warum?«
Adam hob seinen Blick und sah Sage genau an. Er sprach die Worte so hasserfüllt aus, wie er nur konnte. So langsam wurde seine Sicht wieder klarer, und er fühlte sich auch wieder in der Lage, auf seinen eigenen Beinen zu stehen. Er rappelte sich auf, und ließ seinen Blick zwischen Pierce und Sage hin und her wandern. Der Officer hielt weiterhin die Waffe auf ihn gerichtet – mit dem Unterschied, dass er sie ihm nun nicht mehr direkt auf den Schädel gepresst, sondern sie bloß auf seinen Körper gerichtet hatte. Sage hingegen taxierte ihn von oben herab mit triumphierendem Blick.
»Sie war eine Gefahr für die Insel, weil sie den heiligen Boden betreten hat. Genauso wie du, Adam.«
»Und warum bin ich dann noch am Leben, verdammt?«
Adam war nun alles egal, er verspürte keinerlei Gefühle mehr. Zudem war da nun auch nichts mehr, was ihn zurückhielt.
»Nun, ich mache mir nur die Hände schmutzig, wenn ich keine andere Wahl habe. Und in deinem Fall habe ich eine – du bist auf der Insel, und wirst diese nicht mehr verlassen können.«
Adam hörte den Worten von Sage nur noch halb zu – das, was der Mann, der vor ein paar Stunden noch ein Freund gewesen war und dessen Persönlichkeit sich nun mehr und mehr als sehr

düster darstellte, von sich gab, enthielt keine Informationen mehr, die ihn wirklich interessierten. Stattdessen war es der faustgroße Stein, der seine Aufmerksamkeit vollends in Beschlag genommen hatte. Er befand sich nur ein paar Zentimeter von ihm entfernt, und er hoffte, dass sich ein günstiger Moment ergeben würde, den er für sich nutzen konnte. Doch dazu musste er die beiden Männer irgendwie ablenken – oder auf einen Moment hoffen, in dem das von allein geschehen würde.

»Der Kapitän hat dich am Steg erkannt und war nicht gerade positiv auf dich zu sprechen gewesen. Warum?«

»Er hat nicht mich erkannt, sondern vermutlich nur meine markanten Augen, die viele Suchplakate in der Stadt zieren. Allerdings ohne das hier.«

Er griff sich an den Kopf und riss sich seine Haare, die, wie sich nun zeigte, eine Perücke waren, vom Kopf. Zum Vorschein kam eine komplett kahl geschorene Kopfhaut, und jetzt, wo Adam dem Gesicht gegenüberstand, war er sich sicher, dass er es unterbewusst auf einem Plakat in der Stadt erblickt hatte. *Das wird wirklich immer absurder. Was kommt noch?* Bevor Adam seine nächste Frage stellen konnte, setzte sich Sage seine Perücke wieder auf.

»Was ist mit Connie? Hat sie dir geholfen?«

»Ja, das hat sie durchaus. Dieses Mal allerdings nicht ganz so stark, wie ich es mir anfangs erhofft hatte.«

»Zu welchem Zweck geschieht das Ganze überhaupt. Warum mussten Karen und Matteo sterben?«

Er richtete die Worte sowohl an Sage als auch an Pierce – da er immer noch in einer Phase des Schocks war, war ihm das, was geschehen war, noch nicht ganz klar.

»Unser Plan ist es, die Insel zu säubern, und das geht nur, wenn alle, die diesen Boden jemals betreten haben, eliminiert werden. Sie alle stellen eine große Gefahr dar. Dazu gehören auch die Einheimischen«, antwortete Sage.

»Was ist wirklich passiert, als Sie vor einem Jahr die Insel betreten haben? Waren Sie wirklich die gesamte Zeit über hier?«, fragte Adam nun an Pierce gerichtet, da so langsam Zweifel an der Geschichte des Officers aufkamen.

»Nein, natürlich nicht! Mein Kollege Lockhart hingegen schon, aber das ist eine andere Story. Meine Güte, ich erinnere mich immer wieder gerne an den schockierten Ausdruck in seinen Augen, als der Stein meine Hand verließ und auf seine Schädeldecke prallte.«

Alles erstunken und erlogen, und ich bin darauf reingefallen. Die Polizei, Ihr Freund und Helfer – wenn Sie nicht gerade an einen psychopathischen Officer geraten. Adam ließ sich das, was er gerade gehört hatte, Stück für Stück durch den Kopf gehen. *Sage ist ein gesuchter Massenmörder, der Connie als vermutlich unfreiwillige und vielleicht auch unwissende Komplizin nutzt. Ziel ist es, die Insel zu säubern – und somit gibt es gleich zwei verschiedene Komponenten, die eine große Gefahr darstellen.*

»Wie sind Sie beide aufeinandergestoßen?«

»Durch einen glücklichen Zufall an dem Tag, an dem ich das erste Mal mit Lockhart den heiligen Boden betreten habe. Ich hatte am Anfang ja auch nicht wirklich böse Absichten, sondern das Ziel, die vermissten Menschen zu retten. Dass es dafür jedoch bereits viel zu spät war, wusste ich zu dem Zeitpunkt noch nicht.«

Pierce legte eine kurze Pause ein, ehe er weitersprach.

»Wir sind alle verseucht. Es ist vorbei.«

In dem Moment, in dem Adam nachfragen wollte, was er denn damit gemeint hatte, ertönte plötzlich ein lautes Horn in weiter Ferne.

16

Die Kugel schlug exakt in seiner Schulter ein, und für Matteo fühlte es sich so an, als würde etwas in seinem Inneren explodieren. Blitze zuckten wie wild vor seinem inneren Auge, und der Schmerz, der sich mehr und mehr in seinem Körper entfaltete, hatte ihm schon kurze Zeit später das Bewusstsein geraubt.
Als er seine Augen wieder aufschlug, war der Tag kaum weiter vorangeschritten – was bedeuten musste, dass er nicht lange bewusstlos gewesen war. Sein Rücken schmerzte, er war genau auf eine Strebe gefallen und es fühlte sich so an, als würde ein großer Nagel in seiner Haut stecken. Er lehnte sich auf und schüttete sich eine Ladung Salzwasser ins Gesicht, um sich den Schweiß von der Haut zu waschen. Das gelang ihm ganz gut, und gleichzeitig spürte er, wie damit auch die Lebensgeister in seinen Körper zurückkehrten. Er wiederholte den Vorgang ein weiteres Mal, und fühlte sich dann sogar bereit dazu, das Boot zu verlassen. Er versuchte, sich am Rand abzustützen und kam so auf die Beine – doch er schaffte es nicht, das Gleichgewicht zu halten, weshalb er wieder nach hinten fiel und erneut auf dem harten Holzboden landete. Der Schmerz, der ihn wieder daran erinnerte, dass ihm eine verdammte Kugel in der Schulter steckte, hatte sehr schnell wieder die Oberhand und ihm das Bewusstsein genommen.

Als er das nächste Mal die Augen aufschlug, war er nicht mehr alleine im Boot, welches immer noch etwas unter den leichten Wellen am Ufer schaukelte. Er konnte denjenigen, der sich dort gebückt über ihm befand, erst nicht erkennen - bis sich sein

Sichtfeld aufgeklart hatte und die Schmerzen etwas in den Hintergrund geraten waren.

»Nathan?«

Matteo spürte, wie sein Herz augenblicklich anfing, schneller zu schlagen. *Das gibts doch nicht. Da rudere ich hier rüber, um ihn zu suchen, und er findet mich?* Er rappelte sich auf und versuchte, seinem Freund eine kurze Umarmung zu geben. Auch die Tatsache, dass ihm diese Bewegung enorm schmerzte, war ihm in diesem Moment absolut egal. Es fühlte sich gut an, die Körperwärme des Gegenübers zu spüren - und Matteo bemerkte, wie ihm die Tränen in den Augen aufstiegen, woran allerdings nur bedingt die Schmerzen Schuld waren. Nein, es war viel mehr das Gefühl der Erleichterung, endlich wiedergefunden zu haben, wonach er so lange gesucht hatte. Er hatte sich in den letzten Monaten nie auf die Insel getraut, aus dem einfachen Grund, dass er verdammte Angst vor den Dingen gehabt hatte, die dort vor sich gingen. In den letzten Tagen war es ihm hingegen gelungen, Mut zu schöpfen - so viel, dass er nun bereit gewesen war, diesen Schritt zu gehen. Für Nathan, und auch ein Stück weit, um seinen inneren Frieden wiederzufinden.

»Ja, ich bin es. Man, wir haben uns wirklich lange nicht mehr gesehen. Es ist einiges passiert.«

»Ich habe die gesamte Zeit über damit gerechnet, dass du es nicht geschafft haben könntest - wobei mir tief im Inneren eigentlich klar war, dass du noch am Leben sein musst. Ich bin fast verrückt geworden und hätte beinahe gedacht, dass ich niemals eine Antwort finden würde.«

»Alles ist gut. Wir schaffen das zusammen.«

Nathan wirkte deutlich gefasster und klarer als Matteo. Zudem war er gerade dabei, die Schusswunde in seiner Schulter zu ins-

pizieren.
»Hast du Schmerzen?«
Matteo biss die Zähne zusammen und nickte. Momentan waren die Schmerzen zwar nicht so stark, dass sie ihm sein Bewusstsein rauben konnten, doch sie waren durchaus existent.
»Kannst du aufstehen?«
»Wenn du mir deine Hand reichst, kann ich es mal versuchen. Wie hast du mich eigentlich gefunden?«
»Zum Zeitpunkt des Schusses habe ich mich in Hörweite befunden. Da ich wusste, dass die Einheimischen keinerlei Schusswaffen besitzen, wollte ich nachschauen, was es damit auf sich hat. Als ich dich dann dort liegen gesehen habe, hatte ich eine verdammte Angst.«
Während er sprach, versuchte Nathan, rückwärts aus dem Boot auf den Waldboden zu klettern. Dabei hielt er Matteo seine Hand entgegen. Er atmete zwei Mal tief durch und setzte dann seine gesamte Kraft in die Bewegung, die er benötigte, um sich aufzurichten. Er konnte gegen den Schmerz ankämpfen und schaffte es schließlich, sicher auf den Beinen zu stehen und das Boot zu verlassen.
»Du bist verdammt stark. Ich bewundere dich. Ich glaube, ich würde nicht so schnell wieder aufstehen, wenn mir jemand in die Schulter geschossen hätte.«
Matteo musste in Anbetracht der warmen Worte seines Gegenübers grinsen. Wie sehr hatte er das in letzter Zeit vermisst – Nathans Stimme und diese Art, die einfach niemand anderes besaß, den er bisher kennengelernt hatte.
»Danke, dass du mir geholfen hast.«
»Keine Ursache, das ist doch selbstverständlich.«
»Der Typ, der mich angeschossen hat… sie waren zu dritt, doch

nur zwei davon stehen uns feindselig gegenüber. Das weiß ich. In welche Richtung sind sie gegangen?«, fragte Matteo.
»Sie waren leider schon weg, als ich dem Geräusch des Schusses nachgeeilt bin. Ich habe nichts von ihnen gesehen - doch wir können natürlich schauen, ob wir Spuren auf dem Waldboden finden. Damit sollten wir uns allerdings beeilen, die Dämmerung steht kurz bevor.«
Matteo schwirrte noch immer der Kopf. Der Schmerz hatte sich tatsächlich etwas zurückgezogen, war aber dennoch omnipräsent. Es war ihm nun allerdings möglich, sich fortzubewegen - wenn auch recht langsam. Er konnte mit Nathan, der ein paar Schritte voraus war, nicht Schritt halten.
»Lass uns morgen darum kümmern, okay?«, fragte Matteo.
Zum einen hatte er nicht das Gefühl, dass sie heute noch fündig werden würden, und zum anderen wollte er sich und Nathan nicht in Gefahr bringen.
»Okay. Ich habe ganz in der Nähe ein Lager aufgeschlagen, in dem wir relativ gut geschützt die Nacht verbringen können. Folge mir einfach.«
Diese Idee gefiel Matteo schon besser, und der Gedanke daran, den Tag gleich zumindest etwas entspannt ausklingen lassen zu können, gab ihm nochmal die Kraft, die er benötigte. Im Wald wehte bereits ein kühler, lauer Wind, der den Schweiß auf seiner Stirn trocknete.
»Was hast du die ganze Zeit hier auf der Insel gemacht? Warum bist du nicht einfach abgehauen?«
Während sie über den von Ästen und Blättern gesäumten Waldboden schritten, stellte Matteo die Frage, die ihm am brennendsten auf der Zunge lag.
»Ich konnte nicht. Wer einmal die Insel betreten hat, darf sie

nur wieder mit dem eigenen Tod verlassen.«
Seine Worte klangen so kühl, dass Matteo eine Gänsehaut bekam, die gar nicht wieder verschwinden wollte.
»Wie meinst du das?«
»Wir tragen etwas in uns, was uns schwach macht. Nur auf der Insel können wir unser Leben ausleben, nur hier sind wir vollkommen frei. Aber hey, wir haben doch jetzt uns. Mehr brauchen wir beide doch nicht, oder?«
Matteo konnte das nur mit einem Nicken erwidern. *Nein, so ist es schon seit Jahren. Wir haben immer nur uns gebraucht, alle anderen sind egal.* Er wollte nicht weiter nachhaken, da er nicht das Gefühl hatte, dass ihn die Antworten, die Nathan ihm geben würde, befriedigen würden. Es dauerte eine knappe Viertelstunde, bis sie Nathans Lager erreicht hatten. Schon aus der Ferne war die Stelle, an der er es sich fast schon häuslich eingerichtet hatte, gut zu sehen gewesen. Matteo war zuvor davon ausgegangen, dass es sich um eine Höhle gehandelt haben musste, doch beim Anblick der Lichtung, auf der sich neben einer heruntergebrannten Feuerstelle auch abgezogene Kaninchenfelle und Knochen befanden, wurde er eines besseren belehrt. Dort angekommen, sammelte Nathan trockenes Gras zusammen und schichtete es auf dem abgebrannten Holz auf. Mithilfe eines Feuerzeuges, welches er aus seiner Hosentasche hervorzog, zündete er den Haufen an. Es dauerte etwas, bis die Flamme auf das Gras übergegriffen war und kurz darauf rasch größer wurde.
»Ich kann dir noch ein Stück Kaninchen von gestern anbieten. Ich habe es frisch erlegt.«
»Das Angebot würde ich gerne annehmen.«
Matteo ließ sich neben der Feuerstelle auf den Boden sinken und beobachtete Nathan dabei, wie er sich zunächst entfernte,

und kurz darauf mit dem angesprochenen Kaninchenfleisch ankam.
»Es dauert etwas, bis es durch ist. Du musst ein wenig Geduld haben, auch, wenn es dir schwerfallen wird.«
Nathan schob ein Grinsen hinterher, und Matteo zog ebenfalls seine Mundwinkel nach oben. Während er das Fleisch, welches er auf einen Stock gespießt hatte, in die Flammen hielt, rückte Nathan etwas näher an ihn heran und nahm ebenfalls am Feuer Platz. Während es um sie herum langsam dämmerte, wurde es auch etwas kälter. Obwohl Matteo sich diesen Moment so lange herbeigesehnt hatte, hatte er nun jedoch keine Worte über. Nathan schien es ähnlich zu ergehen, er hielt seinen Blick stumm in die Glut gerichtet und wirkte tief in Gedanken versunken.
»Du solltest das Fleisch jetzt essen können.«
Matteo zuckte ob der plötzlichen Worte seines Freundes zusammen. Er hatte in den letzten Minuten nicht wirklich auf den Fleischspieß geachtet, und war froh, dass Nathan das scheinbar getan hatte.
»Danke. Möchtest du auch?«
»Gerne.«
Sie teilten sich den Spieß miteinander, und es schmeckte bedeutend besser, als Matteo gedacht hätte.
»Womit hast du das Fleisch gewürzt? Die Mischung ist wirklich verdammt gelungen.«
»Ich habe es über die letzten Wochen mit verschiedenen Dingen versucht. Irgendwann habe ich dann im Wald die richtigen Blätter gefunden - du kannst dir gar nicht vorstellen, wie oft ich dachte, dass ich mich vergiftet hätte. Ich bin wirklich ein ziemliches Risiko eingegangen.«
»Ich habe in letzter Zeit oft an dich denken müssen«, wechselte

Matteo das Thema zwischen zwei Bissen.
»An das, was wir miteinander hatten. Es hat sich doch nichts verändert, oder?«
Nathan sah ihn aus großen Augen an.
»Wie kommst du denn darauf? Ich liebe dich, Matteo. Und das wird sich auch nicht verändern.«
Matteo spürte, wie ihm die Tränen in den Augen aufstiegen. Er hatte plötzlich das unfassbar starke Gefühl, Nathan zu umarmen, und gab dem Drang schließlich auch nach. Sein Freund roch nach einer Mischung aus Schweiß und Kiefernzapfen, und in diesem Moment gab es für ihn einfach keinen schöneren Geruch.
»Ich liebe dich auch.«
Obwohl die Lage gewissermaßen relativ bedrohlich war, ließ Matteo das nicht so nah an sich heran. Alles rückte für einen Moment in den Hintergrund - es gab nur Nathan, ihn, und das Lagerfeuer.
»Ich habe vieles versucht, um irgendein Lebenszeichen von dir zu bekommen. Eines Nachts war ich am Strand und habe in die Ferne geblickt… und plötzlich geschah etwas, was fortan jeden Tag erneut passierte, und das immer zur selben Zeit. Die Erde bebte einen Moment lang, und kurz darauf setzte dieser melodische Gesang ein.«
»Der Gesang der drei Sirenen«, murmelte Nathan.
»Sie leben normalerweise direkt hinter der Teufelsbucht, verlassen ihren Platz aber auch ab und zu. Ich habe vieles gesehen… sie haben viele Menschen, fast nur Männer, getötet. Das Schema war dabei immer gleich, und die Leichen tauchten nie wieder auf. Es ist, als würden sie einfach so vom Erdboden verschwinden.«

»Klingt wirklich angsteinflößend«, gestand Matteo.
»Oh ja. Du musst einfach stark bleiben und darfst dich nicht von ihrem Gesang verzaubern lassen und ihnen folgen, dann ist alles gut.«
Ja, das geht wirklich verdammt schnell. Siehe Adam. Wo er wohl gerade ist? Matteo wusste nicht, was er über den Mann denken sollte. Einerseits hatte er ihn stehengelassen, doch andererseits wirkte es nicht wirklich so, als würde er sich freiwillig dort aufhalten, wo er sich gerade befand. *Der Cop, der bei ihm war, hat auf mich geschossen. Irgendetwas stimmt da nicht.* Er schaffte es jedoch irgendwie, alle Gedanken, die damit zusammenhingen, nach hinten zu schieben - was überwiegend an Nathans Anwesenheit lag. Alleine hätte er sich den Kopf zerbrochen, doch jetzt, wo sie zusammen waren, hatte das alles einen ganz anderen Stellenwert.
»Ich habe nicht vor, ihnen zu folgen.«
Auch, wenn die Bewegung Schmerzen verursachte, rückte Matteo näher an Nathan heran. Nun wärmte ihn nicht bloß die Flamme des Feuers, sondern auch die Wärme seines Nebenmanns. Nathan legte seinen Kopf auf Matteos unverletzter Schulter ab, und während es um sie herum langsam dunkel wurde, versuchte Matteo, etwas abzuschalten.
Schon bald wurde der Wald von allerhand Geräuschen erfüllt – sei es das Rascheln von kleinen Nagetieren oder auch das Zirpen von Grillen. All das mischte sich perfekt in den Moment hinein. Zudem fühlte es sich zumindest so an, als würden seine Schmerzen so langsam in den Hintergrund rücken. Sie waren nicht mehr allgegenwärtig und deshalb auch gut zu ertragen. Je weiter die Zeit voranschritt, desto schwerer wurden seine Augenlider. Außer den Tieren gab es im Wald keine Geräusche –

sie befanden sich scheinbar in Sicherheit, und während Nathan schon auf seiner Schulter eingeschlafen war, spürte auch Matteo, wie er so langsam in eine ferne Welt glitt.

17 *Ein paar Stunden zuvor...*

»Wir sollten zusehen, dass wir uns gleich aus dem Staub machen. Ansonsten können wir unsere Pläne komplett begraben.«
»Unsere Pläne?«
Connie klang genervt. Während Karen und Adam sich auf den Weg in den Wald gemacht hatten, um die Insel etwas zu erkunden, waren sie beide am Strand geblieben. Das Wasser schlug sanft im Sand an und zog sich dann wieder zurück – ein Vorgang, den Sage tagelang beobachten konnte, vor allem hier, an diesem Ort. Gefühlt jedes Sandkorn, jedes kleine Partikel, welches in der Luft umherflog, war mit einer seltsamen Spannung geladen. Sobald man sich auf der Insel befand, stand man komplett unter Strom, und das, ohne das so wirklich zu merken.
»Ja, unsere Pläne«, entgegnete Sage.
»Du und ich, wir beide stehen gemeinsam hier. Somit sind es auch unsere Pläne, oder täusche ich mich da?«
Connie wusste, wie heikel die Situation war – weshalb sie ihm einfach nur zustimmte. Sage war eine tickende Zeitbombe, und jede noch so kleine Sache konnte ihn zur Explosion treiben. Doch er bezahlte sie gut dafür, dass sie mit ihm kooperierte, weitaus mehr, als sie in ihrem früheren Job als Kellnerin des Strandhotels verdient hatte. So hatten sie sich auch kennengelernt – eines nachts, als sich der Bereich um die Bar wie jeden Tag geleert hatte, war Sage da gewesen und hatte sie sich sofort um den Finger gewickelt. Er war zwar nicht direkt mit der Sprache herausgerückt, das Wichtigste, nämlich die Tatsache, dass er ein Massenmörder war, hatte er erst später erwähnt. Das war

allerdings zu einem Zeitpunkt gekommen, an dem das Connie gar nicht mehr interessiert hatte. Ihr eigenes Überleben war zu jeder Zeit gesichert – sofern sie ihm dabei half, die Insel zu säubern und die Dinge, die getan werden musste, zu erledigen. Dazu gehörte in manchen Fällen eben auch Mord, das hatte sie schnell verstanden. Was sie allerdings nicht direkt verstanden hatte, war die giftige Gefahr, die von der Insel ausging. So paradiesisch dieser Ort auch war, er besaß ein furchtbares Geheimnis – was auch der Grund war, weshalb die Einheimischen allen Besuchern von Grund auf feindlich gesinnt waren. Und dieses Geheimnis hatte sie erst erfahren, als Sage es spontan in einem ihrer Gespräche hatte fallen gelassen. Im hinteren Bereich, ganz in der Nähe von der Teufelsbucht, befand sich ein Atommüllendlager. Ja, die Menschen waren schrecklich, sie verpesteten die Umwelt, wie sie nur konnten, und trugen all das dann auf dem Rücken von anderen aus, die dafür gar nichts konnten. Der Lebensraum der Einheimischen war dadurch komplett zerstört worden, und alle die, die sich jetzt schon seit Jahren auf der Insel befanden, waren verseucht. Die Strahlung, die vom Atommüll ausging, war zwar offiziell keine, die im lebensgefährlichen Bereich lag, es war aber ein offenes Geheimnis, dass sie dennoch für körperliche Schäden sorgen konnte.
»Sie gehen in die andere Richtung«, murmelte Sage.
»Lass uns die Lage kurz kontrollieren. Wir sollten ihnen das Gefühl geben, dass wir komplett vom Erdboden verschwunden sind. Ansonsten würden sie nämlich keine Nachforschungen anstellen. Lass uns die Handtücher hierlassen.«
In diesem Moment kam wieder Sages blutrünstige Seite hervor – der Massenmörder, die Person, die sich Connie erst sehr viel später gezeigt hatte, und die sie bis heute nicht durchblicken

konnte. Sie wollte jedoch das, was er sagte, keinesfalls in Frage stellen. Er war derjenige, der sie bezahlte, weshalb sie sich allem fügen musste – wohl oder übel.
»Dann lass uns los. Es gibt doch den perfekten Ort dafür.«
Ihre Worte entlockten ihm ein breites Grinsen.
»Da hast du mal sowas von recht. Also, los gehts.«
Sage kannte den Weg zu besagtem Ort bereits blind. Gefühlt konnte man ihn um drei Uhr nachts an jedem Ort auf der Welt wecken, er würde immer einen Weg finden, der ihn in den hinteren Bereich der Insel führte. *Ma'ahkhalo*, so wurde sie von den Einheimischen genannt. Sage beließ es meist bei *Insel*, denn für ihn gab es eben nur diese eine Insel, die er sich zur Lebensaufgabe gemacht hatte. Am Gefährlichsten war nicht der Atommüll, sondern die Einheimischen. Sie lauerten manchmal in dunklen Ecken und waren gefühlt pfeilschnell, was sie zu schwer zu treffenden Zielen machte. Es gab da allerdings einen Weg, auf dem man nahezu komplett geschützt war, nämlich der, der in die Richtung des Endlagers führte, denn dieses mieden die Einheimischen komplett – aus verständlichen Gründen. Je weiter sie sich voran wagten, desto mehr spürte Connie das Unbehagen in sich aufsteigen. Sage hingegen schien rein gar nichts zu fühlen. Es dauerte eine Viertelstunde, bis sie den Strandbereich komplett hinter sich gelassen hatten. Sie hielten sich nun zwar weiterhin parallel zur Küste auf, legten den restlichen Teil des Weges aber im Wald zurück. *Das ist riskant. Sonst sind wir immer das Terrain der Einheimischen umgangen, und jetzt schreiten wir mitten durch deren Lebensraum?* Connie legte Sage eine Hand auf die Schulter, woraufhin dieser sich umdrehte. Sie hielt das Schweigen einen Moment lang aufrecht und sagte dann:

»Denkst du wirklich, wir sollten den riskanten Weg gehen? Wir haben einiges zu verlieren.«
Sage taxierte sie von oben nach unten. Sein Blick war eiskalt - wie immer, wenn sie sich in ernsten Situationen befanden. Entweder, er besaß absolut keine Gefühle, oder, er konnte eine gute Fassade um sich herum aufbauen. Manchmal war Connie dazu geneigt, das Letzte zu glauben - doch in Momenten wie jetzt, wo Sage mit seinem Blick gefühlt dafür sorgte, dass die Temperatur um sie herum von der einen auf die andere Sekunde um zwanzig Grad sank, dachte sie wieder etwas anderes.
»Wir müssen die Bastarde und ihr dreckiges Volk sowieso irgendwann aus dem Weg räumen. Es bringt nichts mehr, ständig die Konversation zu scheuen.«
»Aber wir sind unbewaffnet. Unsere Waffen liegen allesamt in der Basis.«
»Du glaubst doch nicht ernsthaft, dass ich ohne meinen Colt losziehe.«
Sage griff unter den Bund seiner Hose und zog aus seinem „Geheimfach", einer Tasche, die sich direkt dahinter befand und die von außen nicht einsehbar war, seine Handfeuerwaffe hervor.
»Und du glaubst doch nicht ernsthaft, dass ein Colt dazu ausreicht, um sie zu vertreiben, oder? Sie treten immer in Gruppen auf und sind bis an die Zähne mit Messern, Pfeilen und Bögen bewaffnet. Ehe du auch nur einen Schuss losgelassen hast, sind wir beide vermutlich schon tot.«
Connie erschrak über ihre direkten Worte und schlug sich die Hand vor den Mund. Sie waren einfach so aus ihr herausgesprudelt, sie hatte rein gar nichts dagegen tun können. Sage ließ das Gesagte eine Weile im Raum stehen, vermutlich einfach nur, um sie mit der in diesem Moment unerträglichen Stille zu quä-

len. Kurz darauf setzte er das Gespräch wieder fort, in einer Tonlage, die in diesem Moment nicht bedrohlicher hätte sein können.
»Zweifelst du etwa an mir?«
»Nein, natürlich nicht. Ich habe einfach nur Angst vor denen.«
»Okay.«
Sage blickte zu Boden und schien sich seine nächsten Worte einen Moment lang zurechtlegen zu müssen.
»Dann komm, wir gehen den weiten Weg.«
Sie verließen den Wald wieder, und als der Sandstrand erneut in direkte Nähe rückte, spürte Connie, wie sie sich etwas entspannte. Ein paar Minuten später war in der Ferne schon zu sehen, wie sich die Umgebung langsam veränderte. So paradiesisch, wie die Insel von vorne gesehen auch war, so schrecklich präsentierte sie sich auf der Rückseite. Jegliche Lebewesen mieden den Ort, an dem nicht mal Pflanzen aus dem Boden wuchsen. Das Einzige, was es hier gab, war ein Kanalisationsschacht, aus dem neben einem miesen Geruch auch merkwürdige Geräusche an die Oberfläche drangen. Was auch immer dort unten lauerte und wie wild gegen die Gitterstäbe klopfte, wenn man vorbeiging - Connie hatte noch nie herabgeblickt und hatte auch nicht das geringste Bedürfnis, das nachzuholen. Sie schloss stattdessen sogar die Augen und ignorierte die Geräuschmischung, die von unten hervordrang. Sie konnte allerdings nicht vermeiden, dass sie eine Gänsehaut bekam. Sage interessierte das alles nicht, er war bereits einige Meter entfernt und hatte die Basis fast erreicht. Bei ebenjener handelte es sich um eine kleine, verriegelte Hütte, in der er seine Mordwerkzeuge aufbewahrte. Neben Schusswaffen befanden sich auch Messer und Giftstoffe dort drin. Mehr wusste Connie nicht, sie hatte die

Hütte noch nie betreten, sondern nur vom Inneren gehört. Sage hatte es ihr ausdrücklich verboten, auch nur einen Fuß in die Nähe zu setzen, wenn er nicht dabei war, und da sie wusste, dass er zu allem fähig war, hatte sie es noch nie versucht.
»Ich hole eben was. Du kannst hier warten.«
Connie blieb ein paar Meter entfernt stehen und blickte Sage hinterher, wie er den Riegel aufschob, das Zahlenschloss öffnete und eintrat. Im Inneren war es dunkel, selbst das strahlende Sonnenlicht konnte nicht dafür sorgen, dass sich an dem Umstand was änderte. Er brauchte nicht lange, bis er mit etwas rundem in der Hand wieder heraustrat.
»Wir sollten erstmal weiter. Die Granate kann ich später auch noch zünden.«
»Wo möchtest du denn hin? Wir sind doch jetzt bereits außer Sichtweite von Karen und Adam.«
»Nenne ihre Namen nicht. Du weißt doch, dass wir das nicht machen. Namen sind zu persönlich. Was ist eigentlich mit dir los?«
»Ich weiß es nicht. Ich fühle mich unwohl.«
»Das brauchst du nicht. Genieße doch einfach unsere gemeinsame Zeit.«
Connie wusste nicht, was sie in diesem Moment tun konnte. Andererseits war das Geld, was sie von ihm bekam, mehr als verlockend - doch genießen konnte sie die Zeit mit ihm, dem Massenmörder, nicht. Sie schluckte ihren Ärger herunter und gab ihm eine trockene Antwort, die in diesem Moment einfach nicht hätte passender sein können.
»Okay, Schatz.«

Sie verbrachten eine knappe Stunde in der Nähe der verseuchten

Bucht, ehe sie sich auf den Rückweg begaben. Connie begleitete Sage bis zum Steg, ehe sich ihre Wege bereits trennten. Das Boot, mit dem sie hergekommen waren, befand sich nicht mehr an dem Holzpfosten, an dem sie es angebunden hatten - doch das war für Sage kein Problem, für solche Situationen hatte er gut vorgesorgt. Etwas abseits des Waldes in Ufernähe gab es noch zwei weitere Boote, deren Zustand zwar nicht mehr der allerbeste war, die aber dennoch für eine Überfahrt tauglich waren. Connie blickte Sage, der seine Waffen weiterhin bei sich trug, hinterher. Bei dem Plan, der ihm nun vorschwebte, konnte sie ihm nicht behilflich sein - und darüber war sie auch ganz froh. *Gegenüber Karen kamen wirklich noch menschliche Gefühle aus mir heraus. Ich bin also keineswegs so ein verkommenes Monster wie er. Aber andererseits... wenn ich mich ihm in den Weg stelle, bin ich auch nur noch ein weiterer, auf einem Grabstein eingravierter Name. Wenn überhaupt. Vermutlich würde er mich bei lebendigem Leibe häuten und dann zerstückeln.* Ja, zu all diesen Dingen war Sage fähig, das wusste sie. Sie hatte zwar noch keine Leiche gesehen, doch das, was er erzählt hatte, hatte ausgereicht, um ihr ein Bild von ihm zu verschaffen. Erst, als Sage am Horizont verschwunden war, drehte sie sich um und suchte seine kleine Wohnhütte auf. Sie befand sich Gott sei Dank weitab von der Basis, der verseuchten Bucht und den Einheimischen. Am Waldrand gelegen, direkt in Ufernähe, unter einem Palmwedel in nahezu idyllischer Umgebung. Die Tür gab wie immer das bekannte Klappern von sich und schabte über den Boden, als Connie sie aufzog und ins Innere eintrat. Es gab hier kein Licht, doch das war für sie kein Problem, sie konnte sich mittlerweile blind zurechtfinden. Im Raum direkt neben dem Eingang befanden sich zwei Feldbetten, in denen sie schon unzählige Nächte miteinander verbracht hatten. Sie setzte sich auf das rechte und hielt ihren Blick auf die triste Wand gerichtet. Im Moment rauschten ihr viel zu viele Gedanken durch den Kopf, weshalb sie sich darauf besann, all das auszublenden. Während ihre inneren Dämonen hinter ihrer Schädeldecke einen blutigen Kampf miteinander ausfochten, schloss sie die Augen und versuchte irgendwie, die Situation zu ertragen.

Sage hatte seine gesamte Kraft in jeden einzelnen Ruderschlag gelegt, weshalb er schneller am Ziel angekommen war, als es sonst der Fall gewesen wäre. Das merkte er jedoch auch, als er über den weichen Sand des Strandes Schritt. Von Karen und Adam war die gesamte Zeit über keine Spur zu sehen gewesen, sie schienen die Insel direkt wieder verlassen zu haben, nachdem sie gemerkt hatten, dass etwas im Argen gelegen hatte. *Egoisten. Nur am eigenen Überleben interessiert, die anderen sind komplett egal.* Er spürte, wie diese Wut in ihm aufstieg - ein Gefühl, welches er an normalen Tagen immer gut kontrollieren und kanalisieren konnte. Doch heute fehlte, zumindest bis jetzt, irgendwie das Ventil, doch das würde sich ja im Laufe der kommenden Stunden ändern. Direkt vor sich nahm er das Strandhotel wahr - das Hotel, in dem sich bisher alle Opfer aufgehalten hatten, die irgendwann auf der Insel verendet sind. Und daran würde auch der heutige Tag nichts ändern, ganz im Gegenteil. Er schärfte seinen Blick und versuchte all die Menschen, die am Strand lagen und sich sonnten, zu ignorieren. Sie sahen ihn an, als wäre er ein Außerirdischer, der gerade aus einem UFO gestiegen war. Doch er war bloß ein Mann, der mit einem Ruderboot am Strand angelegt war - was war daran schon

besonders? *Gaffen können sie alle, doch wenn irgendetwas Schlimmes passiert, schreitet niemand ein. Die Menschheit ist so verkommen. Da muss man wirklich ab und an eine Säuberung vornehmen, um dem zumindest etwas entgegenzuwirken.* Er hatte den Strand schon bald überquert und sich der Rückseite des Hotels genähert, an der sich die Terrasse befand. Selbige war nur mäßig besucht, was aber auch zu dieser Zeit kein Wunder war, da die meisten Menschen entweder am Strand oder im Landesinneren unterwegs waren. Das alles war jedoch völlig unwichtig, Sage hatte nur Karen und Adam im Kopf. *Wie soll ich am besten vorgehen?* Fakt ist, dass er zum Zimmer der beiden gelangen musste – die Nummer hatte er sich vom Gespräch am gestrigen Abend gemerkt, doch würde es ihm wirklich gelingen, unbemerkt dorthin gehen zu können? *Ich muss mir eine Ausrede einfallen lassen. Das Zimmer darf unmöglich der Tatort sein.* Während er in Richtung des Zimmers mit der Nummer 1593 schritt, legte er sich einen Plan zurecht. *Notfalls muss ich sie eben wieder auf die Insel locken, wenn ich beide vorfinde.* Er hielt sein rechtes Ohr gegen das Holz der Tür gepresst und versuchte, zu lauschen. Aus dem Inneren waren jedoch keine Geräusche zu hören, weshalb er seine Hand zu einer Faust formte und klopfte. Kurze Zeit später ertönten Schritte, die sich der Tür näherten.
»Adam?«
Es handelte sich um Karen. Sie verharrte eine Weile in ihrer Position, vermutlich, um einen Blick durch den Spion zu werfen.
»Nein, ich bin's, Sage.«
Da sie ihn sowieso erkennen würde, würde es keinen Sinn ergeben, sich als jemand anderes auszugeben.
»Sage?«

Karen klang überrascht, und öffnete die Tür nur ein paar Sekunden später.
»Was ist passiert? Wo ist Connie? Ihr wart verschwunden.«
»Wir haben eine grausame Auseinandersetzung gerade so überstanden. Darf ich reinkommen?«
»Natürlich.«
Karen trat einen Schritt zur Seite und ließ ihn ins Innere eintreten. Sage versuchte, in dem Moment, in dem er durch den Raum schritt, selbigen genauestens durchzuchecken. Durch die Glastür, die ins Badezimmer führte, konnte er sehen, dass Adam sich nicht dort aufhielt. Auch auf dem Balkon war von Karens Ehemann nichts zu sehen, weshalb sich Sage sicher war, dass sie alleine waren. Das stellte seine angefangene Planung etwas auf den Kopf – er musste umplanen und heimlich hoffen, dass sich Adam noch etwas Zeit lassen würde – wobei auch immer.
»Wo ist Adam?«
»Er holt gerade Cocktails für uns. Aber erzähl doch bitte, was ist mit dir passiert, und wo ist Connie?«
Ich habe nicht viel Zeit. Ich muss sofort handeln.
»Connie wartet draußen. Es gibt was Wichtiges zu besprechen. Kommst du mit?«
Karen zog eine Augenbraue hoch. Sie wirkte etwas misstrauisch, stimmte nach ein paar Sekunden Bedenkzeit jedoch zu.
»Ich sollte einen Zettel für Adam hinterlassen.«
»Es dauert nicht lange. Wir werden zurück sein, bevor er wieder auftaucht.«
»Okay. Los.«
Sage verließ das Zimmer und Karen folgte ihm. Der Flur war komplett menschenleer, und er war dankbar über diese Fügung des Schicksals. Am Ende des mit Teppichen belegten Ganges

befand sich eine Tür, die verschlossen war – doch Sage besaß einen Schlüssel für diese Kammer und öffnete sie.
»Was hast du vor?«
Karen befand sich weiterhin direkt hinter ihm. Die Stahltür war in der Zwischenzeit ins Schloss gefallen und hatte sie in kompletter Dunkelheit alleine gelassen.
»Pssst...«
Sage legte sich einen Finger auf die Lippen und nestelte währenddessen mit der anderen Hand an seinem Hosenbund herum, an dem sein Messer in einer Scheide steckte. Er umklammerte den Griff fest und holte mit einem festen Schlag in die Dunkelheit hinein aus. Die Klinge durchbohrte die Haut an Karens Hals, und das Geräusch, welches der Stich erzeugte, klang markerschütternd.
»Was... Sage...«
Ihre Worte klangen gluckernd, und Sage spürte, wie ihr Blut über seine Handflächen lief. Er kannte das Gefühl sehr gut – es war bei weitem nicht sein erster Mord, und er genoss es, in erhobener Position vor seinem Opfer zu stehen und das Gefühl zu haben, das Richtige getan zu haben. Erst ein paar Sekunden später, nämlich in dem Moment, in dem die zaghaften Versuche von Karen, nach Hilfe zu schreien, abgeebbt waren, schaltete er das Licht an. Der Schalter befand sich nicht direkt an der Wand, sondern etwas versteckt in einer Nische, da Sage den Raum jedoch blind durchqueren konnte, wusste er, wo er suchen musste. Die Glühbirne flackerte ein wenig und spendete nur noch schwaches Licht. Der Raum war eine alte, verdreckte Abstellkammer, doch er besaß eine Besonderheit, die kein anderer Raum in diesem Hotel hatte – nämlich einen Zugang zum Hafen, der direkt zur Insel führte. Mit einem Feudel versuchte er,

das Blut, welches noch immer aus Karens Hals auf die alten Marmorfliesen sickerte, wegzuwischen. Er zog sein T-Shirt aus und band es um Karens Hals, um den Blutfluss so zu stoppen. *Meine Güte, da hat es mich wieder komplett überwältigt. Ich hätte sie auch einfach nur erstechen können, da wäre weniger Blut geflossen. Aber nein, ich muss ihr ja unbedingt die Kehle durchschneiden.* Das Gefühl der vollkommenen Ekstase, welches der Messerschnitt ausgelöst hatte, hatte nur für wenige Sekunden angehalten – so lange, wie Karen eben noch geatmet hatte. Jetzt, wo sie tot war, war die Situation dementsprechend anders. *Du dämliches Miststück.* Er trat gegen den Oberkörper der Leiche, was dafür sorgte, dass diese zur Seite kippte. Karens Kopf schlug auf dem Boden auf, und diese Bewegung sorgte dafür, dass sich der Druckverband löste und so wieder Blut auf den Marmorboden sickerte. *Verdammte Scheiße.* Sage schlug vor Wut mit seiner Faust gegen die Wand und zuckte zusammen, als ihn der Schmerz überwältigt hatte. Es gab in diesem Moment kein Ventil, an dem er seine Wut herauslassen konnte, und er musste aufpassen, dass er nun nicht fahrlässig handeln würde. *Scheißegal. Es besitzt eh keiner einen Schlüssel zu diesem Raum, bis ich.* Jetzt, wo er etwas Zeit hatte, musste er plötzlich wieder an das erste Treffen mit Officer Pierce denken, welches natürlich vor einigen Monaten auf der Insel stattgefunden hatte. Zunächst war er dem Mann gegenüber skeptisch gewesen – schließlich hatte er sich als Polizist ausgegeben und das Ziel erwähnt, gemeinsam mit seinem Kollegen den Vermisstenfällen nachzugehen, deren Spuren auf die Insel führte. Als sie dann jedoch mehr als bloß ein paar Worte ausgetauscht hatten, war klar gewesen, dass sie sich auf einer Wellenlänge befanden, was Sage dazu bewogen hatte, dem Mann alles zu erzählen. Officer

Pierce war begeistert davon gewesen und hatte seinen Plänen zugestimmt. Dennoch hatte Sage aus Sicherheitsgründen auf ein Druckmittel zurückgegriffen, um sich zu jeder Zeit sicher sein zu können, dass ihn der Mann nicht hintergehen würde. Sie waren dabei, zwei Fliegen mit einer Klatsche zu schlagen – zum einen hatten sie beide das gemeinsame Ziel, die Einheimischen, die sich mehr und mehr als Gefahr darstellten, zu bekämpfen. Sie waren für einen Großteil der verschwundenen Personen verantwortlich, und da es sich bei ihnen um Kannibalen handelte, waren auch keine weiteren Spuren mehr zu finden gewesen. Für den anderen, kleineren Teil waren Pierce und er verantwortlich gewesen. Es hatte sich dabei um Menschen gehandelt, die zu viel hatten wissen wollen – und sich als Gefahr für das Geheimnis der Insel herausgestellt hatten, weshalb es zwingend notwendig gewesen war, eine Säuberung vorzunehmen. *Karen gehörte gemeinsam mit ihrem Mann auch zu denen, die zu viel wissen wollten. Es gibt Dinge, die nicht für jedermann bestimmt sind. Jetzt muss ich nur noch Adam irgendwie auf die Insel locken – doch das wird ein leichtes sein.* Er überlegte einen Moment, was er nun mit der Leiche anfangen sollte. Klar war, dass er sie verstecken musste, doch wo? Die Abstellkammer war ein hervorragender Ort zum Töten, doch der Verwesungsprozess einer Leiche würde Gerüche entstehen lassen, die Aufsehen erregen würden. *Na, dann muss ich sie wohl zur Insel bringen. Aber das ist ja auch kein Problem.* Auf dem Weg, den er nehmen würde, würde er keiner Menschenseele begegnen, dessen war er sich todsicher. Es würde zwar ein Kraftakt sein, die Leiche zum Hafen zu schleppen, doch das hatte er sich selbst eingebrockt. *Vielleicht sollte ich sie auch zerstückeln und ihre Körperteile einfach überall verteilen. Wie eine Art Versteckspiel –*

oder eine Schatzsuche. Er entschied, sich erst darüber Gedanken zu machen, wenn der heutige Tag erfolgreich verlaufen war. Nun ging es erst einmal darum, den Tatort zu verlassen – und möglichst wenig Spuren zu hinterlassen. *Zum Glück habe ich ja bereits vorgesorgt und einen Zettel auf der Hoteltoilette hinterlassen, auf dem ich Karens Namen geschrieben habe.* Dass sich das Schicksal nun so fügen würde, dass der Zettel tatsächlich seine Daseinsberechtigung hatte – damit war im Vornherein nicht zu rechnen gewesen, doch manchmal verlief das Leben eben in kuriose Richtungen, die so absolut nicht absehbar sein konnten.

18

»Das ist kein gutes Zeichen. Los, wir müssen von hier verschwinden.«

Officer Pierce hatte das Kommando übernommen. Sage folgte ihm, und Adam versuchte, mit den beiden Männern Schritt zu halten. *Warum folge ich denen überhaupt? Ich sollte von hier verschwinden. Karen ist tot.* Er ließ seinen Blick kurz durch die Gegend schwenken. *Wenn ich mich jetzt von ihnen löse, werde ich vermutlich direkt erschossen. Ich sollte ihnen erstmal folgen und in einem günstigen Moment die Flucht ergreifen. Zudem kämpfen wir scheinbar gegen denselben Feind.* Dass die beiden Männer, die augenscheinlich miteinander kooperierten, den Einheimischen feindselig gegenüberstanden, war zwar einerseits logisch, bot für Adam aber andererseits auch eine riesige Chance. *Ich muss so tun, als würde ich mit ihnen kämpfen, um dann zurückzuschlagen.* Da es langsam dunkel wurde, würde sich der Kampf vermutlich auf den kommenden Tag verschieben – nun war es erst einmal an der Zeit, Schutz in einer der vielen Höhlen zu suchen, die die Insel bot.

»Wir müssen zur Teufelsbucht, da sind wir sicher.«

Sage nickte bloß, er schien die Kontrolle vollständig an Officer Pierce abgegeben zu haben.

»Nur zu. Morgen ziehen wir dann in den Kampf, und dann Gnade diesen Wichsern Gott.«

»Wir werden sie auseinandernehmen. Ich habe auch schon eine Taktik, sie hat mit dem Dynamit zu tun, welches sie horten. Wir werden sie in die Luft jagen und die Insel von diesem Elend befreien.«

Hat er das nicht bereits versucht? Zumindest hat er davon erzählt. Wobei bei dieser Geschichte wahrscheinlich einiges auch vollkommener Schwachsinn gewesen sein wird.
»Auch eine Art der Säuberung«, witzelte Sage.
»Definitiv. Und das ist doch das Wichtigste, um diesen heiligen Ort zu schützen.«
Adam versuchte, den Worten der Männer zu folgen, gab es jedoch nach wenigen Sekunden auf. *Die sind völlig geisteskrank, das merkt man allein schon an der Tatsache, dass sie diesen Ort für heilig halten.* Die Dämmerung hatte mittlerweile eingesetzt, was bedeutete, dass es mit jeder weiteren Sekunde gefühlt dunkler wurde. Da Adam keine andere Wahl hatte, folgte er den Männern. Er widerstand der Versuchung, einen der beiden oder gar beide in einem günstigen Moment zu überwältigen - sie waren ihm beide kräftemäßig und auch aufgrund seiner körperlichen Verfassung haushoch überlegen, einen Kampf anzuzetteln würde deshalb keinen Sinn ergeben. *Heute Abend muss ich mich wie ein Schoßhündchen verhalten, wenn ich überleben möchte. Und morgen muss ich mich dann in einem günstigen Moment auf die Seite der Gegner schlagen - obwohl ich denen ja auch feindlich gegenüberstehe.* Doch die Tatsache, dass diese ihn nur am Arm verletzt hatten, während Sage ihm seine Frau genommen hatte, suggerierte ihm ganz klar, auf welcher Seite er kämpfen musste. *Zudem hat Pierce Matteo ohne mit der Wimper zu zucken erschossen.* Adam hatte an dem Jungen zwar nichts gelegen - immerhin hatte ihn selbiger in der letzten Nacht mitten in sein Verderben zu den Sirenen laufen lassen. Doch er war nur ein unschuldiges Kind gewesen, was die Sache in ein anderes Licht rückte. Es dauerte eine knappe Viertelstunde, in der sich Adam darauf besann, nicht auf dem Waldboden zu stol-

pern, ehe sie die Teufelsbucht erreicht hatten. Der Felsen, der schon aus der Ferne erkennbar gewesen war und hoch in den Himmel ragte, wirkte fast wie ein Mahnmal inmitten der Idylle des Dschungels.
»Hier sind wir sicher. Ich habe ein verdammtes Jahr in der Höhle verbracht und hatte nie unangekündigten Besuch.«
Pierce erntete für seine Worte einen kurzen, ernsten Blick von Sage. Adam registrierte das auch nur, weil er in der Sekunde, in der der Mann, der ihnen gegenüber am Morgen des heutigen Tages noch freundlich gesinnt war und an dessen Händen nur Stunden später bereits eine Menge Blut klebte, zu beiden herüberblickte. *So ganz abgesprochen wirkt das alles nicht. Das ist vielleicht meine Chance... morgen.* Eine kurze Zeit lang spielte er mit dem Gedanken, schon heute Abend aktiv zu werden – entschied sich letztlich jedoch dagegen, da seine Situation dazu einfach zu verheerend war. Kurz darauf waren sie bereits im Inneren der Höhle. In der Nähe des Einganges befanden sich die Überreste einer heruntergebrannten Feuerstelle, dazu auch einige Knochen, die dafür sprachen, dass Pierce in der Zeit, die er hier verbracht hatte, jagen gewesen war.
»Ich denke, wir sollten trotz alledem Wache schieben«, murmelte Sage und blickte Pierce an.
»Wir beide wechseln uns ab, okay?«
»Was ist mit ihm?«
Pierce deutete auf Adam.
»Bist du wahnsinnig? Sobald wir ihm den Rücken zukehren, haben wir ein Messer dort stecken. Sofern wir an unserem Überleben interessiert sind, sollten wir tunlichst auf der Hut sein.«
»Ach, dazu hat der doch gar nicht die Eier in der Hose.«
Adam war erstaunt darüber, dass die Männer über ihn sprachen,

als wäre er gar nicht anwesend. Die Wut, die er in diesem Moment verspürte und die ihm bis in die Fingerspitzen hinein kribbelte, sorgte in Verbindung mit dem kühlen Lüftchen, welches in der Höhle wehte, dafür, dass er eine Gänsehaut bekam, die sich schon wenige Sekunden später auf seinem gesamten Körper ausgebreitet hatte.
»Lieber Vorsicht als Nachsicht. Vertrau mir, ich weiß, was ich tue.«
»Dann übernimmst du aber die erste Schicht. Ich bin hundemüde.«
»In Ordnung. Ich wecke dich dann nachher auf.«
Während Sage versuchte, das Feuer zu entzünden, verschwand Pierce in einer Nische, die etwas abseits des Bereiches lag, an dem sie saßen. Von außen war die Einkerbung nicht einsehbar und es wirkte von der Position, an der Adam saß, so, als würde er im Nichts verschwinden. Der dritte Versuch von Sage, die heruntergebrannten Reste anzuzünden, war schließlich erfolgreich. Der Funke sprang auf das trockene Gras über und die Glut entzündete sich rasch. Mit der Dämmerung war es auch deutlich kühler geworden auf der Insel. Aus dem nahen Wald waren keinerlei Geräusch zu hören, und auch das Meer präsentierte sich an diesem Abend komplett ruhig. Sage blickte gebannt in die Glut und gab kein Wort von sich. Adam versuchte, irgendwie zu erahnen, was der Mann, der seine Frau mutmaßlich auf dem Gewissen hatte, dachte. Von außen war das jedoch sehr schwer, ja, nahezu unmöglich. Der Schmerz, den Adam nun, wo er zumindest etwas zur Ruhe gekommen war, aufgrund des Verlustes verspürte, war schier unerträglich. Es fühlte sich so an, als hätte ihm jemand das Herz bei lebendigem Leibe aus dem Körper gerissen. *Meine Güte. Wir hatten eine strahlende Zukunft vor uns.*

Er versuchte, sich zu beruhigen, ehe er die Stille, die im Inneren der Höhle herrschte, durchbrach.
»Warum musste Karen sterben?«
Es dauerte etwas, bis Sage antwortete. Adam war kurz davor gewesen, seine Frage zu wiederholen, da der Mann so gar keine Regung gezeigt hatte – bis er seinen Blick schließlich von den Flammen abgewandt und auf Adam gerichtet hatte.
»Niemand, der die Insel betreten hat, darf überleben. Das Geheimnis muss einfach gut geschützt werden.«
»Was für ein Geheimnis denn? Und warum bin ich dann noch am Leben, verdammt?«
Adam musste sich für die zweite Frage überwinden. Sein eigenes Überleben war ihm zwar mittlerweile egal – er hatte alles, was ihm wichtig war, bereits verloren. Doch es graute ihm vor einem qualvollen, schmerzhaften Tod, denn Sage würde es sich sicherlich nicht nehmen lassen, das Vergnügen vollständig auszukosten, wenn er sich dafür entschieden haben sollte, seinem Leben ein Ende zu bereiten.
»Du bist und wirst auf der Insel bleiben und sterben. Am Lauf der Geschichte kannst du nichts mehr ändern. Und das Geheimnis der Insel... nun, das ist eine lange Geschichte. Ich versuche mal, mich möglichst kurz zu fassen.«
Sage räusperte sich kurz und nahm einen Schluck aus einer Feldflasche, die sich direkt in der Nähe des Feuers befand.
»Wasser?«
Adam schüttelte den Kopf. Lieber würde er verdursten, als jegliches Angebot von dem Mann anzunehmen, der seine Frau auf dem Gewissen hatte.
»Vor langer Zeit gab es auf dem Festland ein Industriegebiet mit einem Atomkraftwerk, welches nun seit vielen Jahren je-

doch nicht mehr in Betrieb ist. Doch der radioaktive Abfall, der dort angefallen ist, musste zur Endlagerung irgendwo hingebracht werden – und zum Missfallen der Einheimischen, die hier auf der Insel noch immer leben, wurde der Atommüll direkt in Ufernähe hinter der Teufelsbucht gelagert. Man ging zwar davon aus, dass die radioaktive Strahlung, die von dem Abfall ausging, keinen gefährlichen Schwellenwert mehr überschritt, doch da hatte man sich augenscheinlich getäuscht. In den letzten Jahren bin ich hier diversen Menschen über den Weg gelaufen, denen man angesehen hat, dass wir uns hier auf gefährlichem Terrain befinden. Fehlgeburten, mal mit sechs Fingern, mal mit drei Augen oder ohne jegliche Gliedmaßen. Von den mysteriösen Wesen, die in der Kanalisation ihr Unwesen treiben, ganz zu schweigen. Ich habe nur einen kurzen Blick auf sie werfen können – sie sehen irgendwie aus wie eine Mischung aus Echse und Mensch, und ich bin mir sicher, dass ich so etwas Grausames noch nie gesehen habe. So haben wir dann den Hass der Einheimischen auf uns gezogen, sie schrecken vor nichts zurück und haben eine kaum zu bändigende Wut in sich.«
Adam musste das, was Sage erzählte, erst einmal verarbeiten. Als er das schließlich geschafft hatte, wagte er eine erste Gegenfrage.
»Was machen wir dann hier, wenn wir uns tödlicher Strahlung aussetzen? Riskieren wir damit nicht unsere Leben?«
»Manchmal muss man eben etwas riskieren, wenn man etwas Gutes tun möchte. Und die Insel von den Grausamkeiten zu säubern, die zum einen aus neugierigen Touristen, und zum anderen aus grauenhaften, blutrünstigen Einheimischen bestehen, gehört definitiv dazu. Wir müssen dafür sorgen, dass niemand jemals mehr einen Fuß auf die Insel setzt, und, dass das Ge-

heimnis ein Geheimnis bleibt. Sollte das alles nach außen dringen, würde das hohe Wellen schlagen – und man würde die Insel zunächst zum Sperrgebiet erklären, ehe man diesen paradiesischen Ort vernichten würde.«

Was wahrscheinlich das Beste wäre, fügte Adam in Gedanken hinzu, sprach es jedoch nicht aus, um etwaigen Ärger zu vermeiden.

»Das darf ich keinesfalls zulassen. Meine Bestimmung ist es, diesen Ort sauber zu halten. Und bisher ist mir das gut gelungen, zudem habe ich ja mit Levin durch Zufall ja noch jemanden gefunden, der eine ähnliche Denkweise mit mir teilt.«

»Warum bin ich denn überhaupt noch am Leben? Ihr hättet mich längst umbringen können.«

Adam stellte nun die Frage, die er sich bisher nicht getraut hatte, zu stellen. Sie brannte ihm am stärksten auf der Zunge, und allein durch das Aussprechen der Worte fühlte es sich schon so an, als würde eine tonnenschwere Last von ihm fallen.

»Das hätten wir durchaus, ja. Aber das hätte keinen Sinn ergeben, weil wir dann einen Mann weniger hätten, der für uns in den Krieg zieht und uns dabei hilft, den Feind zu vernichten. Das wirst du doch tun, oder täusche ich mich da?«

Die Kälte und Empathielosigkeit, die in der Betonung der letzten Frage von Sage lag, ließ Adam schaudern. Vom einen auf den anderen Moment wurde ihm wieder klar, dass er neben einer tickenden Zeitbombe saß, deren Lunte bereits ein wenig angesengt war.

»Nein«, murmelte Adam.

»Sehr gut, ich wusste doch, dass ich mich auf dich verlassen kann. Vielleicht werde ich dich sogar am Ende am Leben lassen, allerdings wirst du die Insel dann nicht verlassen dürfen.

Solltest du jemals versuchen, zu fliehen, bist du sofort ein toter Mann.«

Adam stellte das, was Sage sagte, nicht einen Moment lang in Frage. Der Mann war ein Massenmörder und würde alles, was er sagte, auch tun. *Erstaunlich daran ist nur, dass ihm ein angesehener Officer hilft. Er muss Pierce irgendwie in der Hand haben.* Er entschied sich jedoch dazu, die Frage dem Officer höchstpersönlich zu stellen – die beiden Männer würden in ein paar Stunden die Schicht zur Nachtwache wechseln, was bedeuten würde, dass er einen neuen Gesprächspartner bekommen würde. Dafür musste er nur wach bleiben, doch das würde ihm nicht sonderlich schwerfallen. Während die Stille einkehrte, hörte Adam seinen Magen knurren. Er hatte seit dem Morgen nichts mehr gegessen, und das machte sich jetzt so langsam bemerkbar. Plötzlich fiel ihm jedoch etwas ein. Er stand ruckartig auf und tastete seine Hosentaschen ab. Wie durch ein Wunder befanden sich die beiden Sandwichs, die ihm Officer Pierce im Café ausgegeben hatte, noch an Ort und Stelle – er hatte das mit Mayonnaise durchtränkte Weichbrot in der ganzen Eile komplett vergessen und sah es in diesem Moment als Geschenk des Himmels. Hastig wickelte er die Folie des platt gesessenen Brotes ab und nahm einen Bissen. All die Schmerzen, die er verspürte, rückten für einen Moment in den Hintergrund, sogar sein verbundener Arm fühlte sich für einen Moment wieder normal an. Die Wunde sandte zwar noch immer regelmäßig Impulse an sein Schmerzzentrum, doch diese waren nun erträglich geworden. *Verdammt, was hatte ich für ein Glück, dass mich der Pfeil nicht richtig getroffen hat.* Der Gedanke an den Mann, der ihn angeschossen hatte, und der augenscheinlich ein Einheimischer gewesen war, bekräftigte das, was Sage bereits gesagt hatte. Sie hatten wirklich einen gemeinsamen Feind, den sie bekämpfen mussten, und Adam musste versuchen, sich währenddessen einen heimlichen Plan zurechtzulegen. Seine Denkweise hatte sich zumindest diesbezüglich innerhalb der letzten Stunde ein Stück weit verändert.

Der Schichtwechsel war letztlich doch früher vonstattengegangen, als Adam es erwartet hatte. Sage war einfach von der Feuerstelle aufgestanden und hatte Adam allein gelassen, ehe Pierce etwa zwei Minuten später zu ihm gekommen war. Er hätte diese zwei Minuten durchaus für eine Flucht nutzen können, doch was hätte es ihm gebracht? Im nächtlichen Dschungel wäre er vermutlich den Einheimischen über den Weg gelaufen und am Spieß über offenem Feuer gelandet, weshalb er sich dazu besonnen hatte, zu warten. Zudem erhoffte er sich einiges von dem Gespräch mit Officer Pierce, welches er unweigerlich führen würde. Er versuchte, irgendwie gegen die Müdigkeit anzukämpfen, die in den letzten zwei Stunden aufgekommen war. Seine Augenlider fühlten sich schwer wie Blei an und er hatte das Gefühl, pro Minute fünf Mal gähnen zu müssen. *Das Gespräch darf definitiv nicht so ausufern wie mit Sage. Ich sollte mich danach dann auch direkt zur Ruhe begeben.* Das Erste, was der Officer tat, war, die Höhle kurz zu verlassen, um etwas trockenes Gras zu holen. Damit entfachte er das Feuer neu, die Flamme, die in der Zwischenzeit relativ schwach geworden war, fing nun wieder zu brennen an. Pierce nahm kurz darauf wieder am Feuer Platz und lehnte sich gegen den Stein der Höhle. Von außen wirkte der Officer irgendwie unruhig. Die Selbstsicherheit, die er in Kombination mit Sages Anwesenheit an den Tag gelegt hatte, war komplett verschwunden. *Er hat etwas zu*

verbergen. Vielleicht erzählt er jetzt ja auch, was.
»Ist alles in Ordnung?«
Es war deutlich anzusehen, dass das nicht der Fall war – es sah sogar fast so aus, als stünden Tränen in den Augen des Officers. Die Flammen des Lagerfeuers sorgten dafür, dass seine Pupillen glasig wirkten.
»Nein. Gar nichts ist in Ordnung, verdammt.«
Pierce behielt zwar die Beherrschung, doch er musste ordentlich kämpfen, um den Schein aufrechtzuerhalten.
»Hat Sage Sie mit etwas in der Hand? Hat er etwas in seinem Besitz, was Ihnen schaden könnte, sofern es an die Öffentlichkeit gelangt?«
Adam sprach die Worte in sanftem Ton aus. Er hatte nun endlich mal das Gefühl, eine gewisse Kontrolle über den Verlauf des Gesprächs zu haben – und die wollte er nicht einfach so wegwerfen. Zudem hatte er sich bewusst dazu entschieden, wieder das *Sie* als Ansprache zu nutzen, um dem Officer eine gewisse Art von Respekt zu zollen und auch um etwas Distanz aufrechtzuerhalten.
»Nein, so ist das nicht. Er hat aber was, was mir sehr viel bedeutet... nämlich meine Frau und meine achtjährige Tochter.«
Adam spürte, wie es ihm kalt den Rücken hinunterlief. *Wenn das wirklich stimmt, dann ist er auch nur ein Opfer der ganzen Umstände.*
»Wie ist es dazu gekommen?«
»Tja, es ging alles sehr schnell.«
Pierce senkte seine Stimme etwas.
»Ich bin mir zwar sicher, dass er mich nicht hören kann – der Schlafplatz befindet sich komplett außer Hörweite. Trotzdem muss ich vorsichtig sein, denn er hat mir verboten, darüber zu

sprechen. Ich halte es jedoch einfach nicht mehr aus, es zerfrisst mich wie ein bösartiger Parasit. Alles begann an dem Tag, an dem ich, gemeinsam mit Officer Lockhart, die Insel das erste Mal betreten habe. Wir sind Sage relativ früh in die Arme gelaufen – und bei Gott, in dem Moment, in dem ich die Waffe auf ihn gerichtet hatte, hätte ich mal lieber abgedrückt – doch im Nachhinein ist man bekanntermaßen immer schlauer. Lustigerweise hat mich Frank, der sonst eher jemand war, der geschossen hat, bevor er nachgedacht hat, gestoppt. Ohne ihn wäre das alles nicht zustande gekommen.«

»Wie ist der Mann denn an Ihre Familie gekommen?«

»Er hat seine Mittel und Wege – so, wie es bei Massenmördern eben der Fall ist. Sie schrecken vor nichts zurück und wissen genau, welche Fäden sie wann ziehen müssen. Wir wurden vertraut miteinander, und er band mir einen gehörigen Bären auf. Ich nahm ihm jedoch alles ab, was er sagte, bis er schließlich die Kontrolle hatte. Meine Familie ist hier auf der Insel, und ich muss sie einfach retten.«

»Wo befinden sie sich denn?«

»Ich weiß es nicht. Das ist ja das Schlimme. Meine Suche verlief bislang ergebnislos. Ich habe nicht mal eine verdammte Spur gefunden.«

»Bei dem Mann handelt es sich um einen brutalen Killer, der vor nichts zurückschreckt. Was macht Sie in dem Punkt sicher, dass Ihre Frau und Ihre Tochter noch leben?«

Pierce hob seinen Blick und sah Adam eindringlich an. Normalerweise hätte sich Adam von solch einer Situation einschüchtern lassen – doch heute war schließlich alles anders und schon gar nichts normal, weshalb es ihn völlig kalt ließ.

»Nun denn, ich glaube nicht, dass Sage mich bei der Stange

hält, obwohl er die beiden in Wahrheit schon vor Wochen getötet hat. Zudem hat er mir versprochen, dass ich sie wiedersehe, wenn ich ihm bei der Säuberung geholfen habe, woran ich jedoch langsam zweifele. Irgendetwas in mir drin sagt mir aber, dass sie noch am Leben sind.«

Adam konnte die Worte des Mannes verstehen – es waren verzweifelte Worte einer hilflosen Person. *Er ist sogar so weit gegangen, dass er Matteo erschossen hat. Verdammt, das alles nur, um sich in der Gunst eines Mörders hochzuspielen?*

»Wie kam es denn dazu, dass er Ihre Familie entführt hat? Ist vorher etwas vorgefallen, haben Sie einen Fehler begangen?«

»Es ist nur menschlich, Fehler zu machen, und ja, ich denke, ich habe einen gemacht«, murmelte Pierce.

»Ich habe zu schnell vertrauen gefasst und bin in einem schwachen Moment selbst zum Mörder geworden. Ich mag da gar nicht drüber sprechen, doch es gehört ja irgendwie doch dazu und muss erwähnt werden. Kurz darauf hatte er mich in der Hand, und begann, mich zu erpressen – überwiegend, um mich für seine Zwecke einzusetzen. Wir kämpfen alle gegen denselben Feind, verdammt, wenn ich diese Worte ausspreche, möchte ich am liebsten auf den Boden spucken.«

Es war offensichtlich, dass Pierce kurz davor war, die Beherrschung zu verlieren, was die Situation für Adam allerdings nicht einfacher machte.

»Ich kann ihn aber auch nicht einfach umbringen – bei Gott, wie oft habe ich das schon überlegt? Seine Waffe ist halt das Wissen über meine Familie. Er hält sie versteckt, und so lange ihr Aufenthaltsort nicht bekannt ist, darf er nicht sterben. Ich könnte es mir nicht verzeihen, wenn ihnen dadurch etwas passiert.«

Auf einmal konnte Adam einen Blick hinter die Fassade des Of-

ficers werfen. Er sah einen gebrochenen Mann vor sich, der in den letzten Monaten zu einer Marionette eines Massenmörders geworden war und sich vollständig in der Gewalt des kalten Psychopathen befand.
»Zudem... ja, ich gebe zu, dass ich Frank ebenfalls heute getötet habe. Ich bin erneut zum Mörder geworden, und das nur, weil er sein Wissen niemals hätte kundgeben dürfen. Ich habe im Krankenhaus dafür gesorgt, dass ihm eine rechtzeitige Behandlung untersagt wurde, was wiederum dafür sorgte, dass der Schlaganfall letzten Endes tödlich verlief. Er war einfach eine zu große Gefahr für mich, denn sein Wissen hätte mich genau wie Sage hinter Gitter bringen können.«
Adam verspürte fast sogar so etwas wie einen Anflug von Mitleid für den Mann. *Meine Güte, wie oft sich heute meine Denkweise über ihn geändert hat. So etwas habe ich zuvor noch nie erlebt.*
»Wir werden morgen gemeinsam in die Schlacht ziehen.«
Adam spürte, dass er nun das Gespräch fortführen musste. Da er sich in den letzten Sekunden tatsächlich eine Art Plan zurechtgelegt hatte, fiel ihm das gar nicht mal so schwer.
»Dort werden wir erst einmal den Schein aufrechterhalten, ehe wir uns den Mann vorknöpfen. Wenn wir gemeinsam handeln, sind wir in der Überzahl und können ihn überwältigen. Und dann... Sie wissen am ehesten, wie man notwendiges Wissen aus Psychopathen herausbekommt.«
»Oh ja, ich kenne viele Verhandlungstaktiken. Ich bin erstaunt, dass Sie mir helfen, Adam. Schließlich bin ich von außen keinen Deut besser als Sage.«
»Oh doch, das sind Sie. Ihre Beweggründe sind absolut verständlich, auch, wenn Sie für die Morde, die Sie begangen ha-

ben, zur Rechenschaft gezogen werden müssen, sobald das alles vorbei ist.«
Pierce schluckte und nickte.
»Das wird wohl oder übel der Fall sein. Aber dazu stehe ich auch. Ich denke, das wird der richtige Weg sein. Ich hoffe nur, dass alles gut gehen wird.«
»Ich werde Ihnen dabei helfen, Ihre Familie wiederzufinden.«
Mit diesen Worten fühlte sich Adam zumindest ein Stück weit besser. Sein Leben hatte nun wieder einen Sinn, er hatte eine Berufung – und zugegebenermaßen kämpften sie eben doch gegen den selben Feind, nur war es dann doch deutlich anders, als Sage es vorhin ausgeführt hatte.

19

Am folgenden Morgen wirkte auf den ersten Blick alles normal. Connie hatte sich in der Nacht im Bett hin und her gewälzt und erst sehr spät Schlaf gefunden. Umso besser schmeckte die Tasse Instantkaffee, die sie sich in der kleinen Küche der Hütte zubereitet hatte. Es gab hier zwar keinen Strom, doch sie hatten einen Gaskocher – und das war alles, was sie jetzt brauchte. Von Sage hatte sie seit seinem Aufbruch am gestrigen Nachmittag nichts gehört, sie hatte allerdings auch nicht damit gerechnet, dass er so schnell wieder zurückkehren würde. Er hatte sich so einiges vorgenommen, und ehrlich gesagt war es ihr nur recht, dass er sich damit viel Zeit ließ. Sie hatte keine Lust, ihn überhaupt wiederzusehen, wusste jedoch, dass dieser Moment unweigerlich kommen würde. *Vielleicht sollte ich mich mal auf eigene Faust ein bisschen auf der Insel umschauen.* Sage hatte ihr zwar verboten, in der Gegend herumzulaufen – doch er war nicht da, und warum sollte sie sich überhaupt irgendetwas vorschreiben lassen? Sie zuckte mit den Schultern. Irgendwie hatte sie am heutigen Morgen Kopfschmerzen, selbst eine Ladung Wasser aus der Regentonne, die sich neben dem Haus befand, half ihr nicht dabei, die Schmerzen zu vertreiben. Sie räumte in der kleinen Hütte noch ein wenig auf, ehe sie etwa eine Stunde später ins Freie trat. Das Bild, welches sich ihr bot, würden viele Menschen als absoluten Traum empfinden – denn was gab es schon schöneres, als am Strand, umgarnt von sommerlich warmer Luft und sanften Wellen, aufzuwachen? Nun, für Connie so ziemlich alle anderen Dinge auf der Welt, dessen war sie sich sicher. Für sie war diese Insel kein Paradies, sondern die Hölle auf Erden. Passend dazu waren die Geräusche aus dem Kanalisationsschacht, der ganz in der Nähe des Waldes lag. Connie versuchte, sie irgendwie zu ignorieren, doch sie waren allgegenwärtig. *Vielleicht bin ich erneut mitschuldig daran, dass Menschen gestorben sind.* Jetzt, wo sie etwas Zeit zum Nachdenken hatte, schien es fast so, als würden sie die Geschehnisse der letzten Tage so langsam überwältigen. *Und wenn ich weiter zuschaue, dann wird es wieder und wieder passieren, bis ihm irgendjemand das Handwerk gelegt hatte.* Sie erinnerte sich nun wieder an die Anfangszeit ihrer Beziehung. Damals waren die Gefühle noch echt gewesen, und im Nachhinein war sie sich sicher, dass sie noch nie zuvor so heftig in jemanden verliebt gewesen war, wie es bei Sage der Fall gewesen war. Doch mit der Zeit hatten sich eben seine dunklen Seiten gezeigt, die Connie anfangs noch ertragen hatte, bis es dann so weit gekommen war, dass er ihr die ganzen Morde gestanden hatte. Da er jedoch von ihr wusste, dass sie sich seit Jahren mit Geldproblemen durchs Leben geschleppt hatte, war sie ein leichtes Opfer für eine einfache Masche gewesen – er hatte ihr regelrecht mit den Scheinen unter der Nase hin und her gewedelt, was bereits dazu ausgereicht hatte, sie sich um den Finger zu wickeln. Fortan hatte sie bei all den Dingen, die er getan hatte, weggeschaut – und sich immer eingeredet, dass es das Richtige sei. Ja, sie hatte sogar fast seine pervers kranke Denkweise angenommen, dass die Insel ein heiliger Ort und eine „Säuberung" ab und an vonnöten sei. In den letzten Wochen waren schon große Zweifel aufgekommen, ehe sich das Blatt schließlich vor zwei Tagen gewendet hatte – mit dem Kennenlernen von Adam und Karen. Connie hatte die beiden am ersten Tag direkt in ihr Herz geschlossen, während Sage nur wieder daran gedacht hatte, seine perversen

Triebe zu befriedigen. Dass er das mittlerweile getan hatte, daran zweifelte sie keine Sekunde. Er würde ihr jedoch nicht direkt davon erzählen, sondern es irgendwann beiläufig erwähnen – er war niemand, der sich mit seinen Taten brüstete, sondern sie viel mehr als notwendig ansah – was definitiv gefährlicher war. *Sie dienen nur einem Zweck, dem Schutz der Insel. Ist schon krass, wie man sich eine kranke Denkweise so einreden kann, dass man sie irgendwann selbst glaubt.* Fakt war auch, dass sie mehr an den Taten von Sage litt, als er selbst. Er war ein abgestumpfter Psychopath, den nichts und niemand aus der Ruhe bringen konnte, und wenn er nicht gerade ein ausgezeichneter Schauspieler war, dann richteten seine Taten nichts mit ihm an. Connie schüttelte den Kopf, während sie sich stets in der Nähe des Strandes aufhielt. Der Wald, der fast eine Art kleiner Dschungel war, wirkte auf sie furchterregend, weshalb sie ihn lieber mied – auch aus dem Grund, dass sie es nicht riskieren wollte, einem der Einheimischen über den Weg zu laufen. Die Geschichten, die sie zu denen gehört hatte, waren fast noch schlimmer als die, die sie von Sage kannte. *Kannibalen. Mörder. Wilde Tiere.* Sie bekam eine Gänsehaut, als sie an die Männer und Frauen dachte. Zu Gesicht bekommen hatte sie in den letzten Jahren noch keinen, das aber auch nur, weil sie deren Terrain strikt gemieden hatte. Zudem war sonst auch immer Sage dabei gewesen, sie hatte sich nie allein draußen herumgetrieben, bis zum heutigen Tage. *Wo will ich eigentlich hin? Nur eine Runde spazieren?* Sie hatte kein Ziel vor Augen, doch es kam ihr einfach unfassbar falsch vor, in der Hütte zu warten, während es draußen zum äußersten kam. Sage hatte kein Geheimnis daraus gemacht, einen Anschlag auf das Gebiet der Einheimischen verüben zu wollen – genauer gesagt hatte er diesen Moment sogar lang und breit geplant und ihn als größten Säuberungsakt, den er je durchführen werde, bezeichnet. Connie hatte das alles zur Kenntnis genommen und abgenickt, zu mehr war sie nicht fähig gewesen. Doch die Zeit war jetzt vorbei, sie musste sich von ihm lösen und eigene Wege beschreiten, auch, wenn das Geld, was er ihr zahlte, der letzte Strohhalm für sie war. *Verdammt, er hat das alles wirklich taktisch klug gemacht. In der Hütte habe ich eben keinen gottverdammten Cent gefunden. Wo versteckt er sein Geld nur?* Sicher war nur, dass es sich irgendwo auf der Insel befand. Sage traute keinen Banken und war auch nicht interessiert daran, seine Daten öffentlich preiszugeben, weshalb er nicht mal ein Konto besaß. In seiner kleinen Wohnung, weit entfernt von der Insel in städtischer Umgebung, versteckte er es ebenfalls nicht, da er dort nur die notwendigsten Dinge besaß und sich kaum innerhalb seiner eigenen vier Wände aufhielt. Connie war nur ein einziges Mal für ein paar Minuten dagewesen, und war sich im Nachhinein sicher, dass sie noch niemals zuvor und auch nicht danach jemals eine solch unpersönliche Bleibe gesehen hatte. Sage bewahrte keine persönlichen Gegenstände auf – weder Fotos noch irgendwelche Dokumente, wo sein Name drauf geschrieben stand. Nicht mal Rechnungen waren mit der täglichen Post hineingekommen – nur Werbebriefe, die mit einer standardmäßigen Ansprache versehen waren und einem immer das Blaue vom Himmel versprachen. Connie schüttelte den Kopf und versuchte, ihre Gedanken in eine andere Richtung zu lenken. Es brachte zumindest zu diesem Zeitpunkt rein gar nichts, der Vergangenheit hinterher zu hängen, sie musste sich vollends auf die Gegenwart konzentrieren. In der Ferne war ein Trawler am Horizont zu sehen, es war das einzige Boot weit und breit und trieb sanft in

den Wellen umher. Eine Person, die von der Insel aus jedoch nur als Kontur zu erkennen war, hatte ein Fischernetz ausgeworfen und war gerade dabei, es wieder einzuholen. Die Sonne brannte schon am frühen Morgen vom Horizont und spiegelte sich auf der Meeresoberfläche. Es roch nach einer Mischung aus Fisch und Salzwasser, ein typischer Geruch, der jedoch am heutigen Morgen etwas ausgeprägter zu sein schien als sonst. Connie wandte ihren Blick wieder ab und richtete ihn nach vorne – wo sie plötzlich etwas entdeckte. Sie blieb ruckartig stehen und taxierte die Frau, die dort auf einmal direkt in der Nähe des Waldes stand, von oben nach unten. Sie trug schmutzige, zerrissene Klamotten und schien zumindest vom Aussehen her eine der Einheimischen zu sein. Auf den ersten Blick wirkte sie jedoch harmlos und alles andere als gefährlich, weshalb Connie weiter auf sie zuschritt. Aus der Ferne sah es so aus, als wäre die Frau verletzt, weshalb Connie ihr Tempo etwas erhöhte. Als sie sich schließlich nur noch ein paar Meter entfernt befand, entdeckte sie Blutspuren im Sand.
»Was ist Ihnen passiert? Sind Sie verletzt?«
Obwohl Connie sich die zweite Frage selbst beantworten konnte, stellte sie diese der Frau – auch, weil sie prüfen wollte, ob selbige sie überhaupt verstand.
»Ich... ich...«
Der Wortschwall, der dann aus der Frau herausströmte, war für Connie absolut unverständlich – aufgrund der Tatsache, dass sie in einer fremden Sprache sprach. Connie kniete sich in den Sand und versuchte, der Frau irgendwie mit Händen und Füßen mitzuteilen, dass sie sie nicht verstand. Ihr Gegenüber wirkte jedoch vollkommen aufgelöst und schien nicht zu verstehen, was Connie ihr mitteilen wollte. Kurz darauf wurde der Ton der Frau

ein wenig aggressiver und fordernder, doch Connie hatte noch immer keine Ahnung, was sie sagen wollte. Sie versuchte unauffällig, die Frau von oben nach unten zu mustern, um ergründen zu können, wo sie verletzt war. In der Bauchgegend wurde sie schließlich fündig, das zerrissene, verdreckte Oberteil war hier dunkelrot verfärbt. *Wie kann ich ihr helfen?* Hilflos blickte Connie sich um, doch in der Nähe gab es nichts, bis auf den Wald und das nahe Wasser. Während sie überlegte, wie sie die Situation verbessern konnte, bemerkte sie gar nicht, wie sich weitere Schritte näherten. Erst, als sich der Mann direkt vor ihr befand und den Bereich mit seinem massigen Körper abdunkelte, blickte sie hinauf und sah ihm direkt in die Augen. Sie schauderte, als sie sein verunstaltetes Gesicht erblickte. Neben einer riesigen Narbe, die quer über seine Stirn verlief, hatte der Mann einen völlig zerstörten Unterkiefer. In seiner rechten Hand trug er einen Stock mit sich herum – den er nur Connie nur wenige Sekunden so fest gegen den Kopf rammte, dass sie noch vor dem Aufprall im Sand das Bewusstsein verloren hatte.

20

Matteo erwachte am Morgen durch das knirschende Geräusch von Nathans Schuhsohlen, die über den sandigen Boden streiften. Es dauerte etwas, bis er sich orientiert hatte. Das Feuer, welches bis tief in die Nacht hinein gebrannt haben musste, war wieder entfacht worden – und es wirkte so, als wäre Nathan schon etwas länger wach. Er hatte ein Frühstück zubereitet, bestehend aus mehreren verschiedenen, aufgespießten Fischen, die er bereits ausgenommen und über der Flamme gegrillt hatte.
»Guten Morgen.«
Nathan lächelte ihn an, und Matteo konnte das nur erwidern.
»Guten Morgen. Wie lange bist du schon wach?«
»Wenn ich eine Uhr hätte, könnte ich es dir auf die Minute genau sagen«, witzelte Nathan.
»Spaß beiseite, ich denke, so seit zwei Stunden. Ich wollte dich nicht wecken, dachte aber, dass es keine schlechte Idee wäre, sich schonmal ums Frühstück zu kümmern.«
Der gegrillte Fisch gab einen Geruch ab, der Matteos Magen augenblicklich knurren ließ.
»Eine verdammt gute Idee. Warst du angeln?«
»Angeln würde ich es nicht nennen, es ist eher eine Methode, die ich mir in den vergangenen Monaten beigebracht habe. Es gehört zwar einiges an Geschick dazu und es hat gedauert, bis ich den Kniff raus hatte – doch mittlerweile brauche ich bloß noch einen Holzspieß und die richtige Stelle im Wasser.«
Matteo war von dem, was sein Freund erzählte, schwer beeindruckt. *Er war ja früher auch schon sehr interessiert an solchen einfachen Dingen. Er scheint ein wahres Naturtalent in dem Be-*

reich zu sein.
»Gut gemacht, ich bin stolz auf dich. Wann sind die Fische denn durchgegrillt?«
»Genau jetzt.«
Nathan reichte ihm einen der beiden Spieße herüber.
»Einen guten Appetit wünsche ich dir.«
»Danke, ich dir auch. Ich bin gespannt.«
Nathan hatte bereits den ersten Bissen genommen und grinste. Matteo zögerte noch etwas, doch sein knurrender Magen gewann schließlich die Oberhand. Er biss in die Mitte des Körpers hinein und kaute auf dem leicht trockenen Fisch herum. Das Fleisch schmeckte recht dürftig, reichte jedoch dazu aus, seinen Magen zu füllen. Nathan hatte seinen Spieß zuerst aufgegessen und nahm danach einen Schluck Wasser aus einer Holzschale, die er sich selbst geschnitzt zu haben schien. Kurz darauf reichte er sie an Matteo weiter, der das Angebot dankend annahm. Während sie weiter vor der Flamme saßen, rückte wieder ein Gedanke bei Matteo in den Vordergrund, den er am Vorabend immer wieder erfolgreich verdrängt hatte. Jetzt war es jedoch an der Zeit, ihn auszusprechen – und er war gespannt, wie Nathan darauf reagieren würde.
»Ich finde es ja wirklich schön, mit dir hier meine Zeit zu verbringen. Du glaubst gar nicht, wie oft ich die letzten Wochen daran gedacht habe... aber denkst du nicht, dass es besser wäre, wenn wir die Insel verlassen würden? Wir befinden uns hier ja noch immer irgendwie in Gefahr.«
Nathan ließ sich einen Augenblick Zeit, ehe er mit dem Kopf schüttelte.
»Ich würde gerne, aber das geht nicht. Darüber haben wir doch gestern schon gesprochen. Wir werden den Rest unseres Leben

hier verbringen müssen.«
»Warum denn?«, fragte Matteo.
Nathan hob den Blick und sah ihn genau an. Für einen Moment war es Matteo möglich, durch die Augen seines Gegenübers ins Innere zu blicken. Doch was dort direkt hinter der Schädeldecke seines Freundes vor sich ging, das mochte er nicht prophezeien.
»Ich habe noch etwas zu erledigen. Es hat mit dem großen Geheimnis der Insel zu tun – und auch mit der Tatsache, warum wir diesen Ort nicht verlassen dürfen.«
Er ließ sich einen Moment Zeit, ehe er weitersprach.
»In der Nähe der Teufelsbucht im rückwärtigen Teil der Insel befindet sich ein Atommüllendlager. Die Strahlung, die der radioaktive Abfall von sich abgibt, ist bereits in all unseren Körpern – ob durch die Luft, durch das Trinkwasser, oder durch das Essen – wir sind alle mit der Strahlung infiziert und dürfen diesen Ort daher nicht verlassen.«
Matteo spürte, wie Nathans Worte dafür sorgten, dass sich sein Magen auf unangenehme Art und Weise zusammenzog.
»Was bedeutet das genau?«
»Dass wir die Strahlen in uns tragen. Du, ich, und alle anderen, die sich hier aufhalten. Wir dürfen sie nicht aufs Festland tragen, aus dem einfachen Grund, dass wir dann sofort erschossen werden.«
»Wie kommst du denn darauf?«
Die Worte, die Nathan sprach, wurden von Satz zu Satz rätselhafter. Matteo versuchte, den Gesprächsfaden nicht zu verlieren, spürte jedoch, wie ihm dieser mehr und mehr entglitt.
»Das alles ist ein geheimes Regierungsprogramm. Von den Leuten, die auf dem Festland leben, wissen nur sehr wenige etwas von den Dingen, die hier vor sich gehen. Es ist ein streng

geschütztes Geheimnis, und genauer gesagt habe ich es auch erst erfahren, als ich eigene Nachforschungen angestellt habe. Da war es jedoch natürlich schon zu spät. Jetzt habe ich mich damit abgefunden - ich hoffe, du schaffst das auch noch.«
Matteo schwirrte der Kopf. Einerseits konnte er sich gut vorstellen, den Rest seines Lebens auf der Insel zu verbringen - auf dem Festland hatte er keine Bekannten, keine Familie, nichts. In seinem Leben gab es nur noch Nathan, und wenn es darum ging, ihn zu verlassen oder nicht, so würde seine Entscheidung recht schnell feststehen.
»Wir schaffen das zusammen. Aber zunächst müssen wir sichergehen, dass wir nicht in Gefahr sind.«
»Genau das ist das Thema, was ich noch ansprechen wollte«, nahm Nathan den Gesprächsfaden wieder auf.
»Momentan sind wir auf einem Großteil des Gebietes nicht sicher. Das könnte sich allerdings verändern, wenn wir die Gefahren aufeinander zulaufen lassen, so, dass sich unsere Risiken gegenseitig minimieren.«
»Über was sprichst du?«
Erneut fiel es Matteo schwer, Nathan zu folgen. Dieser sorgte jedoch mit seinen nächsten Worten dafür, dass sich der Nebel in seinem Kopf zumindest etwas lichtete.
»Es gibt da ein paar Dinge, die uns bedrohen. Da wären zum einen die Einheimischen, die jeden, der nicht zu ihnen gehört, als potenziellen Todfeind sehen.«
Er nahm einen Bissen Fisch vom Spieß, ließ sich mit dem Kauen Zeit und sprach weiter, als er heruntergeschluckt und zuvor zwei Gräten aus der Masse herausgepult hatte.
»Und zum anderen hat die radioaktive Strahlung an der ein oder anderen Stelle sichtbare Spuren hinterlassen. Ich spreche da

zum Beispiel über die Kanalisation. Frag mich nicht, wie das zustande gekommen ist, doch dort unten hat sich etwas entwickelt, was sich nie hätte entwickeln dürfen. Mein Gedanke ist, dass wir hier Pest und Cholera haben - was, wenn wir beide aufeinander los hetzen und das Ergebnis abwarten? Eine Gefahr wird sich dadurch vermutlich selbst eliminieren, und bei der anderen setzen wir den entscheidenden Schlag.«

Nathan klang fest entschlossen. Eigentlich wollte Matteo etwas gegen das Gesagte einwenden, da er das Gefühl hatte, dass Nathan sich das alles ein wenig zu einfach vorstellte. Stattdessen stellte er jedoch eine andere, für ihn in diesem Moment interessantere Frage.

»Was hat sich denn da unten entwickelt? Über was sprechen wir da?«

»Über Monster«, murmelte Nathan.

»Sie sehen aus wie eine Kreuzung zwischen Mensch und Echse und haben messerscharfe Reißzähne. Niemand weiß, wie genau sie entstanden sind, und es ist nur eine reine Vermutung, dass die radioaktive Strahlung ihre Anteile daran hat. Viel konnte ich durch das Gitter des Kanalisationsschachtes nicht sehen, aber glaub mir, sie sind wirklich sehr gefährlich.«

»Bringen wir uns dann nicht auch in Gefahr, wenn wir sie freilassen wollen? Immerhin müssen wir dazu ja nah an sie heran.«

»Ja, da hast du recht. Aber ich denke, dass wir dieses Risiko eingehen müssen.«

Nathan schien von seiner Idee absolut überzeugt zu sein, und auch Matteo glaubte, dass das potenziell gar kein schlechter Ansatz war. Das Ganze wirkte allerdings nicht zu einhundert Prozent durchdacht, weshalb er dem noch ein wenig skeptisch gegenüberstand. Er versuchte allerdings, das vor Nathan zu verbergen. Tief in seinem Inneren wollte er ihm vertrauen, weshalb er das schließlich auch tat.

»Dann lass uns das tun.«

Der letzte Bissen Fisch schmeckte am besten – Matteo fühlte sich nun satt und war bereit, in den Tag zu starten. Er warf den Spieß ins Feuer und sah der Flamme dabei zu, wie sie sich über das Holz hermachte und es nach und nach verschlang. Er ließ seinen Blick schwenken und sah zu Nathan herüber. Und für einen Moment wirkte es so, als würde das Feuer auf ihn übergreifen. Seine Pupillen schienen auf eine ganz besondere, irgendwie aber auch besorgniserregende Art und Weise zu leuchten.

Es war dunkel und kalt. Mehr Worte fielen Stacy nicht ein, um das, was um sie herum war, zu beschreiben. Sie waren zwar nah beieinander, doch irgendwie machte das nicht mehr wirklich viel aus. In den letzten Tagen war die Körperwärme ein entscheidender Faktor gewesen, doch diese schien nun nicht mehr so stark vorhanden zu sein. In dem unterirdischen Verlies war es komplett still, von außen war kein einziges Geräusch zu hören. Das Einzige, was Stacy wusste, war, dass sie auf dieser verfluchten Insel festsaßen – dieser Mann, der sich ihnen gegenüber nicht kenntlich gezeigt hatte, hatte sie entführt und hier hin verschleppt. *Oh Gott, Levin. Bitte komme uns holen.* Joyce hatte schon seit Stunden kein Wort mehr von sich gegeben, und allein dieser Umstand bereitete Stacy enorme Sorgen. An normalen Tagen war sie immer ein lebensfrohes, plauderndes Mädchen gewesen – doch jetzt war sie nur noch ein Schatten ihrer selbst. Es musste schon mindestens zwei Tage her gewesen sein, dass der unbekannte Mann sie das letzte Mal versorgt hatte. Es hatte einen widerwärtigen, braunen Brei gegeben, der einzig und al-

lein dem Zweck gedient hatte, ihre Mägen zu füllen. Da Stacy noch nicht bereit gewesen war, zu sterben, hatte sie sich hingegeben – und es war schwer genug gewesen, dass Essen nicht direkt wieder auszukotzen. Am liebsten hätte sie es ihrem Entführer ins Gesicht gespuckt, doch damit hätte sie wohl nur den Zorn des Mannes auf sich gezogen, und da sie nicht wusste, wozu er wirklich fähig sein konnte, hatte sie es gelassen.
»Mom, wann kommen wir hier raus?«
Joyce Worte zerschnitten die Stille, die sich über das Verlies gelegt hatte. Der Ton, in dem sie diese aussprach, bereitete Stacy Magenschmerzen. In ihrer Stimme war keinerlei Hoffnung mehr vorhanden, sie klang geschwächt und so, als hätte sie keine Kräfte mehr.
»Ich weiß es nicht, Schatz. Wir müssen noch eine Weile durchhalten. Dad kommt und wird uns befreien.«
Dass Levin irgendwo in der Nähe sein konnte – ja, das war die einzige Hoffnung, die sie momentan hatte. Auch, wenn es absolut unwahrscheinlich war, dass er überhaupt wusste, wo sie sich befanden, so musste sie den Gedanken daran aufrechterhalten, um nicht vollständig die Hoffnung zu verlieren. Doch die Stimmen in ihrem Kopf, die in den letzten Tagen immer lauter geworden waren, sagten ihr etwas anderes. Dinge, die sie nicht hören wollte, mit denen sie sich aber zwangsläufig beschäftigen musste. *Wir werden hier unten elendig verrotten, wenn er nicht wiederkommt. Wir sind wohl oder übel auf diesen Psychopathen, der uns hier festhält, angewiesen.* Nervös rutschte sie einen halben Meter nach hinten, bis sich ihr Rücken wieder direkt an den kalten Mauersteinen befand. Sie hatte Kopfschmerzen und wünschte sich nichts sehnlicher als ein Glas Wasser, wusste jedoch auch, dass ihr dieser Wunsch zunächst verwehrt bleiben

würde. *Oh Gott, Levin, bitte. Hol uns aus diesem Loch hier raus.* Sie schickte ein stilles Gebet in Richtung Himmel – und hoffte, dass irgendjemand dort draußen den Impuls verspüren und ihnen zur Hilfe eilen würde. Dass die Chance darauf jedoch verschwindend gering war, trieb sie eine Sekunde später wieder an den Rande des Wahnsinns.

Nach dem recht kurzen Gespräch mit Officer Pierce und der Gewissheit, doch nicht komplett allein dazustehen und jemanden zu haben, der für dasselbe kämpfte, war Adam auch bereits eingeschlafen. Der Tag hatte ihn doch ziemlich geschafft – und in dem Moment, in dem er am Boden liegend seinen Blick auf die Höhlendecke gerichtet hatte, waren die Schmerzen, die er am Tage erlitten hatte, wie eine Welle über ihm zusammengebrochen. Er hatte zunächst das Gefühl gehabt, laut aufschreien zu müssen, doch nachdem er sich kräftig auf die Zunge gebissen hatte, war das auch wieder verschwunden. Er hatte damit jedoch etwas übertrieben – der Geschmack des Blutes in seinem Mund war widerwärtig gewesen, und irgendwann war es ihm dann gelungen, in einen traumlosen Schlaf zu gleiten, der erst wieder unterbrochen wurde, als ihn Pierce aufgeweckt hatte. Da Sage sich in der Nähe befand, verlor der Mann kein Wort über das, worüber sie in der Nacht gesprochen hatte. Doch für Adam war es auch nicht wirklich nötig, das noch weiter zu besprechen – die Chance, Sage in den Rücken zu fallen, würde sich wahrscheinlich irgendwann ergeben. Und falls nicht, so mussten sie den Schein so lange aufrechterhalten, bis sie ihn in die Ecke gedrängt hatten. Wichtig war einzig und allein, dass sie nichts überstürzten und klug vorgingen, doch in Anbetracht dessen, dass Pierce ein erfahrener Officer war, ging Adam davon aus, dass dieser schon wissen würde, was er tat. Zum Frühstück aßen sie trockenes Brot, welches Sage am Feuer an sie verteilte. Wo er es her hatte, wusste Adam nicht, doch das war ihm eigentlich auch total egal. Sie besprachen am Feuer das gemeinsame Vorgehen, und einigten sich darauf, das Dynamit, über dessen Standort Pierce bestens Bescheid wusste, zu nutzen. Der Weg dorthin war zwar mit Hindernissen versehen, doch auch diese hatte Pierce im vergangenen Jahr genauestens ausgekundschaftet. Mithilfe einer Zeichnung im Sand versuchte der Officer, das darzustellen, was ihnen bevorstand. Adam versuchte, seine volle Konzentration auf das, was der Mann erzählte, zu lenken – doch er konnte ihm nicht richtig folgen. Seine Gedanken schweiften immer wieder in verschiedenste Richtungen ab, und er hatte keine Kraft dazu, sie zu kontrollieren. Um zumindest wieder etwas den Fokus zu gewinnen, trank er einen Schluck Wasser und schüttete sich den Rest, der sich danach noch in der Feldflasche befand, übers Gesicht. Dafür erntete er von Sage einen missmutigen Blick, doch das war ihm in diesem Moment egal. *Wenn du wüsstest, dass wir die Falle um dich herum gerade so schön aufbauen, dass du nur noch hineintappen musst, damit wir dich ausgebremst haben...* Adam brannte es unter den Fingern, dem Psychopathen ins Gesicht zu schlagen – dafür, dass er seine Frau und viele andere Menschen auf dem Gewissen hatte. Er konnte seine Wut jedoch gerade so noch kontrollieren. *Scheißegal, er wird seine gerechte Strafe noch bekommen. Jetzt muss ich erstmal auf meinen eigenen Arsch aufpassen, wenn ich nicht als gebratenes Fleisch auf einem Spieß oder mit einer Kugel im Kopf enden möchte.* Das ganze Vorgehen war ein schmaler Grat, ja, eine Art Drahtseilakt – doch es war das einzig Richtige in dieser Situation.

»Wir müssen sie einkesseln, weshalb es wichtig ist, dass wir uns trennen. Seid ihr mit der Planung der verschiedenen Wege einverstanden? So umgehen wir die Fallen, von denen sie wirklich einige aufgestellt haben, und treffen uns an der Dynamitgrube.«
»Ein verdammt guter Plan, ich bin begeistert. Also, wir treffen uns dort, schnappen uns die Stangen, und verteilen sie rundherum. Doch wo genau? Wir brauchen einen guten Plan, um die Wichser in die Luft zu jagen«, meinte Sage.
»Darüber will ich ja jetzt sprechen. Also, wir verteilen uns dann großflächig um das Lager herum, und legen das Dynamit an markanten Stellen ab, an denen die Explosionen aufeinander übergreifen. So schaffen wir es dann, ein Inferno anzurichten, ohne uns selbst in die Luft zu sprengen. Vorsicht ist hier allerdings das größte Gebot.«
Die Geschichte, die er mir erzählt hat, weist immer mehr Lücken auf, dachte Adam. *Er hat doch gesagt, dass er das Dynamit zumindest teilweise genutzt hat. Das stellt sich nun wohl als Lüge heraus.* Im Nachhinein konnte er das, was ihm der Mann am gestrigen Nachmittag im Café erzählt hatte, wohl kaum für bare Münze nehmen. Doch das war jetzt auch nicht mehr so wichtig, sie hatten eine gemeinsame Mission – und würden erst die Einheimischen bekämpfen, ehe sie sich Sage zuwenden würden. Adam empfand dem Officer gegenüber zwar keinerlei Sympathie, doch er war ein Verbündeter, das hatte sich in der Nacht herausgestellt. Er stellte das auch absolut nicht in Frage – was für einen Sinn würde es denn ergeben, wenn der Officer ihn in Bezug auf seine Familie angelogen hätte? Kurze Zeit später verließen sie die Höhle bereits und machten sich auf den Weg. Sage hatte Pierce die komplette Kontrolle über das Vorgehen überlassen und hielt sich selbst in der Mitte, während Adam

den Schluss bildete. Pierce führte sie in den Dschungel hinein. Er trug keine Karte bei sich, es wirkte jedoch so, als hätte er eine – er musste kein einziges Mal überlegen und führte sie in immer wechselnde Richtungen durch das Dickicht hindurch.

»Wir haben das Lager bald erreicht. Oder besser gesagt die Stelle, an der sie das Dynamit, manchmal auch unbewacht, aufbewahren.«

Adam sah, wie Sage sich den Worten von Pierce folgend an den Gürtel griff, wo er seine Pistole aufbewahrte.

»Und falls das nicht der Fall sein sollte, dann werde ich dem Wichser, der sich uns in den Weg stellt, das Hirn wegblasen.«

21

Kurz, nachdem sie ihre Zeit noch am Feuer verbracht hatten, hatten sich Matteo und Nathan bereits auf den Weg gemacht. Matteo hatte den passiven Part eingenommen und hielt sich dicht an Nathan, der sie sicher durch den Dschungel geleitete. Er verlor dabei kein einziges Wort und ging enorm fokussiert vor. Matteo war allerdings auch nicht wirklich zu einem längeren Gespräch aufgelegt, weshalb er seinerseits auch keins begann. Die Anspannung lag in der Luft – ob das an den radioaktiven Strahlen lag, die sich in jedem Molekül auf der gesamten Insel befinden mussten, oder an der verzwickten Situation – das konnte Matteo nicht einschätzen. Sicher war er sich jedoch bei der Tatsache, dass er so etwas zuvor noch nie erlebt hatte. Mit jedem Schritt wuchs auch ein Stück weit die Angst in seinem Inneren – ein Gefühl, welches er bei Nathan zumindest von außen nicht erkennen konnte. Doch sein Freund war schon immer so gewesen, es war sehr selten vorgekommen, dass er anderen gegenüber seine Gefühle gezeigt hatte. Nur in den Momenten, in denen sie zu zweit waren, hatte er sich geöffnet, doch davon war jetzt keine Spur zu sehen. *Vermutlich ist er durch das Leben auf der Insel auf eine gewisse Art und Weise abgestumpft. Er hat sich hier lange alleine durchschlagen müssen und wird einiges erlebt haben.* Matteo zog seinen Kopf ein, um einen herunterhängenden Ast leichter passieren zu können. An selbigem entdeckte er ein Spinnennetz mit einer großen Spinne. Er schauderte und wandte sich ab. Generell hatte er keine Angst vor den für manche furchterregenden Achtbeinern, doch ein Tier dieser Art mit einer solchen Größe hatte er noch nie zuvor gesehen, dessen war er sich sicher. In Venezuela, an dem Ort, an dem er aufgewachsen war, hatte es solche Spinnen zwar auch gegeben, doch zu Gesicht war ihm keine davon jemals gekommen. Er hatte gemeinsam mit seiner Familie in einer Art Slum gelebt, doch er wollte jetzt nicht an die Zeit denken – denn Gedanken an die Vergangenheit würden ihm zu diesem Zeitpunkt eher bremsen als weiterbringen. Zudem war vieles davon schon so lange her, dass er sich nicht mehr daran erinnern konnte. Er musste sein Tempo etwas erhöhen, um mit Nathan Schritt halten zu können, der die Hindernisse des Waldes mit Bravour meisterte und über keinen Baumstumpf, Ast oder Stock stolperte. Matteo schaffte es irgendwie, zu ihm aufzuholen, und war erleichtert, als sie den Wald kurze Zeit später bereits wieder verlassen hatten. Sie befanden sich nun wieder in der Nähe des Strandes. Das Meerwasser wirkte am heutigen Morgen unruhig, zudem war es windiger als am gestrigen Tage. In der Ferne konnte Matteo eine kleine Hütte erkennen – und kurz davor den angesprochenen Kanalisationsschacht. Er bekam eine Gänsehaut, als er sah, wie sich der Deckel immer wieder nach oben und unten bewegte. Dass das definitiv nicht am Wind lag, obwohl selbiger dafür durchaus in Frage kommen konnte, war Matteo bewusst.

»Begib du dich gleich in Deckung. Wenn wir uns in der Hütte verstecken, sind wir sicher. Ich werde den Deckel gleich öffnen. Warte drinnen auf mich.«

Matteo wollte erst etwas entgegnen, ließ es dann jedoch sein – er würde Nathan nicht umstimmen können, dazu kannte er ihn einfach zu gut. Stattdessen hoffte er einfach, dass alles gut gehen würde. Sie passierten den Kanalisationsdeckel und schritten zunächst auf die Hütte zu. Nathan zögerte nicht lange, schob den Riegel zurück und drehte die richtige Kombination ins Zahlenschloss.

»Woher wusstest du den Code?«, fragte Matteo, kurz, nachdem sie ins Innere eingetreten waren.

»Ich bin bereits sehr lange hier. Ich habe zwar Wochen gebraucht, um das Schloss zu öffnen, aber hey, es hat geklappt. Lustigerweise handelt es sich bei der Kombination 9986 um eine der letzten, die ich ausprobiert habe. Aber was solls.«

Er zuckte mit den Schultern und grinste, ehe er sich abwandte.

»Ich bin gleich wieder bei dir.«

»Pass auf dich auf.«

Matteo legte Nathan eine Hand auf die Schulter, woraufhin dieser noch einen Moment lang innehielt.

»Klar, du kennst mich doch. Ich komme zurecht. Bis gleich.«

Nathan verließ die Hütte und Matteo blieb im Türrahmen stehen, um das zu beobachten, was sein Freund vor hatte. Er bückte sich zum Kanalisationsschacht hinunter und griff nach dem Vorhängeschloss, welches an einer Öse mit dem Deckel verbunden war und es den Kreaturen, die dort unten hausten, unmöglich machte, ihn zu heben. Sofort ging ein Raunen durch die Kanalisation, ehe die Geräusche von Sekunde zu Sekunde schlimmer wurden. Matteo musste sich die Ohren zuhalten, er konnte die schrecklichen Klänge nicht ertragen. Nathan hingegen ging akribisch und entspannt vor, kramte einen Schlüssel aus seiner Hosentasche und öffnete vorsichtig das Schloss. *Wo hat er den denn schon wieder her?* Der Deckel hob sich langsam, ehe auch schon die erste Kralle hervorschoss. Nathan schaffte es jedoch gerade noch, zurückzuweichen. Dabei verlor er allerdings sein Gleichgewicht und landete auf dem Hosenboden. Die erste Kreatur hatte es derweil schon geschafft, sich aus

dem unterirdischen Gefängnis zu befreien. Und den Anblick, den das Monster abgab, ließ Matteo schaudern. Die Beschreibung, die Nathan ihm zuvor gegeben hatte, war noch wohlwollend gewesen – in Realität waren die Wesen, bei denen es sich um eine hybride Mischung aus Mensch und Echse mit messerscharfen Zähnen handelte, noch viel schlimmer. Da Matteo sah, dass Nathan sich in Gefahr befand, verließ er seinen Platz im Türrahmen und hechtete nach vorne. Der weiche Sand bremste sein Vorankommen etwas, doch ein paar Meter später wurde der Boden bereits etwas härter und ebener.
»Komm schon, steh auf!«
Er streckte Nathan seine Hand entgegen und schaffte es gerade noch rechtzeitig, ihn von der Stelle zu ziehen. Die Pranke der Kreatur schlug nach ihm, traf jedoch nur ins Leere.
»Hast du dich verletzt?«, fragte Matteo, während sie beide in Richtung der Hütte liefen.
»Nein, ich bin nur auf den Hintern gefallen«, murmelte Nathan.
»Danke, dass du mir geholfen hast – aber eigentlich solltest du in der Hütte bleiben.«
»Ich hätte dich einfach so den Kreaturen überlassen sollen? Keine Chance, man.«
»Das war doch viel zu gefährlich. Ich wäre schon klargekommen.«
»Sie hätten dich in Stücke gerissen, verdammt. Und das kann ich doch nicht einfach so zulassen!«
Kurze Zeit später hatten sie die Hütte wieder erreicht. Da keines der Echsenwesen die Verfolgung aufgenommen hatte, konnten sie die Tür in aller Ruhe schließen und durch ein kleines Fenster von drinnen verfolgen, wie es weiterging.
»Und ich kann nicht zulassen, dass dir etwas passiert.«

Nathan rückte etwas näher an ihn heran und drückte ihm einen Kuss auf den Mund. Matteo war mit der Situation etwas überfordert – der Ärger und die Wut verschwanden jedoch in dem Moment, in dem sich ihre Lippen für kurze Zeit aufeinander befanden.

»Danke, dass du mich gerettet hast, aber das hätte auch ins Auge gehen können.«

Matteo beließ es dabei und nickte. Er wollte nicht sauer auf Nathan sein, sondern weiterhin die Zeit genießen, die sie miteinander verbrachten. Das Fenster, durch welches sie nun die Geschehnisse am Strand beobachteten, war bloß so groß, dass sie eng aneinander stehend nach draußen blicken konnten. Die Füße der Hybridwesen waren schon fast überproportional groß und hinterließen dreieckige Abdrücke im Sand. Matteo zählte zehn, die nacheinander den Schacht verließen und eine bestimmte Richtung anzusteuern schienen – den Wald. Sie warteten noch einen Moment, doch es tat sich nichts mehr, weshalb sie wieder ins Freie traten.

»Genau so sollte es funktionieren. Verdammt, dass das direkt klappt, ist der Wahnsinn.«

»Was hast du vorbereitet?«

Matteo konnte sich Nathans plötzliche Euphorie nicht erklären.

»Ich habe in letzter Zeit gelernt, dass sie verdammt blutrünstig sind. Bei einer Erkundungstour vor ein paar Wochen bin ich dann auf eine Leichengrube gestoßen. Meine Güte, es ist mir wirklich nicht leichtgefallen, aber ich habe ein bisschen was mitgenommen und nach unten geworfen. Du kannst dir gar nicht vorstellen, wie diese Viecher darauf reagiert haben. Daraus habe ich dann meine Schlüsse gezogen. Da sie sich sofort geregt haben, wenn sich auch nur ein Mensch in der Nähe be-

fand, bin ich davon ausgegangen, dass sie eine sehr feine Nase haben. Ich habe direkt am Anfang des Waldes ein paar Leichenteile verstreut – gut versteckt, damit die Einheimischen nicht darauf stoßen, aber auch nicht zu gut, sodass der Geruch existent bleibt. Und wie wir sehen, hat es sich gelohnt.«
»Du hast wirklich eine dunkle Seite an dir«, murmelte Matteo, der von dem, was Nathan gerade erzählt hatte, etwas erschlagen wurde.
»Ich habe das nur gemacht, um zu überleben. Das ist doch klar, oder?«
Matteo nickte, obwohl er da nicht zu einhundert Prozent zustimmte. *Es ist schon was ganz anderes, nur die eigene Haut retten zu wollen, oder aber einen brutal vernichtenden Schlag gegen die Gegner setzen zu wollen.* Tief in seinem Inneren versuchte er, Nathan verstehen zu können – und schaffte das auch irgendwie. Während er seinen Blick zu Boden in Richtung des Sandes gesenkt hatte, hatte er gar nicht mitbekommen, dass noch eine weitere, etwas kleinere Kreatur aus dem Kanalisationsschacht gekrochen gekommen war. Nathan beobachtete das Ganze eine Weile, ehe er Matteo zurück in die Realität holte.
»Lass uns in die Hütte, wer weiß, wie viele von den Dingern hier noch rumlaufen.«
Ganz allein stellte das Hybridwesen zwar keine Gefahr aus, doch es war dennoch allemal besser, sich in Sicherheit zu begeben. Nathan verriegelte die Tür, als sie sich im Inneren befanden. Im Gegensatz zu den anderen Wesen, die alle bereits im Wald verschwunden waren, war dieses nicht an den Körperteilen im Wald interessiert – oder aber es hatte keine so gute Nase wie die anderen. Jedenfalls bewegte es sich genau auf die Hütte

zu, und Matteo spürte, wie er langsam in Panik geriet.
»Was sollen wir machen? Es steuert direkt auf uns zu.«
»Keine Sorge, ich erledige das. Wenn es hier an etwas definitiv nicht mangelt, dann sind das Waffen. Schau mal.«
Matteo drehte sich um und blickte in den angrenzenden Raum, den Nathan in der Zwischenzeit betreten hatte. Das Licht, welches durch das kleine Fenster ins Innere fiel, war zwar recht schwach, doch es reichte immerhin dazu aus, erahnen zu können, was sich dort befand. Der Nebenraum wirkte fast wie der Schrein eines Massenmörders, und Matteo bekam beim Anblick der vielen Waffen eine Gänsehaut. *Wer macht denn sowas? Das ist ja der Wahnsinn.*
»Bist du dem Eigentümer der Hütte begegnet?«
»Oh ja, ihm und noch einem weiteren. Wirkte fast wie ein Polizist auf mich, doch sicher war ich mir da nicht. Ich habe die beiden aber nur kurz gesehen und mich dann aus dem Staub gemacht – allerdings in einer Situation, in der sie vermutlich dachten, dass ich gestorben wäre. Es geschah alles in einem viel zu überhasteten Kampf gegen die Einheimischen, der noch bevor er wirklich angefangen hatte verloren worden war.«
Ein Polizist? In Matteos Innerem schrillten plötzlich alle Alarmglocken. *Das muss der sein, der mit Adam unterwegs ist. Sie sind hier auf der Insel... eventuell sogar mit dem Mann, dem diese Waffen hier gehören?* Fragen über Fragen, und Matteo hätte sich extrem darüber gefreut, wenn wenigstens mal eine Antwort dazugekommen wäre. Doch er musste zumindest für den Moment damit leben, dass die Situation erstmal so bleiben würde. Das Hybridwesen hatte derweil die Tür erreicht und versuchte, ins Innere zu gelangen. Der Riegel, den Nathan von Innen vorgeschoben hatte, hinderte es jedoch daran, sein Ziel zu

erreichen. Die Krallen schlugen gegen das Holz und auch gegen das Fenster. Das Glas gab nicht nach, doch wie lange würde es den Hieben der Kreatur noch standhalten können?
»Lass mich mal bitte durch.«
Während Matteo sich aufgrund der drohenden Gefahr am Rande eines Nervenzusammenbruches befand, war Nathan die Ruhe selbst. Er bahnte sich bis kurz vors Fenster, und richtete dann die kleine Pistole, die er sich geschnappt hatte, auf das Hybridwesen. Kurz, bevor er den Abzug betätigte, schloss er die Augen – und der Knall, der kurz darauf folgte und eine Mischung von berstendem Glas, abgefeuerter Kugel und getroffenem Ziel darstellte, war im Inneren der Hütte so ohrenbetäubend laut, dass Matteo das Gefühl hatte, sein Trommelfell würde platzen.

22

Der Weg durch den Dschungel stellte ein niemals enden wollendes Labyrinth dar, und nachdem sie sich an dem abgemachten Punkt getrennt hatten, ohne noch ein weiteres Wort über das geplante Vorgehen zu verlieren, fühlte Adam sich unwohl. Obwohl er sich eigentlich in der Gegenwart eines Massenmörders nie hätte wohlfühlen dürfen, so hatte der Mann eine Waffe besessen, was einen gewissen Schutz dargestellt hatte, den er jetzt nicht hatte. Nun musste er gleich doppelt auf der Hut sein, und sollte es zu einem Kampf mit einer oder mehreren Personen kommen, wäre er aufgrund seiner erlittenen Verletzungen hoffnungslos unterlegen. Selbige machten sich nun wieder langsam bemerkbar und hatten sich nur Sekunden später zu einem Punkt gesteigert, der es ihm unmöglich machte, seinen Weg fortzusetzen. Er setzte sich auf einen Baumstamm in der Nähe und atmete tief durch. Obwohl es am heutigen Tage gar nicht mal so heiß war, sondern sogar etwas kühler - immerhin hatte sich der Himmel zugezogen und ein leichter Wind war aufgekommen - war er schweißgebadet. Er versuchte, sich mit seinem T-Shirt den Schweißfilm von der Stirn zu wischen, doch selbst das war schon so durchgeschwitzt, dass er damit kaum Erfolg hatte. *Meine Güte, was stimmt denn mit mir nicht?* Er konnte sich absolut nicht erklären, warum sein Körper plötzlich so verrückt spielte. Noch dazu mischte sich das Gefühl der Übelkeit, und bevor er überhaupt irgendetwas dagegen tun konnte, hatte er sich bereits auf die Hose gekotzt. Adam versuchte, den nächsten Strahl, der sich bereits anbahnte, kontrolliert in die andere Richtung zu lenken, drehte sich weg und erbrach sich ins Dickicht.

Viel kam jedoch nicht heraus - immerhin hatte er die letzten Stunden ja auch nicht so viel zu sich genommen. *Liegt das etwa schon an der Strahlung? Ist sie aufs Trinkwasser übergegangen und hat es verseucht? Heilige Scheiße.* Die aufgestoßene Magensäure brannte dermaßen in seinem Hals, er hustete, doch das Gefühl wollte einfach nicht verschwinden. *Ich muss mich beeilen, sonst geht der ganze Plan schief, nur, weil ich mich hier vollgekotzt habe. Warum auch immer.* Die Übelkeit war zwar nun etwas abgeebbt, doch das Gefühl der Abgeschlagenheit und seine anderen Schmerzen waren dafür stärker als je zuvor. Liebend gerne hätte Adam etwas getrunken, da er das Wasser jedoch als Ursache für das plötzliche Erbrechen nahm, ließ er die Finger davon. Stattdessen zog er sich auf die Beine und versuchte, seinen Weg mehr oder weniger fit fortzusetzen. Er fühlte sich wie ein Häufchen Elend, doch die Gedanken in seinem Inneren trieben ihn dazu, nicht aufzugeben, sondern weiterzumachen - auch, wenn es die reinste Tortur war.

Officer Levin Pierce war froh, als endlich der Punkt gekommen war, an dem sich ihre Wege voneinander getrennt hatten. Jede vergehende Sekunde hatte das Unwohlsein in seinem Inneren gesteigert - gemeinsam mit einem Psychopathen, der noch dazu bis an die Zähne bewaffnet war, durch den Dschungel zu laufen, war vielleicht nicht das Beste, was man in so einer heiklen Situation tun konnte. Immerhin bestand nun die Möglichkeit, dass sie gar nicht mehr aufeinandertreffen würden - denn bei der Planung der Route war ihm ein „Fehler" unterlaufen, der Sage doch geradewegs in eine Falle führen würde. Pierce hatte zwar schon einiges während seiner Laufbahn erlebt, doch einen solchen Mann noch nie, dessen war er sich sicher. Nach außen hin konnte er fast schon freundlich und umgänglich sein - während sich sein Charakter dann, wenn man ihn kennengelernt hatte, von seiner dunklen Seite präsentierte. *Was für eine abgrundtief schwarze Seele.* Mit einem mulmigen Gefühl im Bauch schritt er durch den Teil des Waldes, den er für sich auserkoren hatte - eine Route, die absolut ungefährlich war, aber zu einem wichtigen Knotenpunkt führte. Damit oblag ihm die wichtigste Aufgabe von allen, doch da er sich selbst auch am meisten traute, war es für ihn gar nicht in Frage gekommen, sie an einen der beiden anderen abzugeben - schon gar nicht an Sage. Ihm hatte er den Weg gegeben, der zwangsläufig in einer Falle der Einheimischen endete. *So schlagen sich zwei Fliegen mit einer Klatsche. Bitte, lass es einfach klappen.* Der dritte Weg, nun ja, war auch zeitgleich der unwichtigste. Er hätte Adam auch direkt ins Gesicht sagen können, dass sie ihn bei der Planung nicht brauchen würden, doch das hätte Misstrauen bei Sage erweckt. *Er muss einfach seiner Aufgabe nachkommen und als lebendiger Köder enden. Dann ist für mich der Weg zur Dynamitgrube frei.* Die Falle würde Sage überleben - und das war auch zwingend notwendig, damit Pierce aus ihm die Infos herausbekommen können würde, die er dringend benötigte - Informationen, die mit dem Verbleib seiner Familie zu tun hatten. Plötzlich mischte sich ein untypisches Geräusch in die Szenerie des Waldes – eines, welches sich vom Knacken der Stöcker und dem Rascheln der Blätter abhob und daher seine Aufmerksamkeit direkt in Beschlag genommen hatte. Er drehte sich um - und als er erkannte, was sich dort hinter ihm befand, musste er laut aufschreien.

Auch, wenn er sich nicht ganz so wohl dabei fühlte, die Kontrolle vollends an Pierce abgegeben zu haben, schlug Sage sich durch den Dschungel und folgte stur dem Weg, den der Officer ihm vorgegeben hatte. Es fiel ihm hierbei nicht schwer, die Orientierung zu behalten - er kannte die Insel wie seine Westentasche und war über die meisten, versteckten Wege gut informiert. Zu diesen zählte der, den er nun beschritt, jedoch nicht dazu. Doch die Route war recht leicht zu merken gewesen, er musste überwiegend geradeaus und nur an einigen wenigen Stellen, die allesamt markante Dinge besaßen, die direkt ins Auge fielen - sei es eine Markierung an einem Baum oder eine Lichtung - die Richtung ändern. Die Moskitos, die in der Luft herumschwirrten, hatten ihn jedoch bereits nach wenigen Sekunden wahnsinnig gemacht. Wie von Sinnen schlug er nach jedem einzelnen Blutsauger, der es sich auf seiner Haut bequem gemacht hatte, und ärgerte sich in diesem Moment über so eine simple Sache wie sein kurzärmeliges, verdrecktes T-Shirt. Der Staub vom Höhlenboden hatte sich im Stoff festgesetzt und ließ sich so einfach auch nicht mehr herausbekommen. *Schon verrückt, ich schlafe freiwillig in einer Höhle, obwohl ich eine Hütte mit einem Bett besitze, in der sich Connie hoffentlich noch immer aufhält.* Er beschloss, am Abend des heutigen Tages ebenjene Hütte aufzusuchen und ihn gemeinsam mit Connie ausklingen zu lassen. Vielleicht würde er dafür sogar die Flasche Wein aus dem Jahr 1960 öffnen, die er noch in einem der Schränke verstaut hatte. Er hatte sich zwar geschworen, diesen edlen Tropfen nur im Falle eines ganz besonderen Erfolges anzurühren - doch war der endgültige Sieg gegen die Einheimischen nicht einer dieser Sorte? Sage schüttelte den Kopf und versuchte, die Gedanken an die Zukunft zu vertreiben. Jetzt kam es erst einmal darauf an, für den Erfolg zu arbeiten - eine Sache, die er sehr oft getan hatte, und die auch sehr oft schon Früchte getragen hatte. *Was bringt es schon, immer über etwas zu reden, es aber nie in Angriff zu nehmen? Genau genommen rein gar nichts.* Aus diesen Worten schöpfte er neue Kraft und erhöhte das Tempo seiner Schritte nochmal. Geplant war, dass sie sich an der Dynamitgrube treffen und die Stangen dann im Wald an markanten Stellen verteilen würden. Sage erinnerte sich an das letzte Mal zurück, dass sie sich so etwas vorgenommen hatten - und das war ganz und gar nicht gut ausgegangen, schon bevor sie den ersten Stein hatten werfen wollen, waren sie von den Einheimischen eingekesselt gewesen. Dieses Mal würde das sicherlich nicht so kommen, Pierce war ein grandioser Officer und würde sich einen Kopf darüber gemacht haben, dass das nicht nochmal passieren würde. *Immerhin habe ich ihn mir ja auch gewissermaßen um den Finger gewickelt. Wenn er wissen möchte, wo ich seine Frau und seine Tochter versteckt habe, muss er behutsam vorgehen.* Sage grinste in sich hinein, verzog seine Mundwinkel dabei jedoch nicht. *Damit ist mir wirklich ein verdammt guter Clou gelungen. Dafür kann ich mir nur selber auf die Schulter klopfen.* Sorglos schritt er also durch den Wald, den Blick stets nach vorne, oben, unten, rechts oder links gerichtet. *Ständig auf der Hut zu sein ist besser, als sich im Nachhinein über einen unvorsichtigen Moment zu ärgern.* Fuß vor Fuß, Schritt für Schritt wagte er sich über das immer dichter werdende Geäst. *Seltsam. Was ist das nur für ein Trampelpfad? Kein Wunder, dass ich so eine Stelle bisher noch nicht kenne.* So langsam kam ein mulmiges Gefühl in ihm auf, welches er jedoch mit einem raschen Kopfschütteln vertreiben konnte. Plötzlich vernahm er ein leises Rascheln. Einer Intuition folgend drehte er sich um und hielt seinen Blick für den Bruchteil einer Sekunde nach hinten gerichtet - was ihm direkt zum Verhängnis wurde. Sein nächster Schritt mündete darin, dass er das Gleichgewicht verlor - und zwar kurz, nachdem er auf ein Seil getreten war und so eine Kettenreaktion ausgelöst hatte. Er konnte seinen Kopf zwar noch einziehen, was verhinderte, dass ihn der erste Mechanismus erwischte - der zweite jedoch, der sich auf dem Boden befand und vermutlich der Absicherung diente, zog sich so stramm zusammen, dass sein Körper brutal in die Höhe gerissen wurde.

In dem Moment, in dem das Glas in Folge des heftigen Schusses zerbarst, hatte die Kugel bereits ein großes Loch in den Kopf des Hybridwesens gerissen. Dunkles Blut sickerte in den Sand, und nach ein paar letzten Zuckungen war das Wesen endgültig verendet. Matteo nutzte den Moment, um die Gefahr, die sie gerade gebannt hatten, genauer zu untersuchen. Als er sich näher an das Wesen heranwagte, rümpfte er die Nase. Der Geruch, den die Kreatur ausstrahlte, war mehr als abscheulich und kam fast dem eines fortgeschrittenen Verwesungsprozesses gleich. Matteo wandte sich schnell wieder ab, doch der kurze Moment gepaart mit dem Anblick, den das tote Wesen abgab, hatte dazu gereicht, seinen Magen rebellieren zu lassen. Er schaffte es jedoch, nicht die Beherrschung über sich selbst zu verlieren, und warf Nathan einen kurzen Blick zu.
»Was ist das nur für ein Ding?«
»Irgendeine Missbildung, die die radioaktive Strahlung geschaffen hat. Jetzt, wo ich es genau sehe, bin ich mir da absolut sicher.«
Matteo spürte ein paar Sekunden später plötzlich Nathans Hand auf seiner Schulter und drehte sich um.
»Mehr müssen wir dazu doch nicht wissen, oder? Lass uns rein-

gehen.«
»Okay, du hast ja recht. Lass uns den toten Körper aber vorher in den Schacht werfen.«
»Einverstanden.«
Gemeinsam trugen sie den Körper über den Strand, bis sie den Kanalisationsschacht erreicht hatten. Da das Wesen eine geringere Körpergröße aufwies als die anderen, war es auch nicht besonders schwer. Generell waren die Hybride von recht magerer Statur, was wohl darauf zurückzuführen war, dass sie dort unten im Kanalisationsschacht keine Nahrung hatten. *Vermutlich sind die, die es rausgeschafft haben, nur die Überbleibsel, die stärksten, die sich dann von den anderen ernährt haben.* Matteo versuchte, das Gefühl aufkommenden Ekels abzuschütteln und konzentrierte sich darauf, mit den Füßen des Wesens in der Hand nicht zu stolpern. Kurz darauf hatten sie den Schacht bereits erreicht und sich der Last entledigt. Als Matteo einen lauten Knall und das Geräusch gebrochener Knochen darauffolgend vernahm, atmete er erleichtert auf.
»Was sollen wir jetzt tun? Warten?«, fragte er.
»Ja, warten ist das Beste. Ich habe da auch die perfekte Begleitung für. Komm mit.«
Matteo folgte seinem Freund zurück in die Hütte. Bevor das Fenster zerstört worden war, war es in dem Verschlag unfassbar stickig gewesen. Das hatte sich mittlerweile geändert, durch die eingeschlagene Scheibe blies ein kühler Windzug vom Strand aus hinein. Nathan öffnete die oberste Schublade einer kleinen Kommode, die so wirkte, als würde sie bei der kleinsten Bewegung auseinanderfallen. Im Inneren befand sich nur eine Glasflasche mit goldbraunem Inhalt.
»Whiskey?«, fragte Matteo verblüfft.

»Whiskey«, entgegnete Nathan knapp, drehte den Schraubverschluss der Flasche ab, setzte sie sich an den Mund und reichte sie kurz darauf auch an Matteo weiter. Er nahm nur einen kleinen Schluck, spuckte die Ladung jedoch wieder aus, bevor er auch herunterschluckte.
»Was ist das denn für ein Zeug? Das brennt dir ja die Augen weg.«
Nathan lachte auf. Obwohl Matteo nur ganz wenig von dem Whiskey geschluckt hatte, hatte die Flüssigkeit eine brennende Spur in seiner Kehle hinterlassen, die sich selbst durch Husten nicht vertreiben ließ. So hatte er sich sein erstes Mal Alkohol trinken nicht vorgestellt - und er war sich in diesem Moment sicher, dass er seine Finger in Zukunft von dem Teufelszeug lassen würde.
»Stell dich doch nicht so an. Das ist doch ganz harmlos.«
Ehe Matteo etwas entgegen konnte, kam ein Geräusch auf. Zunächst konnte er es nicht lokalisieren - als es jedoch noch ein zweites Mal aufgetaucht war, war ihm klar, dass dort jemand gegen die Tür der Hütte geklopft hatte.

Kämpfe dagegen an. Kämpfe dagegen an! Du hast dein Ziel fast erreicht. Du musst nur der Route folgen. Adam versuchte irgendwie, sich bei Sinnen zu halten, doch das fiel ihm mit jedem Schritt schwerer. Seine Beine fühlten sich schwer wie Blei an, zudem war da noch immer das Übelkeitsgefühl und die Magenprobleme, wenn auch in schwächerer Form als zuvor. Sein Blickfeld verschwamm etwas, was ihm das Vorankommen noch mehr erschwerte. Schon bald wurde der Weg jedoch etwas einfacher - dem Kreuz am Baum nach zu urteilen, hatte er sein Ziel erreicht. Ja, so hatte Pierce den Ort beschrieben, an dem sie sich treffen würden, doch sowohl von ihm als auch von Sage war keine Spur zu sehen, wobei letzteres auch nicht wirklich verwunderlich war. Schließlich war es oberstes Ziel gewesen, den Psychopathen aus dem Weg zu räumen, was scheinbar gelungen war. Doch wo war Officer Pierce abgeblieben? Adam blieb noch ein paar Sekunden stehen, ehe er sich dazu entschied, sich auf den weichen, moosbewachsenen Boden zu setzen und sich an den Baumstamm zu lehnen. Zu seinem leichten Unwohlsein fing nun auch noch die Welt um ihn herum an, sich in jede erdenkliche Richtung zu drehen. In dem Moment, in dem er oben nicht mehr von unten unterscheiden konnte und spürte, wie ihm die Galle erneut im Hals aufstieg, schloss er die Augen ganz fest und schickte ein stummes Gebet in den Himmel - in der Hoffnung, erhört und geheilt zu werden.

23

Officer Levin Pierce konnte seinen Gegner zwar rechtzeitig sehen – etwas ausrichten konnte er gegen dieses furchtbare Hybridwesen, welches sich schneller, als er gucken konnte, in seinem Arm festgebissen hatte, jedoch nicht. Er spürte, wie ihm die rechte Schulter brutal vom Körper gerissen wurde. Er wollte sich verteidigen, doch dazu war er nicht mehr in der Lage – der Schmerz machte es ihm unmöglich, überhaupt in irgendeiner Art und Weise zu reagieren. Das Wesen, welches ihn verstümmelt hatte, hatte sich bereits über seinen Arm hergemacht und sich zurückgezogen – die Gegner, die ihn jedoch weiterhin attackierten, waren zahlenmäßig deutlich überlegen. Er schaffte es, mit seiner noch vorhandenen Hand einen Schlag gegen eines der Hybridwesen zu setzen – doch die Bewegung, die er dabei ausführte, ließ ihn aufgrund seines fehlenden Armes das Gleichgewicht verlieren. Er schrie auf, als er auf den Boden fiel. Blut lief aus verschiedenen Wunden über seinen gesamten Körper. Als er seinen Blick hob, sah er, dass ein anderes Wesen seinen abgerissenen Fuß samt Schuh im Maul hatte. Den Schmerz hatte er bisher nicht gespürt, der, der den Ursprung in seiner Schulter hatte, hatte alles andere überlagert. Die Kreaturen rochen wie der personalisierte Tod – und Pierce spürte, wie ihm langsam die Sinne schwanden. *Wenn du jetzt das Bewusstsein verlierst, stirbst du.* Doch selbst das war in diesem Moment allemal besser als diese furchtbaren, nicht zu ertragenden Schmerzen. Ein paar Sekunden später hatte eines der Wesen seine messerscharfen Reißzähne in seiner Wange versenkt – und das letzte, was Pierce spürte, war, wie sein Mundraum mit einer großen

Ladung Blut geflutet wurde, welche ihm bereits nach wenigen Sekunden die Luft zum Atmen genommen hatte.

Was soll diese Scheiße denn? Sage versuchte, sich aus der Apparatur, die ihn in der Luft hielt, zu befreien, doch er kam gegen die Falle nicht an, in der er gefangen war. Sie ähnelte vom Aufbau her einem Käfig, nur mit dem Unterschied, dass es keine Gitterstäbe aus Metall, sondern Streben aus Drahtseil waren. Sie befanden sich allerdings so eng beieinander, dass er nicht einmal seine Hand in den Spalt stecken konnte. *Verdammt, verdammt, verdammt. Levin.* Sage spürte plötzlich einen solch intensiven Hass in sich aufsteigen, den er so bisher noch nicht gekannt hatte. Seine Augen fingen an zu Tränen und sein Blickfeld verschwamm langsam. *Ich werde diesem Wichser den Kopf und jede einzelne Gliedmaße nach und nach abreißen, ehe ich ihm seine eigene Haut über den Kopf ziehe. Der soll mir nochmal in die Nähe kommen.* Auch, wenn er erkannte, dass er sich in einer aussichtslosen Situation befand, so wusste er auch, dass er noch einen Trumpf im Ärmel hatte. *Seine Familie. Oh, ich mag mir gar nicht ausmalen, was ich mit den beiden anstellen werde. Oder doch?* Zunächst musste er sich allerdings darauf konzentrieren, einen Weg aus dieser verzwickten Situation zu finden. Er versuchte, anstelle seiner Hände seine Füße einzusetzen, doch auch mit denen war es ihm nicht möglich, sich einen Freiraum zu schaffen, der es ihm ermöglichen würde, näher an den Baumstamm zu gelangen, an dem das Drahtseil befestigt war. *Wer hat diese Falle gebaut? Etwa Pierce selbst? Den Einheimischen würde ich das nicht zutrauen. Die haben doch nur Scheiße im Hirn.* Sage schüttelte den Kopf. *Vertraue niemandem außer dir selbst.* Der Spruch, der für ihn in den letzten Jahren fast zu einer Weisheit geworden war und ihn lange geprägt hatte, hatte nun wieder einmal seine Richtigkeit bewiesen. *Tausendmal macht man es richtig, doch wehe, man setzt ein einziges Mal einen falschen Schritt. Dann landet man gleich in einer Falle.* Die Situation war durchaus todkomisch, doch Sage war nicht zum Lachen zumute. Ein paar Momente später waren plötzlich Geräusche aufgekommen, die mit jeder vergehenden Sekunde näherkamen. Er ließ seinen Blick schwenken, konnte jedoch zunächst nichts entdecken. Das Rascheln verriet ihm, dass die Geräusche ihren Ursprung in den naheliegenden Büschen hatten – und kurze Zeit später zeigte sich auch bereits der Grund dafür. *Verdammt, wie ist das denn passiert?* Sage bekam eine Gänsehaut, als er die Wesen sah, die er immer mal wieder durch den Deckel des Kanalisationsschachtes erblickt hatte. *Wer zum Teufel hat das Schloss geöffnet?* Die Situation kam ihm immer merkwürdiger vor, nichts passte mehr wirklich zusammen. Ein größeres Hybridwesen trug etwas im Maul – als Sage den Gegenstand näher betrachtete, sah er, dass es sich um einen Wanderschuh handelte. *Ist das der von Levin? Himmel.* Er war sich relativ sicher, dass es sich bei dem Schuh um einen der beiden handelte, die Officer Pierce getragen hatte. Das Blut, welches dem Wesen am gesamten Körper klebte, deutete darauf hin, dass der Mann kein gutes Ende genommen hatte. *Er scheint seine gerechte Strafe schon bekommen zu haben – aber wie zur Hölle komme ich jetzt aus dieser gottverdammten Falle heraus?* Die Wesen hatten ihn bereits entdeckt – und obwohl er sich etwa zwei Meter über dem Boden befand, war er für die Hybride nicht außer Reichweite. So langsam stieg ihm die Panik zu Kopf, was ihn dazu veranlasste, einen neuerlichen Versuch zu starten, sich zu befreien. Er versuchte, sein gesamtes Körpergewicht in die Richtung des Baumstammes zu verlagern, doch damit bewirkte er nur, dass sich das Drahtseil ein wenig verbog – reißen konnte er es mit dieser Bewegung nicht. Doch das war immerhin schon etwas, was ihm Mut verschaffte. Er wiederholte den Vorgang mehrere Male, warf sich wie von Sinnen immer wieder in die Richtung des Baumstammes, bis er nicht mehr konnte und in seinem Seilkäfig zusammensackte. Sein Herz schlug wie ein Presslufthammer in seiner Brust und seine Hände waren schweißnass. *Okay, bleib ruhig. Sie können dir nichts tun, wenn du hier oben bleibst. Zudem… du hast doch noch immer deine Waffe!* Sage war so dankbar über den plötzlichen Einfall, der einer göttlichen Eingebung gleichkam. Er fasste sich an die bereits vertraute Stelle am Gürtel - und spürte, wie es ihm kalt den Rücken hinunterlief, als er ins Leere griff. Als er dann seinen Blick schwenkte und die Handfeuerwaffe direkt unter sich auf dem Waldboden entdeckte, schrie er so laut und verzweifelt auf, dass seine Stimme noch tief innerhalb des Dschungels widerhallte.

Nathan drehte den Schraubverschluss wieder auf den Hals der Whiskeyflasche, ehe er Matteo einen kurzen Blick zuwarf.
»Wer könnte das sein?«
Matteo zuckte mit den Schultern. Wenn es sich bei demjenigen, der vor der Tür stand, nicht entweder um Adam oder einen dieser anderen beiden Männer handelte, dann wusste er nicht, wer in Frage kommen konnte. Nathan richtete den Abzug seiner Waffe auf die Tür, ehe er aufstand und sich langsamen Schrittes in die Richtung des Geräusches wagte. Er warf einen kurzen Blick aus dem zerstörten Fenster, doch von dem Punkt aus war bis auf die Blutspuren im Sand, für die sie ja verantwortlich ge-

wesen waren, nichts zu sehen. Er entriegelte die Tür und schob sie ein Stück weit auf. Matteo versuchte, einen Blick auf denjenigen zu erhaschen, der sich nun im Spalt zeigen würde - und schaffte das auch. *Was...?* In seinem Kopf tauchten in diesem Moment mehr Fragezeichen auf als vorher. Direkt vor ihnen befand sich ein kleines Mädchen - es war schätzungsweise acht bis zehn Jahre alt und hatte goldblonde, lange Haare.
»Wer bist du denn?«, fragte Nathan und trat einen Schritt zur Seite.
»Und wo sind deine Eltern?«
Das Mädchen wirkte so, als würde es absolut neben sich stehen. Es nutzte den Freiraum, den Nathan ihm gegeben hatte, um einzutreten, und setzte sich kurz darauf auf den Holzboden.
»Ich bin Joyce. Und… meine Mom ist weg. Wir wurden auf der Flucht voneinander getrennt. Sie meinte, ich soll weglaufen…«
Joyce schluchzte laut und Matteo sah, dass sich mehrere Tränen ihren Weg aus ihren Augen über die Wangen gebahnt hatten.
»Und Dad… er wollte uns holen, aber er ist einfach nicht aufgetaucht.«
Nun hatte sie endgültig den Kampf gegen die Beherrschung verloren und fing an, hemmungslos zu weinen. Während Matteo mit der Situation komplett überfordert war, nahm Nathan ebenfalls am Boden Platz und legte seinen Arm um die Schultern des Mädchens. Die Geste schien ihre Wirkung nicht zu verfehlen - Joyce wurde augenblicklich etwas ruhiger.
»Hier bei uns bist du sicher. Von wo bist du denn hergekommen? Aus dem Dschungel?«
Joyce hob ihren Kopf und schüttelte ihn kurz darauf vehement.
Für einen Moment konnte Matteo in ihre glasigen Augen blicken. Er vermochte sich nicht vorzustellen, was das Mädchen

in den letzten Stunden oder Tagen erlebt hatte. Ihre Aussagen hatten darauf hingedeutet, dass sie sich bereits seit längerer Zeit auf dieser Insel aufhielt.
»Nein. Wir haben plötzlich ganz viele Geräusche gehört und haben dann gesehen, wie diese… Monster… an dem Gefängnis, in dem wir uns befanden, vorbeigelaufen sind. Vorher haben wir sie immer nur mal gehört und uns auch deswegen nicht getraut, die Zelle zu verlassen. Doch irgendwann sind sie nicht wiedergekommen, weshalb wir es geschafft haben.«
Erst jetzt bemerkte Matteo den Geruch, den das Mädchen ausstrahlte, und rümpfte die Nase. *Sie haben sich, genau wie die Hybridwesen, dort unten, in der Kanalisation befunden.*
»Und wo ist deine Mom jetzt?«, fragte Nathan.
»Da war noch eines der Monster in den Gängen. Es hatte sich in der Dunkelheit versteckt und uns aufgelauert. Ich konnte nicht hinsehen… Mom meinte nur, ich soll weglaufen.«
Joyce stand davor, erneut zu hyperventilieren, und Matteo überlegte fieberhaft, wie er etwas an der Situation ändern können würde. Nathan strich ihr derweil sanft über den Rücken und versuchte, sie zu beruhigen. Dass es um ihre Mutter schlecht stehen würde, wenn das, was sie erzählt hatte, wirklich stimmte, war von der Hand abzulesen. Währenddessen hatten sich draußen die ersten Tropfen ihren Weg aus den Wolken in Richtung Boden gebahnt. Kurz darauf war ein wahrer Platzregen entstanden, die Tropfen prasselten auf das Wellblechdach der Hütte und hatten sich rasch vermehrt. Schon bald tobte draußen ein regelrechtes Inferno. Blitze zuckten am Himmel und Donner mischte sich in regelmäßigen Abständen in das Potpourri aus Geräuschen.
»Ich werde nach deiner Mutter schauen. Wenn sie auf Hilfe an-

gewiesen ist, werde ich sie retten.«
Matteo spürte, wie bei dem, was Nathan sagte, alle Alarmglocken in seinem Inneren läuteten. Er erhob sich vom Boden, zuckte jedoch zusammen, als sich die Schusswunde in seiner Schulter wieder bemerkbar machte. Er hatte sie in der Zwischenzeit schlichtweg vergessen, da die Impulse, die sie an sein Schmerzzentrum gesendet hatte, in den letzten Stunden schwächer geworden waren. Die Bewegung nun hatte ihm jedoch ganz und gar nicht gutgetan, und er spürte, wie er das Gleichgewicht verlor und auf dem harten Holzboden landete.
»Ich komme mit dir«, murmelte er und streckte Nathan seine Hand entgegen.
Dieser half ihm zwar dabei, auf die Füße zu kommen, sagte aber:
»Nein, du bist absolut nicht in der Lage, einen Kampf aufzunehmen, wenn es darauf ankommt. Ich bin fit und unverletzt. Du musst hier bei Joyce bleiben und ihr Beistand leisten.«
»Du… du kannst aber nicht gehen. Es ist zu gefährlich dort unten.«
»Oh, ich bin mir sicher, dass ich es schaffen werde. Vertrau mir, bisher hat das doch auch super geklappt.«
Ja, verdammt, aber bisher war das eine absolut andere Situation. Matteo sah Nathan verzweifelt an. In den Augen seines Freundes erkannte er, dass er seinen Entschluss bereits gefällt hatte - und sich definitiv nicht mehr davon abbringen lassen würde.
»Pass aber bitte wenigstens auf dich auf«, murmelte Matteo und gab sich in der Diskussion geschlagen.
»Wie immer.«
Für einen Moment befanden sich ihre Gesichter wieder ganz

nah beieinander. Erneut war es Nathan, der einen Schritt nach vorne trat und seine Lippen auf die von Matteo legte. Dieses Mal dauerte der Moment deutlich länger als zuvor, und Matteo kostete jede Sekunde davon voll aus.
»Bis gleich.«
Bevor Nathan die Hütte verließ, schnappte er sich ein kleines, handliches Jagdmesser von der Wand und verstaute die Pistole in seiner Tasche. Matteo blickte ihm durch das zerstörte Fenster hinterher, und sah zu, wie er sich mit jedem Schritt weiter von der Hütte in die Richtung des Kanalisationsschachtes entfernte. Der Himmel hatte sich in der Zwischenzeit komplett zugezogen, es goss weiterhin wie aus Kübeln. Als Nathan den Schachtdeckel, der in der Zwischenzeit zugefallen war, hochhob, quoll ihm eine grüne, schleimige Masse entgegen, die sich schnell im Sand verteilt hatte. Nathan zögerte nicht lange und steckte seinen Finger hinein, um das, was dort aus der Kanalisation gekommen war, näher zu betrachten. Matteo konnte nur sehen, wie sein Freund die Nase rümpfte, ehe er sich daran machte, die Leiterstufen, die an der Wand des Schachtes befestigt waren, zum Abstieg nach unten zu nutzen. Schon bald war er komplett in der Dunkelheit verschwunden – und Matteo blieb es nur, zu hoffen, dass alles gutgehen würde.

24

Du musst da jetzt durch, Junge. Nathan musste sich ein Stück weit überwinden, ehe er den letzten Schritt tat und seinen Fuß auf dem Boden des Kanalisationsschachtes absetzte. Die Wände waren über und über mit dem grünen Schleim durchzogen, der aufgrund des Regens an die Oberfläche gequollen war. Er roch wirklich absolut abartig, doch Nathan versuchte, das irgendwie auszublenden. Davon würde er sich ganz gewiss nicht abbringen lassen, das stand mal fest. *Du hast so vieles hier auf der Insel erlebt, da ist dieses bisschen abartiger Schleim gar nichts gegen.* Es gab nur einen Weg, den er gehen konnte, um sich tiefer ins Innere hervorzuwagen, also trat er ihn an. Der Gang wurde etwas schmaler, war jedoch noch immer problemlos passierbar. Ohne Licht fühlte er sich komplett schutzlos, er musste sich blind durch die Dunkelheit tasten, da sogar das kleine bisschen Helligkeit, welches zuvor von oben gekommen war, ausgeschöpft war. Es regnete noch immer in Strömen, und seine Kleidung klebte ihm bereits wie eine zweite Haut am Körper. Er war komplett durchgenässt und spürte, wie er sich mit jedem Schritt etwas tiefer ins Wasser hineinwagte. Ob es sich dabei nur um Wasser oder auch um Fäkalien handelte, wusste er nicht, doch es war ihm auch egal. *Irgendwo hier muss die Zelle sein, von der Joyce gesprochen hat. Und dann muss sich ihre Mutter auch in der Nähe befinden.* Gestärkt von dem Gedanken, ein Ziel vor Augen zu haben, erhöhte er sein Tempo etwas. Jeder einzelne Schritt sorgte dafür, dass das Wasser auf seinen Körper spritzte. Vom Gefühl her war es aber nicht *nur* Wasser, sondern eine Mischung aus dem grünen Schleim und

anderen, ekelerregenden Dingen, die sich über Jahre in der Kanalisation festgesetzt hatten. Es dauerte ein paar Minuten, bis Nathan eine Stelle erreicht hatte, an der sich die Umgebung etwas verändert hatte. Die Wände des Schachtes waren wieder auseinandergerückt – war das ein Zeichen dafür, dass er sein Ziel erreicht hatte? In diesem Moment wünschte er sich nichts sehnlicher als eine Taschenlampe, doch die besaß er nun einmal nicht. Seines Wissens nach gab es auch keine in der Hütte, in der Matteo und Joyce gerade auf ihn warteten. Generell waren Waffen und Alkohol so ziemlich das Einzige, was er dort entdeckt hatte. *Was für ein kranker Typ dort wohl hausen muss. Vermutlich ein Mörder.* Der Geruch nach Fäkalien und Abfall war an der Stelle, an der er sich gerade befand, am intensivsten. Er war sogar so beißend, dass seine Augen zu Tränen begannen.
»Hallo? Ist da jemand?«
Da er bisher auf niemanden gestoßen war, versuchte er es auf die laute Tour. Doch bis auf das beständige, leise Prasseln der Regentropfen gab es keine Geräusche. Niemand antwortete ihm, es herrschte eine fast beängstigende Stille. Er strich also weiter über die Wände zu seiner Linken und Rechten und spürte kurz darauf, wie sich der Untergrund veränderte. *Das sind Gitterstäbe. Ganz klar!* Sein Herz begann aufgrund der plötzlichen und unerwarteten Entdeckung schneller zu schlagen. Er zwang sich jedoch dazu, ruhig zu bleiben und nicht unvorsichtig zu werden. Die Metallstäbe fühlten sich kalt an, und ein paar Zentimeter weiter hatte er den dazugehörigen Türgriff gefunden. Die Zelle ließ sich problemlos öffnen, und aus dem Inneren schien tatsächlich ein ganz schwaches Licht zu kommen. *Ein Bewegungsmelder?*, fragte Nathan sich. Die Lampe war relativ plötzlich angegangen und machte es ihm nun möglich, zumin-

dest ein bisschen von dem zu sehen, was sich um ihn herum befand. Der Schacht mutete wie eine Höhle an. Die Wände bestanden aus rauem Stein und der Boden war wirklich über und über mit Schlamm und Dreck bedeckt. Nathan senkte seinen Blick nach unten und versuchte, irgendwelche Spuren zu finden. Das Wasser hatte jedoch bereits alles verwaschen, es gab nichts, was ihm an Ort und Stelle weiterhelfen konnte. *Verdammt. Allerdings weiß ich jetzt zumindest, dass ich nicht weiter ins Innere, sondern eher zurückgehen muss. Vielleicht habe ich ja eine Nische übersehen.* Gute Neuigkeiten waren das nicht – denn wenn Joyces Mutter noch am Leben sein sollte, hätte sie sich irgendwie bemerkbar machen müssen. Nathan verkrampfte seine Hand um den Holzgriff des Jagdmessers, welches er bei sich trug. Er musste stets auf der Hut und doppelt vorsichtig sein, da er mit der Dunkelheit noch einen weiteren, unsichtbaren Feind hatte, den er als solches nicht bekämpfen konnte – zumindest nicht mit den Mitteln, die ihm in diesem Moment zur Verfügung standen. Er hatte sich etwa eine Minute nicht von der Stelle bewegt, was zur Folge hatte, dass die kleine Kellerlampe ausging. Nathan ging einen Schritt zurück, um wieder in das Reaktionsfeld des Bewegungsmelders zu gelangen. Den Moment, in dem der Weg vor ihm nun zumindest etwas erhellt war, nutzte er dazu, einige Meter zurückzulegen. Die Dunkelheit kam dann jedoch wieder schneller, als es ihm lieb war, weshalb er wieder etwas langsamer wurde. *Plitsch. Platsch. Plitsch. Platsch.* Das Geräusch der Wassertropfen hatte sich schon bald in eine monotone Abfolge zweier Klänge entwickelt. Nathan spürte, wie sich der Schlamm in seinen Schuhen festsetzte – jeder Schritt fühlte sich schwerer an, doch aufgeben kam absolut nicht in Frage. Kurze Zeit später drang dann ein anderes Ge-

räusch an seine Ohren. Es hob sich eindeutig von den Tropfen ab, weshalb es ihm direkt auffiel. Es kam direkt aus der Richtung, in die er ging, und wurde mit jedem Schritt lauter.
»Wer ist da? Hallo?«, rief Nathan in die Dunkelheit hinein, erhielt jedoch keine Antwort.
Nun fing er erneut zu zittern an – obwohl er seiner Nervosität keinen Freiraum geben wollte, geschah das von ganz allein, er war völlig machtlos und konnte nichts gegen das aufkeimende Gefühl tun. Deshalb akzeptierte er es einfach und nahm sich vor, sich lieber einmal häufiger zu vergewissern und vor jedem Schritt größte Vorsicht walten zu lassen. Zu seiner Linken spürte er plötzlich, wie sich die Wand für etwa einen Meter auftat. Er stockte kurz, ging auf die Knie und blickte in die Nische hinein. Der Geruch, der aus der Öffnung drang, war noch abartiger als der, der ohnehin durch den Kanalisationsschacht waberte. Nathan hielt einen Moment lang inne und versuchte, sein Gehör auf das Geräusch zu richten, welches er zuvor vernommen hatte. Er musste etwa eine Minute warten, bis es erneut erklang – aus der Richtung, aus der er es bereits vermutet hatte. Doch da war nicht nur dieses Geräusch, welches unbeschreiblich war und ihm eine Gänsehaut verschaffte. *Was zur Hölle...* Nathan spürte, wie ihm sein Herz bis zur Brust schlug, es fühlte sich sogar fast so an, als würde es ihm jeden Moment herausspringen, wenn er nicht genau aufpasste. *Ist das etwa ein Hilferuf?* Er war sich relativ sicher, dass er das entscheidende Wort gehört hatte – ein Ruf, mit dem Menschen ihre Not bekundeten und sich dadurch Beistand erhofften. Fünf Buchstaben, dennoch markant und unverwechselbar – vor allem in dem Moment, in dem das Wort erneut erklang.
»Hilfe.«

Nun war Nathan sich sicher, dass er sich ganz gewiss nicht verhört hatte. Es kostete ihn etwas Überwindung, sich in den engen, gerade mal körperbreiten Schacht zu quetschen. Der Boden und auch die Wände des rohrförmigen Ganges waren über und über mit stinkendem Schleim bedeckt, Nathan nahm sich vor, durch den Mund zu atmen, doch der Gestank war so beißend, dass ihm das nicht gelang. *Los, weiter. Du schaffst das, Junge!* Es war stockdunkel, Nathan musste sich einzig und allein auf seine Hände verlassen. Doch sein Tastsinn war schon seit jeher recht ausgeprägt, das hatte er in der Vergangenheit schon öfter bemerkt gehabt. Dementsprechend war das Vertrauen in die eigenen Fähigkeiten durchaus vorhanden, weshalb er sich weiter nach vorne wagte. Er robbte über den Boden, und spürte, wie sich der Dreck mehr und mehr in dem Stoff seines T-Shirts und auf seiner Haut festsetzte. In dem Moment, in dem er mit seinem Kopf gegen die Decke des engen Schachtes stieß, spürte er, dass sich die Röhre etwas verändert hatte. Er biss die Zähne zusammen und versuchte, dem Schmerz keinesfalls Einhalt zu gebieten. Ihm wurde für einen kurzen Moment schwarz vor Augen, doch da sich dieses Schwarz nicht von der stockfinsteren Umgebung abhob, tat das seiner Mission keinen Abbruch. Der Stoß war allerdings ziemlich heftig gewesen, es fühlte sich an, als würde er unter der Schädeldecke bluten – was absolut kein gutes Zeichen wäre. *Scheißegal, alles scheißegal... denk da einfach nicht dran, verdammte Scheiße!*
»Ist da jemand?«
Die Stimme, die den Hilferuf abgegeben hatte, schien nun gemerkt zu haben, dass Nathan sich die Mühe gemacht hatte, dem nachzugehen. Entsprechend erleichtert darüber, dass seine Mission nicht umsonst war, antwortete er:

»Ja, ich bin gleich da.«
»Pass auf... sie sind in der Dunkelheit unsichtbar und greifen direkt an, wenn sie dich riechen. Ich habe es am eigenen Leib erfahren.«
Nathan überging den Rat der Person, die eindeutig eine weibliche Stimme hatte, und stellte seinerseits eine Frage, die ihm im Kopf herumgeschwirrt war, seit er seinen Kopf in den übelriechenden Schacht gesteckt hatte.
»Gibt es noch einen anderen Ausgang?«
»Hier nicht, nein. Ich komme hier nicht raus. Es ist hier und wird mich angreifen, sobald ich mich aus meinem Versteck wage.«
Nathan griff nach seinem Jagdmesser. Obwohl er sich nicht in einer Position befand, in der er in der Lage war, effektiv zuzustechen, fühlte er sich mit dem Holzheft in der Hand einfach sicherer. Zudem war die Klinge durchaus ziemlich scharf – was ihm die Möglichkeit verschaffen würde, einen Nahkampf für sich zu entscheiden, wenn er einen kühlen Kopf bewahren und klug vorgehen würde. Schon bald spürte er, wie der Freiraum um seinen Körper herum wieder etwas größer wurde. Er konnte sich sogar aufrichten, tat das jedoch vorsichtig, um sich nicht wieder an der Decke zu stoßen. Diese befand sich nun allerdings etwa eine Armlänge über seinem Kopf, weshalb er sich etwas entspannte. In dem Moment, in dem er tief durchatmen wollte, spürte er, wie er brutal von den Beinen gerissen wurde. Die Attacke des Hybridwesens war aus dem absoluten Nichts gekommen – sie hatte sich weder durch Schritt- oder sonstige Geräusche, noch durch den Geruch oder etwas anderes angedeutet. Nathan rutschte auf dem schleimigen Boden weg und knallte auf den harten Stein. Er stöhnte auf, als ihm ein stechender

Schmerz durch den Rücken fuhr. Im Fallen schaffte er es jedoch irgendwie, seine Arme rechtzeitig hochzureißen und das Hybridwesen so etwas auf Distanz zu sich zu halten. Das Messer hielt er noch immer in seiner Faust, er hatte es tatsächlich geschafft, es auch während des Sturzes bei sich zu behalten. Euphorisiert von diesem glücklichen Zufall erkämpfte Nathan sich einen minimalen Freiraum, der jedoch bereits dazu ausreichte, in diesem Kampf die Oberhand zu gewinnen. Er stieß das Wesen von sich und zog sich mithilfe der Wand auf die Beine. Der raue Untergrund schabte über seine Handflächen und riss sie an einigen Stellen auch auf, doch das kurzzeitige Brennen, welches nach ein paar Sekunden wieder verschwunden war, interessierte Nathan gar nicht. Durch seine Blutlaufbahn schoss in diesem Moment eine so große Menge an Adrenalin, dass er nicht mal mehr seine Stoßwunde am Kopf spürte. Er konnte seinen Gegner in der Dunkelheit zwar nicht sehen, doch die Geräusche, die er von sich gab, reichten zumindest dazu aus, um die grobe Richtung erahnen zu können. Der erste Hieb von Nathan landete in der Leere, doch der zweite fand schließlich sein Ziel. Es war allerdings die linke Hand, und somit nicht die, in der er das Messer trug. Doch sein Fausthieb bewirkte zumindest schonmal, dass er sich seinen Gegner, der kurz davor gewesen war, einen erneuten Angriffsversuch zu starten, vom Hals hielt. Der Kampf war ziemlich zermürbend – Hauptgrund dafür war natürlich die Dunkelheit, die sich für Nathan als Nachteil und für das Hybridwesen als Vorteil herauskristallisiert hatte. Das Wesen schien über eine ausgeprägte Nachtsicht zu verfügen, was das Vorgehen im Allgemeinen ziemlich erschwerte. Nathan musste deshalb improvisieren und wich in diesem Moment sogar von seinem eigentlichen Plan ab. Er ging ein paar Schritte zur Seite, so weit, bis er an der Wand zu seiner rechten angekommen war. Er wollte das Wesen dadurch verwirren, und versuchte, sein Gehör darauf zu eichen, jedes Geräusch, welches sich aus der Stille abhob, herauszufiltern. Die Krallen des Wesens schabten über den Steinboden, und kurz, bevor es nach vorne springen und ihn so attackieren konnte, sprang Nathan auf die andere Seite. Er streckte seinen Fuß in Karate-Manier in die Luft und spürte, wie er auf einen Widerstand stieß. Der Oberkiefer des Wesens brach in Folge des heftigen Trittes, und der zischende Schrei, der nun in der Dunkelheit ertönte, war ohrenbetäubend laut. Die Aktion war jedoch nicht zu Ende gedacht – Nathan schaffte es zwar, auf den Beinen zu bleiben, doch der Umstand, dass er sich für den Tritt dem Wesen bis auf wenige Zentimeter genähert hatte, wurde ihm nun zum Verhängnis. Der Schmerz schien in dem Hybridwesen nochmal schier übernatürliche Kräfte freizusetzen, und Nathan spürte nur noch, wie die Krallen der Kreatur den Stoff seines Shirts und seine Haut darunter aufrissen. Warmes Blut lief über seine Arme, und der neuerliche Schmerz sorgte nun dafür, dass sein Sichtfeld verschwamm und er fast blind wurde. Alles wirkte irgendwie surreal, und seine Sinne befanden sich kurz davor, in eine fremde Welt abzudriften. *Nein.* Nathan spürte, wie ihm Tränen über die Wange liefen. Diese waren nicht nur durch den Schmerz bedingt – sie entstammten auch dem Umstand, dass es sich nun so anfühlte, als wäre der Tod so nah wie nie zuvor. Er ließ sich einfach sinken, ließ das Wesen gewähren... landete erneut auf dem harten Steinboden... und spürte in dem Moment, in dem er bereits mit seinem Leben abgeschlossen hatte, wie der Druck plötzlich nachließ. Der kräftige Griff lockerte sich, die Krallen verließen seine Haut... und das Hybridwesen landete

mit einem lauten Knall und einem letzten, sterbenden Schrei im Schlamm, ehe es für ein paar Sekunden gespenstisch still im Schacht wurde.
»Ist... alles okay?«
Nathan blickte nach oben, in die Richtung, aus der die Stimme gekommen war. Es war ihm nicht möglich, irgendetwas zu erkennen – was er allerdings auch so wusste, war, dass ihm die Person, die ihm zur Hilfe gekommen war, nicht feindlich gesinnt war. Als er dann auch noch eine warme Hand auf seiner Schulter spürte, die ihn kurz darauf wieder auf die Beine zog, spürte er, wie eine Woge der Erleichterung durch seinen Körper ging.
»Bist du verletzt? Und wer... bist du überhaupt?«
»Ich bin Nathan. Sie sind die Mutter von Joyce, ist das richtig?«
Die Erwähnung des Namens ihrer Tochter sorgte dafür, dass die Stimme der Frau direkt eine andere Lage annahm.
»Oh mein Gott, Joyce... geht es ihr gut?«
»Sie befindet sich wohlbehalten bei meinem Freund in der Hütte«, entgegnete Nathan und spürte, wie es ihn in diesem Moment einfach nur glücklich machte, der Geschichte ein gutes Ende bereitet zu haben – auch, wenn er die Narben dafür sein ganzes Leben lang tragen würde, doch das war es allemal wert.

25

Der kalte Regen prasselte auf Adams Gesicht und sorgte dafür, dass er das Bewusstsein mehrere Stunden, nachdem er es verloren hatte, wiedererlangte. Er atmete tief durch und versuchte, irgendwie zu verstehen, was mit ihm passiert war. Die Übelkeit und auch das schummrige Gefühl waren wieder komplett verschwunden und er fühlte sich sogar in der Lage dazu, seinen Weg fortzusetzen. *Es sieht nicht so aus, als wäre der Plan erfolgreich verlaufen. Hat der Regen was damit zu tun, dass das Dynamit nicht entzündet werden konnte? Aber wo ist dann Officer Pierce?* Um Sage kümmerte er sich nicht mehr – wenn das, was der Officer erzählt hatte, stimmen würde, dann war diese Gefahr bereits gebannt und der Psychopath wäre schon längst in seine Falle getappt. Er zog sich mit dem Rücken an den Baumstamm gepresst auf die Beine und merkte, wie dadurch das Schwindelgefühl erneut aufkam. Ein paar Sekunden später war das jedoch wieder verschwunden, weshalb er seine ersten Schritte in die Richtung wagte, in der er Pierce vor Stunden hätte treffen sollen. Dass sich offenbar niemand auf die Suche nach ihm begeben hatte, bereitete ihm zugegebenermaßen schon Kopfschmerzen – allerdings war die Stelle, an der er sich befand, auch relativ gut geschützt gewesen. *Pierce hätte mich aber eigentlich finden müssen. Verdammt.* Er hoffte inständig, dass dem Mann nichts passiert war – einfach aufgrund der Tatsache, dass dieser aufgrund seiner Vorgeschichte der einzige Vertraute auf der Insel war. *Ansonsten habe ich hier nur Gegner, vor denen ich jederzeit auf der Hut sein muss.* Es kam ihm fast lächerlich vor, langsam aus dem Versteck zu kriechen, welches ihn die letzten Stunden über geschützt hatte. Er fühlte sich absolut schutzlos – für einen Kampf war er definitiv nicht gewappnet, weshalb er still hoffte, dass es dazu nicht kommen würde. Der Wald lichtete sich bereits nach ein paar Metern. Adam versuchte, die Route, die Officer Pierce zuvor aufgestellt hatte, in seinem Kopf rekonstruieren zu können – doch er konnte sich einzig und allein an seinen Weg erinnern. *Scheißegal. Irgendwie raus und versuchen, die Dynamitgrube zu finden, um das zu erledigen, was schon wesentlich früher hätte erledigt werden müssen.* Der Regen wurde allerdings mit der Zeit immer stärker, was ihm nicht nur das Vorankommen, sondern auch den möglichen Plan deutlich erschwerte. *Bei diesen Wetterkapriolen kann ich das komplett vergessen. Oh Mann.* Er musste sich etwas anderes ausdenken, behielt den Weg jedoch zunächst bei. In dem Bereich, in dem er sich befand, war von keiner Menschenseele etwas zu sehen. Adam vermutete, dass das damit zu tun hatte, dass er sich im verseuchten Bereich befand – die Insel präsentierte sich auf den kleinen Trampelpfaden nicht so paradiesisch wie an anderen Orten. Hier gab es oftmals totes Gebüsch und kahlen Boden, direkt neben dem prächtigen Wald. Zudem lag ein Geruch in der Luft, den er nicht zuordnen konnte – eine Mischung aus Verwesung und irgendetwas süßlichem. Adam rümpfte die Nase. Der Regen schien den Geruch nur noch zu verstärken, es wirkte so, als würde das Wasser die Gase, die sich im Boden festgesetzt hatte, aus selbigem heraus spülen und in der Luft verteilen. Seine Vermutung wurde von der Tatsache, dass sich in direkter Umgebung an einigen Stellen grünlicher Schleim befand, verstärkt. Adam fühlte sich unwohl und steigerte sein Tempo deshalb ein wenig, um den Bereich möglichst schnell passieren zu können. Allzu viel schneller konnte er allerdings auch nicht gehen, da er bei jedem Schritt auf die Zähne beißen musste, um das Potpourri aus Schmerzen und die Übelkeit, die immer noch in seinem Magen herum schwebte, zu verdrängen. *So heftig malträtiert war ich noch nie. Verdammt.* Er hatte den Trampelpfad nun erfolgreich passiert und befand sich wieder im Wald. Aus der Ferne nahm er direkt etwas wahr, was sich am Boden befand. Ziemlich nah an der Stelle, an der der Wald sich zu einer Lichtung hin öffnete, entdeckte er die schalen Umrisse eines Körpers. Aus dem Bereich dahinter waren Stimmen zu hören – die Worte, die die Menschen sprachen, waren Adam aber absolut fremd. Er konnte allerdings herausfiltern, dass die Stimmen ziemlich aufgebracht und hektisch klangen. *Findet da gerade der Kampf statt? Aber warum bin ich nicht dabei? Vielleicht haben sie ja auf mich gewartet...* Adam beschloss, sich zunächst den Körper anzusehen, der dort am Boden lag, ehe er sich um die anderen Dinge kümmern würde. Als er sich bis auf Sichtweite genähert hatte, spürte er, wie sich sein Magen erneut umdrehte. Dieses Mal schaffte er auch nicht, sein Erbrochenes zurückzuhalten. Er übergab sich direkt auf die zerfetzte Leiche von Officer Pierce, der ein Bein und beide Arme fehlten. Der Schädel war bis zur Unkenntlichkeit entstellt, die Gesichtsknochen lagen offen und schienen die Umgebung ein wenig zu erhellen. Er konnte den Man nur anhand seiner auffälligen Wanderschuhe erkennen. Das Gebiss war komplett aus seiner Verankerung gerissen und lag direkt neben dem toten Körper im nassen Gras. Beide Augäpfel waren zerquetscht und hatten sich zu einer braunen, ekelerregenden Masse vermischt, die überall auf der Erde verteilt war. *Wer richtet sowas denn an?* Erstaunlicherweise sorgte der Anblick des Mannes aber nicht dafür, dass Adam einen Anflug von Mitleid verspürte –

nein, die Panik war in diesem Moment viel größer und lähmte ihn so weit, dass er eine Pause einlegen musste. Er wandte sich von der brutal entstellten Leiche ab und richtete seinen Blick in die Richtung, aus der die Stimmen, die in der Zwischenzeit noch lauter geworden waren, gekommen waren. Die Dynamitgrube befand sich in Sichtweite, doch das Wetter machte das Vorhaben unmöglich, weshalb Adam seinen Plan definitiv begraben musste. *Ich sollte mir das trotzdem mal aus einer sicheren Position heraus näher ansehen.* Mit zitternden Knien wagte er sich näher an das Camp der Einheimischen heran. Selbiges befand sich mitten im Wald, umgeben von vielen Bäumen. Er versuchte, möglichst wenige Geräusche mit seinen Schritten zu machen, doch es schien so, als würden seine Schuhe ein Eigenleben entwickeln. Der gesamte Waldboden raschelte – Blätter, Äste und Stöcke schienen ein Konzert von sich zu geben, und Adam schickte ein stilles Stoßgebet in den Himmel, in der Hoffnung, nicht entdeckt zu werden. Er musste eine Weile suchen, bis er einen perfekten Platz entdeckt hatte, an dem er zum einen einen guten Blick auf die Szenerie hatte, und zum anderen in Sicherheit war. Das, was er sah, ließ seine schlimmsten Befürchtungen wahr werden. *Oh ja, das sind wirklich Kannibalen. Aber... ist das nicht...?* Er schluckte, als er das Tattoo am Hals der Person erkannte, die sich am Spieß befand. Das Gesicht war schon bis zur Unkenntlichkeit verbrannt, doch das Tattoo, welches einen Stern, der mit einem Parallelogramm verwoben und den Buchstaben C in sich trug, war unverkennbar. *Das ist Connie.* Adam wusste nicht, was er in diesem Moment denken sollte – die Tatsache, dass sich jemand dort am Spieß befand, den er am gestrigen Tage noch gesehen hatte, war höchst beunruhigend. *Andererseits darf man wohl davon ausgehen, dass sie mit*

Sage kooperiert hat. Von daher ist es auch hier müßig, Mitleid zu empfinden. Adam wunderte sich über sein nüchternes, klares Denken. Es interessierte ihn nicht im Geringsten, was mit den anderen passierte – seit dem gestrigen Tage, genauer gesagt seit dem Zeitpunkt, an dem er erfahren hatte, dass Karen ermordet worden war, verspürte er gar nichts mehr. Er fühlte sich innerlich leer, und in den letzten Stunden hatte sich eine derartige Hornhaut um seine Seele herum gebildet, dass es ihm nicht möglich war, überhaupt irgendetwas zu fühlen. Er wandte seinen Blick etwas ab und entdeckte ein paar Meter entfernt einen Kampf. Einer der Einheimischen prügelte mit seinen Händen auf etwas Grünes ein. In dem Moment, in dem Adam sich abwenden wollte, hatte das Wesen die Oberhand gewonnen – und fetzte dem Einheimischen ohne zu zögern die Halsschlagader auf. Der Mann gab einen gluckernden Schrei ab, ehe er wenige Sekunden später in sich zusammensackte. *Einfach nur weg von hier. Bring deinen eigenen Arsch in Sicherheit, verdammte Scheiße.* Er folgte der Route weiter ins Innere der Insel, hielt seinen Blick jedoch stets in Richtung der Einheimischen gerichtet, um einen Überraschungsangriff derer zu verhindern. *Das muss jetzt die Route von Sage sein. Die drei Pfade verlaufen an der Grube zusammen, mit dem einzigen Unterschied, dass dieser Weg hier mitten in eine Falle führen soll.* Adam hielt seine Augen in alle Richtungen. Da er wusste, dass er sich in der Nähe einer vielleicht noch scharf geschalteten Falle befand, ging er besonders vorsichtig vor. Ein paar Meter später lichtete sich der Wald wieder etwas, die Bäume wurden weniger und der Boden ebener. Adam hob seinen Kopf und sah sich in der Umgebung um. Ein paar Meter entfernt fiel ihm sofort etwas ins Auge – dieses Mal handelte es sich aber nicht um den Schemen eines Körpers, sondern um ein Seil und eine Vorrichtung, die wie ein Käfig aussah. Beides war an einem Baumstamm befestigt und hing in der Luft. Adam wagte sich näher heran und nahm das, was sich vor ihm befand, in Augenschein. Der Boden war über und über mit Blut bedeckt, und der Käfig an der Unterseite geöffnet. Die Spuren, die sich hier befanden, ließen einen eindeutigen Schluss zu. *Er ist in die Falle getappt und wurde dann getötet – ansonsten wären das ganze Blut und die Fußabdrücke nicht da. Nun, da scheine ich wohl tatsächlich der einzige Überlebende zu sein. Was für ein urkomischer Zufall.* Allerdings war mit dem scheinbaren Tod von Sage auch die Möglichkeit erloschen, Informationen über den Aufenthalt der Familie von Pierce zu bekommen. *Ich kann das nicht zulassen. Aber wo soll ich suchen? Die Insel ist riesengroß.* Adam zermarterte sich den Kopf, während er sich schleunigst wieder auf sicheres Terrain begab. Er hatte definitiv genug gesehen – dieser Ort war gefährlich, und jede weitere Sekunde würde ihn nur in eine noch heiklere Lage bringen. *Vergiss es. Vergiss alles und versuche einfach, auf dein Leben klarzukommen.* Während er ziellos umher schritt, vernahm er plötzlich ein allzu bekanntes Geräusch. Er wusste nicht, was er fühlen sollte – genauer gesagt kämpfte er sogar einen Moment lang gegen die wohltuende Wärme, die sich in Folge des Gesangs der Sirenen in ihm ausbreitete, an. *Meine Güte, das sind wirklich paradiesische Kreaturen.* Er überlegte ein paar Sekunden, ehe er eine Entscheidung getroffen hatte. *Himeropa, ich komme zu dir und dienen Freundinnen.* Es fühlte sich so an, als würde sein Körper durch einen Magneten über den Boden der Insel gezogen wurde. Alles andere war in diesem Moment absolut uninteressant – es gab nur die sanften Gesänge der Sirenen, die ihm in verrieten, in welche Richtung er gehen musste. *Auf zur Teufelsbucht.* Er passierte die Höhle, in der er gemeinsam mit Pierce und Sage die letzte Nacht verbracht hatte. *Verdammt, wie aussichtslos meine Situation anfangs gewesen war. Ich war in den Fängen zweier gefährlicher Männer, bevor ich herausgefunden habe, dass einer von ihnen für dieselbe Sache kämpft. Und trotz alledem ist es uns nicht gelungen, einen entscheidenden Stich zu setzen.* Adam war zwar alles andere als gläubig, doch er wertete es schon ein Stück weit als Zeichen Gottes, dass er diesen Tag überlebt hatte. *Vielleicht wurden meine Stoßgebete ja doch ein wenig erhört. Und nun obliegt es mir, meinem Bauchgefühl zu folgen – zu diesen wunderbaren Gesängen, die mein Herz betören.* All die Dinge, die sich im Hintergrund abgespielt hatten – sei es die Tatsache, dass sich die Familie von Officer Pierce irgendwo auf der Insel befand, oder aber die, dass er sich noch immer in unmittelbarer Gefahr durch die Einheimischen befand – spielten keine Rolle mehr. Er hatte nur noch sich, die sanften Gesänge der Sirenen und das Ziel, schnellstmöglich den Ort aufzusuchen, an dem sie sich aufhielten. Aus der Ferne mischte sich das leise Rauschen eines Wasserfalls in die Szenerie hinzu, welches mit jedem Schritt lauter wurde. Es kam aus derselben Richtung wie die Gesänge, weshalb Adam auch diesem Geräusch folgen musste. Es dauerte nur noch ein paar Minuten, bis er sie bereits sehen konnte. Himeropa hatte sich seit ihrer letzten Begegnung, bei der Adam der felsenfesten Überzeugung gewesen war, sie versehentlich getötet zu haben, nicht verändert. Letztendlich war er froh, dass er es nicht getan hatte – wie hätte er es nur wagen können, eine solch bezaubernd schöne Kreatur umzubringen? Sie war nicht die Einzige, die sich vor ihm im Wasser auf einem Felsen befand. Der kleine Fluss schloss sich direkt dem Wasserfall an und bildete einen Zufluss, der durch den tiefen Dschungel direkt zum Meer führte.

»Adam«, hauchte Himeropa mitten in die Gesänge ihrer Freundinnen hinein.

»Wir haben dich schon erwartet. Wir wussten, dass du kommst.«

»Ich habe mich so nach dir gesehnt.«

Adam watete durch das zunächst knietiefe Wasser, bis er sich ein paar Sekunden später bis zur Brust im Fluss befand. Es fühlte sich an, als würden eiskalte Finger nach ihm greifen, doch selbst das wurde durch das paradiesische Gefühl überlagert, welches die drei Sirenen ihm vermittelten.

»Leukosia, bereite die Zeremonie vor. Und Parthenope... du übernimmst den Gesang.«

Himeropa löste sich sanft von dem Felsen, auf dem sie gesessen hatte, und glitt ins Wasser hinein. Adam war sich sicher, dass er nie zuvor eine elegantere Bewegung gesehen hatte. Der Geruch, den die Sirene ausstrahlte, war mehr als betörend. Er sorgte dafür, dass Adam, ohne es wirklich darauf anzulegen, erregt wurde. Er schloss Himeropa in seine Arme – ihre schuppige Haut fühlte sich herrlich weich und sanft an. Sie ließ ihn einen Moment lang gewähren, ehe sie die Kontrolle übernahm.

»Komm mit in unsere Höhle.«

Sie raunte ihm ins Ohr, und Adam nickte.

»Oh ja, das werde ich tun. Was machen wir dort?«

»Möchtest du das wirklich jetzt schon wissen?«

Himeropa hauchte ihm die Worte erneut entgegen.

»Nein, ich möchte mir die Überraschung nicht versauen.«

Er spürte, wie ein Kribbeln durch seinen gesamten Körper ging und bis in seine Haarspitzen hinaufschoss. Himeropa schwamm voraus und Adam folgte ihr - hinter ihm bildeten dann Leukosia und Parthenope den Schluss. Der dunkle Eingang, der mitten in die von außen recht kleine Höhle führte, war gerade mal so groß, dass er ihn aufrecht durchqueren konnte. Adam fühlte sich noch immer wie elektrisiert. In seinem Rücken hatte die Sirene mit dem Namen Parthenope nun das übernommen, was ihr Himeropa aufgetragen hatte – sie fing erneut an zu singen. Dieses Mal klang der Gesang jedoch komplett anders – wenn auch nicht weniger paradiesisch und schön. Ihre Stimme war fast noch schöner als die von Himeropa, und Adam wünschte sich, dass sie nie wieder verklingen würde. Er schloss die Augen und genoss das Gefühl purer Freude, welches seinen Körper durchströmte. *Und die Zeremonie steht erst noch bevor. In welcher Art purer Ekstase vermag der heutige Tag wohl enden?*

26 *Ein paar Tage später…*

Die Sonne war gerade am Horizont aufgegangen, als sich Stacy und Joyce auch bereits in selbige Richtung entfernt hatten. Das Boot trieb im sanften, ruhigen Wasser der aufgehenden Sonne entgegen. Es war ein faszinierendes Schauspiel – und Matteo spürte, wie ihm die Tränen in den Augen aufstiegen, als er die Situation realisierte. *Wir haben die letzten Tage miteinander verbracht und werden sie nun nie wieder sehen.* Letztendlich war das auch nur geschehen, weil Stacy darauf gedrängt hatte – und Nathan hatte schließlich nachgegeben, und Matteo sogar angeboten, mit ihnen zu fahren. Für Matteo hatte das allerdings nie wirklich zur Debatte gestanden – da Nathan sich dazu verpflichtet hatte, den Rest seines Lebens auf der Insel zu verbringen, hatte er sich wiederum dazu entschieden, bei seinem Freund zu bleiben. Nun saßen sie nebeneinander auf dem Steg, an dem zuvor noch das Boot angebunden war, welches nun mit jeder vergehenden Sekunde kleiner wurde.

»Sie werden ihren Frieden finden«, murmelte Matteo, um das bedrückende Schweigen zwischen ihnen zu brechen.

Es war Nathan anzusehen, dass er mit der Entscheidung, die beiden gehen zu lassen, nicht wirklich zufrieden war. Matteo konnte ihn da gut verstehen – die Gefahr, dass die Regierung, die sich darum kümmerte, dass das geheime Atommüllendlager nicht ans Licht kommen würde, Wind von der Aktion nehmen würde, war zwar gegeben, jedoch nicht wirklich groß.

»Ich hoffe es sehr. Sie haben es nach diesen furchtbaren Ereignissen verdient.«

Nathan machte nun den ersten Schritt und legte seinen Arm um die Schultern von Matteo, woraufhin dieser näher an ihn heranrückte.

»Ich bin froh, dass du bei mir geblieben bist. Du hättest auch mit den beiden in die Freiheit aufbrechen können – ich hätte es dir nicht übelgenommen.«

»Das hätte ich nicht übers Herz bringen können. Dazu hänge ich zu sehr an dir.«

Matteos warme Worte sorgten dafür, dass sich ein Lächeln auf Nathans Lippen legte.

»Ich habe in den Tagen, bevor ich hergekommen bin, einiges versucht. Eines Abends, es war der Abend, bevor ich auf der Insel angekommen war, habe ich gedacht, mit dir gesprochen zu haben. Es war eine Art Séance... doch vermutlich war das, was die Insel mir gezeigt hat, nur ein Trugbild, eine Art Fata Morgana. Ich habe mir dich nur eingebildet, weil ich mich so sehr nach dir gesehnt habe.«

»Das kann durchaus sein, es geschehen verrückte Dinge hier. Ich habe dich wirklich vermisst, das wird mir jetzt klar. Die Zeit, die ich vor deiner Ankunft hier verbracht habe... ich konnte zwar nicht weg, doch meine Gedanken waren stets bei dir. Als ich dann den Schuss gehört habe und dich reglos im Boot gefunden habe... du weißt nicht, wie ich mich gefühlt habe. Aber das ist ja nun Gott sei Dank vorbei.«

Matteo konnte sehen, dass sich eine Träne aus Nathans Augenwinkel gelöst hatte, die nun über seine Wange kullerte. Er nahm das als Anlass, das Gesicht seines Freundes mit beiden Händen zu umfassen, und ihm einen Kuss auf die Lippen zu drücken. Infolgedessen spürte er direkt, wie Nathan sich mehr und mehr entspannte. Während die Morgendämmerung langsam einsetzte und der neue Tag immer näherkam, saßen sie weiterhin eng umschlungen auf dem Steg und genossen die gemeinsame Zeit, die sie miteinander verbrachten. Für ihn gab es nun bloß noch Nathan, doch sein Freund war auch das Einzige, was er im Leben brauchte. Auch, wenn es nur einer von hoffentlich möglichst vielen gemeinsamen Morgen war, so wusste Matteo doch, dass dieser bei ihm ewig in positiver Erinnerung bleiben und er stets mit einem Lächeln im Gesicht daran denken würde, wie sie wieder zueinander gefunden hatten.

ENDE

ALLE BÜCHER DES AUTOREN

SPURLOS

2005: Lewis, Janet, Jeff und Liz erhoffen sich ein Abenteuer, ein Wanderurlaub in den Bergen – genau nach ihrem Geschmack. Trotz einiger beängstigender Vorkommnisse während der Fahrt in die Berge entscheiden sie sich, zu bleiben. Als sie allerdings auf die Rucksäcke einer verschollenen Wandergruppe stoßen und nach und nach mysteriöse Anzeichen auf deren Verbleib finden, beginnt ein Albtraum, aus dem es kein Entrinnen zu geben scheint…

1995: Idyllische, weite Wälder und glasklare Seen. Nichts anderes wollen Marcel, Inge, Matthias, Gudrun, Alexander und Ralf, als sie sich dazu entscheiden, einen Urlaub in den Bergwäldern zu machen.

Doch dann verliert sich jede Spur von ihnen…

DAS GEISTERHAUS

Die vier Jugendlichen Marc, Blake, Jay und David wagen gemeinsam mit dem Einsiedler Joseph, Jays Bruder Danny und seinem Freund Neal einen Ausflug zu einem „Geisterhaus", um das sich zahlreiche Mythen ranken. Doch als sie eines nachts das Haus betreten, beginnt ein Albtraum, der nie zu enden scheint. Denn das Haus lebt. Und es sucht sich seine Opfer…

LAGER DER FINSTERNIS

Zehn Personen wachen in einer verlassenen Lagerhalle auf. Zunächst können sie sich nicht erklären, wie sie dort hingelangt sind. Doch als ein Teil der Gruppe auf ein System unterirdischer

Gänge stößt, entfesseln sie ein Grauen, das die Grenzen jeglicher Vorstellungskräfte überschreitet.

AUF DÄMONENJAGD IM LAGER DER FINSTERNIS

Die Dämonenjäger Marcus Young und William Collister verbringen eine Nacht in der Lagerhalle, in der sich vor kurzer Zeit erst schreckliche Dinge zugetragen haben. Sie installieren eine Kamera, um die paranormalen Geschehnisse per Video zu dokumentieren. Als Marcus in einem der Räume auf eine apathisch wirkende Frau stößt und wenig später verschwunden ist, begibt sich William auf die Suche nach ihm. Die deutlichste Spur führt tief in den Wald…
Währenddessen läuft die Kamera. Und zeichnet schreckliche Dinge auf…

ARIZONA SPLASH

Bei der Eröffnungsfeier des *Arizona Splash*, einem riesigen Schwimmbad mit Außenpools, Saunas und Rutschen, werden zwei junge Leute entführt. Ihnen steht eine Nacht des Grauens bevor: im Inneren des Schwimmbades müssen sie sich nicht nur mit ihren sadistischen Peinigern auseinandersetzen, sondern auch mit einer Gefahr, die aus den Tiefen eines geheimen Kellerganges zu kommen scheint.

Je tiefer Officer Charles Reinhart in den Fall vordringt, desto verwobener wird das Spinnennetz des Grauens. Die Killer schrecken offenbar vor nichts zurück – und richten ein Blutbad ungeahnten Ausmaßes an...

WILLKOMMEN IN KINMARK

Kurz vor Dienstschluss wird Officer Gilbert Smith zu einem Einsatz gerufen: der Fahrer einer Dodge Viper befindet sich nach einem Unfall auf der Flucht. Eine Verfolgungsjagd und ein darauffolgender Unfall führen den Officer über den Highway tief in die Solven-Hills und das beschauliche Dorf Kinmark. Je tiefer er in die Geheimnisse des Ortes vordringt, desto deutlicher wird ihm, dass er sich in einer tödlichen Falle befindet, aus der es kein Entrinnen zu geben scheint...

CAMP SEASIDES MÜHLENSCHATZ

Die vier Freunde Jaxon, Natalia, Maxwell und Laura freuen sich auf einen mehrtägigen Campingurlaub auf dem Gelände des *Camp Seaside*, einem Platz mit einem Badesee und einer alten Getreidemühle. Bei einem Rundgang im Wald entdecken sie einen Brief, der ihnen einen Schatz in den Tiefen der Mühle verspricht. Sie lassen sich auf die Suche ein - und beginnen damit ein Spiel, bei dem eine Menge Blut fließen wird. Denn im Inneren der Mühle lebt der Tod. Und er fordert seinen Tribut…

FENNERLEYS GRAUEN

Aus dem einst belebten Dorf Fennerley verschwanden vom einen auf den anderen Tag alle Einwohner spurlos. Ein sechsköpfiges Forschungsteam macht sich daran, den Begebenheiten auf den Grund zu gehen. Die Suche gestaltet sich als sehr schwierig – bis dem Team ein Durchbruch gelingt, der jedoch schwerwiegende Folgen zu haben scheint…

DAS AUGE DER VERDAMMNIS

Die Gewinner eines Casino-Gewinnspiels, unter ihnen auch die achtundzwanzigjährige Gabrielle Linden, treffen sich zu einer exquisiten Party in der noblen Baker-Villa, die einen besonderen Ruf in der Gegend hat. Doch der Abend verläuft anders als geplant – denn tief im Inneren des Anwesens befindet sich das Auge der Verdammnis. Für Gabrielle beginnt ein Wettlauf gegen die Zeit, und schon bald ist das Seil zwischen Realität und Wahnvorstellung zum Zerreißen gespannt…

MA'AHKHALO – DIE INSEL DER MYSTERIEN

Sommer, Sonne, Strand – der perfekte Urlaub für Adam und Karen Singer. Gemeinsam mit Sage und Connie, einem Ehepaar, welches sie im Strandhotel kennenlernen, begeben sie sich auf die Insel Ma'ahkhalo, die von außen recht idyllisch wirkt. Doch der paradiesische Schein trügt – schon bald wendet sich das Blatt, und sie befinden sich mehr als einer tödlichen Gefahr gegenüber…

DIE NACHT DER SCHRECKEN (Erscheinungstermin 06/2023)

Nach einem missglückten Raubüberfall auf einen Juwelier findet sich Nicholas Winston in einem niemals endenden Albtraum wieder. Ein unbekannter Mann ist hinter ihm her, und hat es auf einen magischen Ring abgesehen, welcher gar nicht in seinen Besitz gelangt ist. Verzweifelt begibt er sich mithilfe des Obdachlosen Carl auf die Suche – und er muss einsehen, dass die schier endlose Nacht nicht nur stockfinster, sondern auch blutig und voller Schrecken ist.

ICH BIN EIN VAMPIR

In einem kleinen Ort geschehen grausame Morde, die von der Presse als »Vampirmorde« tituliert werden. Der siebzehnjährige Gordon Beste zieht diesbezüglich seine Schlüsse und stellt daraufhin eigene Ermittlungen an, die ihn tief in seinen eigenen Freundeskreis führen. Er muss genau abwägen und wichtige Entscheidungen treffen - mit dem Hintergrund, dass er niemandem wirklich vertrauen kann. Auf einer Hausparty kommt es schließlich zum finalen Showdown - und die Frage, wer der Vampir unter ihnen ist, wird ein für alle Mal geklärt!

CRETHRENS – VERLOREN IN DER EISWÜSTE

BAND 1/3 der CRETHRENS-Trilogie

Der jugendliche Oskar findet sich inmitten einer gigantischen Eiswüste mit neunzehn anderen Jugendlichen wieder. Schon bald erkennen alle, dass sie sich in einem perfiden Test befinden, bei dem es nicht nur um das blanke Überleben geht…

CRETHRENS – DIE FESTUNG VON GHIRON NAGH

BAND 2/3 der CRETHRENS-Trilogie

Nach den Geschehnissen in der Eiswüste, die jeden einzelnen verändert haben, landen die Überlebenden mit einem Helikopter in einer verlassenen Stadt. Sie finden eine Karte und entscheiden sich dazu, zwei Orte aufzusuchen: eine mittelalterliche Festung und die unterirdische Stadt Ghiron Nagh. Alles scheint nach Plan zu laufen – bis das Schicksal wieder gnadenlos zuschlägt…

CRETHRENS – ODYSSEE NACH EHYGEA

BAND 3/3 der CRETHRENS-Trilogie

Das Königreich Ehygea war einst ein Ort mit blühenden Landschaften, rauschenden Flüssen und endlosen Weiten. Eines Tages wurde der Ort von einer schrecklichen Katastrophe heimgesucht – seitdem besteht dieser nur noch aus finsterem Ödland. Die Überlebenden drängen nach und nach in die Geschichte des düsteren Ortes vor – und müssen feststellen, dass ein großer Kampf um Leben und Tod bevorsteht, der über die Zukunft des gesamten Planeten entscheidet.